런던
천야일야
이야기

당신의 한 권을 빌려드립니다.

LONDON
ALF
LAYLAH
WA
LAYLAH

런던 천야일야 이야기

당신의 한 권을 빌려드립니다.

쿠가 리세 지음
신동민 옮김

소미미디어
Somy Media

CONTENTS

교만한 수도의 한구석에서 선잠 자는 천의 소우주

출항을 유혹하는 이야기꾼은 제비꽃 색 눈동자의 세헤라자드

혼자서 그리는 항로의 궤적 돌고 돌아서 인연을 잇는

당신의 한 권—— 빌려드리겠습니다

제 1 화

신사 숙녀의 타임머신

LONDON

ALF

LAYLAH

WA

LAYLAH

1

알프 라일라 와 라일라(Alf Laylah Wa Laylah).

천과 하나의 밤——이라는 의미를 가진 그 아름다운 주문 같은 아랍어를 사라는 옛날부터 좋아했다.

수수께끼에 싸여 있고 어딘가 달콤하며, 가만히 혀끝으로 굴리며 발음해보면 먼 이계의 환상이 둥실 떠오르는 듯한 기분이 든다.

그래서 3년 전 부모님을 여읜 그 사건 이후, 남매 둘이 시작하는 책 대여점의 이름을 '천야일야 Alf Laylah wa Laylah'로 하면 어떻겠냐고 오빠인 알프레드가 제안했을 때 사라는 기뻐하며 찬성했다.

천과 하나.

그것은 '무한함'을 가리키는 말이라고 불리고도 있다.

모든 시간과 장소에서 태어난 수많은 서적을 취급하는 가게에 어울린다.

그리고 계속해서 무한한 시간을 오빠와 조용히 살아가면 된다.

사라의 바람은 이루어져서, 지금까지 마을 몇 곳을 전전하면서도 두 남매의 조용한 생활은 잃지 않았다.

런던 남부 교외의 작은 마을——에버빌로 이사 온 것은 아직 바람이 찬 봄.

그로부터 석 달, 길어지는 햇살과 함께 손님의 숫자는 순조롭게 늘었다. 단골손님도 늘어서, 이 추세라면 가게를 문제없이 꾸려나갈 수 있을 것 같다고 일단 안심하고 있는 요즘이다.

뭔가 불만이 있다면 좁은 가도의 모퉁이에 접한 이 가게에는 햇빛이 비치는 시간이 거의 없다는 점 정도일까.

"책을 위해서는 오히려 고마운 일이지만."

상쾌한 아침 햇살을 쬐는 것은 역시 기분 좋다.

이른 아침 가게 앞에서 사라는 산뜻한 공기를 가슴 가득 들이마셨다.

그 손에는 단골 잡화점에서 사온 신문이 들려 있었다. 기대했던 소설이 실리는 날이어서 일어나자마자 사러 달려간 것이다.

사라는 가벼운 발걸음으로 가게 안쪽으로 향했다.

몸에 걸치고 있는 것은 편한 움직임을 중시한 올리브 그린색 드레스.

작업복을 겸하고 있기 때문에 옷단이나 소매의 품이 좁은 편이어서 호리호리한 목도 손목도 얌전하게 감추어져 있었다.

풀어 내린 검은 머리와 어우러져서 열일곱 살을 맞이한 소녀치고는 화려함이 살짝 부족하지만, 애초에 화려하게 치장하는 것을 좋아하지 않는 사라에게는 마음이 차분해지는 옷차림이었다.

주거용 현관을 통해 사라는 집 안으로 미끄러지듯이 살

며시 들어갔다.

오빠가 2층 침실에서 내려올 때까지 아침 준비를 해야한다.

아침은 사라가, 저녁은 오빠 알프레드가 담당하는 것이 둘이서 사는 남매의 약속이다. 그렇다 해도 결국은 부엌에 둘이 나란히 서서 이야기를 나누며 식사 준비를 하는 경우도 많지만 말이다.

그런데 복도 끝에서 가열한 버터의 달콤하고 향기로운 냄새가 감돌기 시작했다.

황급히 부엌으로 달려 들어가 보았다.

"안녕, 사라. 그 신문에 관심 가지던 소설은 실렸니?"

프라이팬을 손에 든 알프레드가 이쪽으로 고개를 돌리지 않은 채 물었다.

사라는 눈을 다시 깜빡였다.

"……어떻게 알았어, 오빠?"

이 신문에 대해서는 오빠에게 말하지 못했을 터다.

"오늘 아침에는 계단을 달려 내려가는 네 발소리가 꽤나 발랄했거든. 토요일 이 시간을 네가 기다릴 이유가 있다면 그건 아마 주간 신문의 발매겠지. 하지만 속보가 마음에 걸려 안달 나는 대사건은 요즘 일어나지 않았어. 그렇다면 읽고 싶은 기사는 신작 소설이 틀림없다고 예상한 거야."

알프레드는 어깨 너머로 놀리는 듯한 시선을 보냈다.

"정답이었니?"

살짝 긴 검은 머리가 흔들렸다.

웃음을 머금은 눈동자는 밤하늘의 군청색.

현명하고 아름답고 다정한, 사라가 가장 사랑하는 오빠다.

단정한 외모에 균형 잡힌 장신. 그리고 세련된 언행 때문에 편안한 옷차림을 해도 그 모습은 어딘가 우아하고 신사 같았다. 그렇다, 설령 셔츠의 소매를 걷어 올리고 오븐 레인지 쪽으로 돌아서서 익숙한 손놀림으로 오믈렛을 만들고 있어도.

"그야말로 정답이야, 오빠."

사라는 항복하고 전리품을 들어 보였다.

주간 《일러스트레이티드 런던 뉴스》의 최신호다.

"H. G. 웰스[1] 선생님의 소설이 실린다고 손님이 가르쳐 주셨어. 저번 주 호에 예고가 나왔대."

알프레드의 얼굴에 흥미가 떠올랐다.

"웰스 선생의 신작이라. 그러고 보니 이제 『우주 전쟁』의 연재는 끝났지. 또 새로운 연재가 시작되는 건가."

"이번에는 단편인가 봐. 하지만 읽을 만한 가치는 있을 것 같아."

"제목은?"

"『기적을 일으킨 남자』."

"좋네. 재미있겠어."

---

1 19세기 말~20세기 초 활동한 영국의 소설가 겸 문명 비평가. 공상 과학 소설에서부터 사상 소설을 쓰기도 하는 등 폭넓은 저작 활동을 했다.

알프레드는 유쾌한 듯이 한쪽 눈썹을 올렸다.

그다음 프라이팬을 척척 다루자 순식간에 깔끔한 반달 모양의 오믈렛이 완성되었다. 그는 그것을 접시에 옮기고 다시 버터를 프라이팬에 녹이고 남은 계란물을 부어 하나를 더 만들기 시작했다.

아마 이쪽이 사라를 위한 것이리라. 그렇게 하면 더 따끈따끈하고 폭신폭신한 오믈렛을 동생에게 먹일 수 있다. 오빠는 옛날부터 그랬다. 케이크 하나를 둘로 나눌 때는 늘 큰 쪽을 사라에게 주려고 했다.

오븐 레인지에 얹은 주전자가 김을 내기 시작했다.

사라는 차 준비를 하기 위해 서둘러 찬장으로 향했다.

"최근에는 젊은 남성 손님에게 공상 과학 소설이 인기여서 새로운 작품이 들어오면 대출 중인 경우가 대부분이야."

"젊은 남자 손님이라."

알프레드는 그렇게 중얼거리고 사라에게 천천히 고개를 돌렸다.

"사라. 몇 번 말하지만 책을 좋아한다는 이유로 억지로 네게 접근하는 수상한 남자가 찾아오면 그때는 바로——."

"책은 오빠가 잘 아니 불러오겠습니다, 라고 말하면 되는 거지?"

늘 듣는 오빠의 설교를 사라는 건성으로 입에 담았다.

반면에 알프레드는 지극히 성실하게 고개를 끄덕였다.

"불순한 동기로 너와 얘기하고 싶어 하는 남자는 오빠를 불러온다고 하면 대개 겁을 먹고 물러갈 테니 말이야."

알프레드에 의하면, 세상에는 여자만 보면 누구든 상관하지 않고 말을 걸어서 타락의 길로 이끌려 하는 썩은 늑대 같은 무리가 잔뜩 있다고 한다. 그래서 사라 같은 나이대의 아가씨는 철벽 방어를 치고 벌레 같은 인간들을 격퇴해야 한다고 한다.

"최근 너는 점점 미인이 되고 있어서 참 걱정이야."

"그, 그렇지 않아."

"아니, 그래. 그 눈동자의 색 역시 옛날보다 보라색이 훨씬 늘어나서 한층 신비로워졌잖아. 마치 번 존스[1]가 그린 중세 소녀 같아."

"……기분 탓이야."

사라는 갑자기 부끄러워져서 고개를 숙였다.

사라의 눈동자는 그저 칙칙한 회색이다. 그것이 빛의 상태에 따라서는 보라색으로 비치는 경우도 있기 때문에 알프레드가 아름다운 제비꽃 색이라고 칭찬하는 것이다.

사라는 더 이상 견딜 수 없어서 화제를 바꿨다.

"있잖아, 오빠. 그 공상 과학 소설 말인데, 중점적으로 재고를 늘리는 쪽을 생각해봐도 좋지 않을까 싶어. 모처럼 손님이 와주셨는데 읽고 싶은 책을 빌릴 수 없으면 미안하잖아?"

---

1 19세기 영국 화가. 낭만적인 스타일의 화풍으로 유명하다.

"응. 네가 그렇게 하고 싶으면 물론 상관없어. 확실히 요즘 공상 과학 소설은 상당히 잘 나가니까. 베테랑 작가진에다 새로운 필자도 점점 늘고 있잖아? 에드워드 벨러미[1]에 조지 그리피스[2]에 이디스 네스빗[3]에······."

"그리고 아서 코난 도일 선생님도."

사라는 포트를 양손으로 들고 오빠 옆에 섰다.

"나 도일 선생님의 공상 과학 소설도 좋아. 하지만 개인적으로는 꼭 홈즈의 속편을 써주기를 열망하고 있어."

"하지만 사라, 홈즈 씨는 스위스의 폭포에서 떨어져 죽지 않았어?"

"라이헨바흐 폭포야."

코난 도일이 창작한 인기 시리즈——명탐정 셜록 홈즈의 사건담은 1893년 말에 발표된 단편을 마지막으로 1898년 현재까지 새로운 작품이 집필되고 있지 않다. 그 단편 『마지막 사건』에서 홈즈는 추격해온 숙적과 함께 폭포로 떨어져 전사했다는 결말을 맞이했다.

"하지만 그의 시체가 발견됐다는 구절은 본문 어디에도 쓰여 있지 않았어. 그러니까 진짜 죽었다고는 단정 지을 수 없다고 생각해. 아니, 반드시 살아 있어."

반드시, 라고 사라는 역설했다.

---

1 19세기 후반 활동한 미국 소설가. 대표작으로는 『돌이켜보면, —2000년에서 1887년을』이 있다.
2 19세기 후반~20세기 초 활동한 영국의 공상 과학 소설가.
3 19세기 후반~20세기 초 활동한 영국 아동 문학가. 대표작으로는 『마법의 성』이 있다.

알프레드는 쓴웃음을 지었다.

"과연. 그렇다면 기적적으로 생환한 홈즈는 친애하는 왓슨 군에게 연락도 하지 않은 채 대체 어디에서 뭘 하고 있는 거지?"

뜨거운 물을 기세 좋게 포트에 부으면서 사라는 이리저리 궁리했다.

"긴 휴가를 느긋하게 만끽하고 있는 게 아닐까? 남몰래 이름을 바꾸고."

"우리처럼?"

갑작스러운 질문을 받고 사라는 움직임을 멈추었다.

조용히 눈을 내리뜨고 포트에 뚜껑을 덮었다.

"그러네, 우리처럼."

오빠의 질문이 정확히 무엇을 뜻하는지 사라는 알 수 없었지만.

그러자 약간의 침묵 후 부드러운 목소리가 내려왔다.

"그렇다면 분명 즐거운 매일을 보내고 있을 거야."

사라는 놀라서 얼굴을 들었다.

"그렇게 생각 안 해, 사라?"

자애로운 눈빛이 아낌없이 사라에게 쏟아지고 있었다.

희미하게 느껴지는 가슴의 통증을 사라는 모르는 척했다.

"——응, 물론이야."

사라는 싱긋 웃었다.

"물론 그렇게 생각해, 오빠."

그리고 테이블에 놓인 모래시계를 거꾸로 돌렸다.

완벽한 아삼티를 타기 위한 180초.

남은 시간은 사각사각 녹듯이 유리 바닥으로 빨려 들어 갔다.

2

에버빌은 새로운 마을이다.

고작 반세기 전까지는 완만한 언덕이 이어지는 전원 지대에 상류 계급의 별장 등이 드문드문 있는 조용한 땅이었 다고 한다.

그러던 것이 철도가 개통됨에 따라 런던 중심부까지 20분 만에 이동할 수 있게 되었기 때문에 런던에 직장을 가진 사람들의 주택지로 급속히 발전했다고 한다.

옛날에 비해 소란스러워졌다든가 치안이 나빠졌다든가 오래된 주민에게는 불만도 있는 듯하지만, 느긋함과 활기 가 공존하는 삶을 살기에 편한 마을이라고 사라는 느끼고 있었다.

"……어라?"

시각은 오후 3시를 지나 마침 손님의 발걸음이 끊긴 때 였다.

카운터에서 반납된 책을 점검하던 사라는 문득 시선을 들었다.

책을 장식한 쇼윈도 저편에 세 얼굴이 나란히 있었다.

양손과 이마를 유리에 딱 붙이고 그림책을 흥미진진한 눈빛으로 들여다보고 있는 소년이 둘.

그 옆에서 몸을 구부리고 어스름한 가게 안을 들여다보고 있는 청년이 한 명.

나이는 아래로부터 다섯 살, 여덟 살…… 스무 살 정도일까. 옷차림은 다들 훌륭해서 아무래도 양가의 자식인 듯했다. 터울이 지는 형제일지도 모른다.

그런 생각을 하고 있는데 세 사람이 입구 쪽으로 이동했다. 귀여운 손님들의 내점이다. 사라는 스툴에서 내려와 호니턴 레이스[1]가 가장자리에 달린 흰 앞치마의 자락을 자연스레 정돈했다.

딸랑딸랑 도어벨이 울리고 문의 유리창에 달린 '개점 중' 팻말이 흔들렸다.

"어서 오십시오, 손니——."

"굉장해, 책이 잔뜩 있어!"

"책이 잔뜩!"

사라의 인사말을 튕겨내듯이 소년들이 환성을 질렀다. 똑같은 멜빵바지를 입은 그들은 가게 안쪽으로 후다다닥 뛰어들었다.

"앗! 야, 뛰지 마!"

청년이 황급히 나무랐다. 즉시 쫓아가려고 하다가 그는

---

1 영국 데번셔주의 호니턴에서 생산되는 고급 레이스의 통칭.

카운터의 사라를 눈치채고 발걸음을 우뚝 멈추었다. 놀란 듯이 눈을 크게 뜨고 우두커니 서 있었다.

회색이 섞인 금빛 단발에 5월의 밝은 초록 눈동자.

호리호리한 장신은 알프레드와 비슷할까.

시원스럽게 단정한 얼굴과 붙임성 느껴지는 표정이 어딘가 뒤죽박죽 섞인 듯한 신비한 분위기의 청년이었다.

이윽고 그는 정신을 차린 듯이 눈을 깜빡였다. 결심을 굳힌 얼굴로 이쪽으로 다가오더니 주저하며 한마디를 건넸다.

"꼬마들이 소란을 피워서 죄송합니다."

거만하지 않은 말투지만 깔끔한 발음이었다.

아마 명문 기숙학교 출신——혹시 귀족의 자식일까.

"신경 쓰지 마세요. 마침 다른 손님도 안 계시니까요."

희미한 긴장을 숨기고 사라는 미소 지었다.

그런 그녀를 청년은 어째선지 빤히 바라보았다.

"……저기, 왜 그러시나요?"

사라가 묻자마자 청년은 당황한 듯이 시선을 방황했다.

"아……. 아니. 좀 의외라서."

"의외요?"

"그게, 이런 데서 가게를 보는 건 대개 백만 년도 전에 태어났을 법한 영감님이기 마련이라서 놀랐어."

변명인 듯했지만 사라는 청년이 하려는 말을 이해할 수 있었다.

"마치 화석 같은 분 말이죠?"

"맞아. 가게 안쪽에 바위처럼 앉은 채로 움직이지 않아서 살았는지 죽었는지 알 수 없을 정도인데, 계속 서서 읽으려 하는 손님이 있으면 즉시 헛기침을 해 견제하는 듯한."

사라는 그만 웃고 말았다.

"그것은 편견에 지나지 않는다고 생각해요."

하지만 확실히 학생가의 개인이 운영하는 서점 등에는 그런 개성적인 노인 점주도 많은 듯했다. 이 청년도 분명 그런 전통적인 가게에 익숙하리라.

사라의 웃음에 안심했는지 그는 살짝 친근한 표정을 지었다.

"넌 접객 때문에 고용된 거니?"

"아니요. 그게 아니라 이 대여점은 오빠와 제 가게예요."

"너희 오빠?"

"네. 주로 손님을 상대하는 것이 제 역할이고 오빠는 늘 안쪽 작업장에서 를뤼르 작업을 하고 있어요."

를뤼르란 전통적인 제본 기술을 말한다.

알프레드는 대출을 반복해 손상된 책을 수복하거나 염가본을 해체해 예쁜 장정으로 탈바꿈시킨다.

거의 독학으로 시작했는데도 불구하고 그 실력은 숙련된 장인에게도 뒤떨어지지 않아서 사라는 알프레드가 직접 다룬 섬세한 장정을 아주 좋아했다.

최근에는 단골손님에게 장정의 의뢰를 받는 경우도 있어서 그쪽의 평판도 아주 좋았다.

"호오, 그랬구나. 늘 오빠가 뒤에서 달려 와준다면 너도 안심하고 일을 할 수 있겠네. 너처럼 ……라면 성가신 손님이 귀찮게 하는 경우도 있을지도 모르지만."

"썩은 늑대라든가요?"

"그래그래. ……응? 지금 뭐라고 했지?"

"아니요, 혼잣말이에요."

사라는 웃으며 넘겼다. 이 청년에게는 오빠가 눈을 빛내고 있다는 것을 굳이 말할 필요도 없을 듯했다.

"이곳에 온 건 오늘이 처음이시네요. 저쪽의 도련님들도."

"아아, 응. 동생들 당번을 맡았거든. 요즘 여기저기 끌려 다니느라 고생이야."

청년은 투덜거렸지만 진심으로 곤란해하지는 않았다. 분명 사이좋은 형제일 것이다.

"지금은 대학 여름방학이신가요?"

"맞아. 2학년을 마친 참이야."

청년은 손때 묻은 오크나무 카운터에 팔꿈치를 괴고 목소리를 낮추었다.

"꼬마들의 유모가 내가 없는 사이에 구슬린 모양이야. 형님은 도련님들과 매일 놀고 싶은 것을 꾹 참고 혼자 대단한 대학에서 훌륭한 신사가 되기 위한 공부를 열심히 하고 있으니까 도련님들도 야무지게 행동하셔야 해요, 라고. 그래서 꼬마들은 그걸 진심으로 믿었어. 덕분에 나는 동생을 생각하는 다정한 형님을 연기해야 한다는 거지."

사라는 키득 웃었다.

"훌륭한 유모를 두셨네요."

"옛날부터 어린아이를 구워삶는 데 명인이야."

청년은 어깨를 으쓱거렸다.

"나도 어릴 때는 누나와 같이 그녀――마지의 보살핌을 받은 몸이라서 그녀가 하는 말을 듣지 않았다가 위협받은 적이 있어. 도련님이 나쁜 아이로 있으면 책임은 모두 유모가 지게 된다. 그래서 마지는 저택에서 쫓겨나 길거리를 헤매다 죽는 사태에 이를 텐데, 도련님은 그래도 상관없으신가요, 라고. 아직 글씨도 제대로 못 쓰는 아이한테 그런 말을 해도 되냐고 지금은 생각하지만, 효과는 발군이었으니까 작전 승리였다고 해야겠지."

"착한 아이가 되신 거네요?"

"기간 한정으로."

청년은 장난스럽게 입가를 끌어올렸다.

마지는 어릴 때부터 자기 여동생을 돌보아서 유모로서의 경력은 50년 이상이라고 자랑스럽게 이야기했다고 한다.

"뭐, 금발 미인 자매로 평판이 좋았다는 것도 입버릇이니까 어디까지가 진실인지는 모르지만. 아무튼 아이를 다루는 데 있어서 마지는 누구보다 믿을 수 있어. 그런 그녀가 최근에 도련님들은 형님을 애타게 기다리며 아주 착하게 지내고 있다고 몇 번이고 칭찬해서 꼬마들을 안 돌볼 수도 없더라고."

그러셨군요, 하고 사라는 미소 지었다.

"그러면 이곳에는 동생분들의 희망으로 오신 건가요?"

"듣자 하니 아래쪽 꼬마가 꼭 읽고 싶은 책이 있다고 해서. 그 책을 찾는 걸 도와달라고 조르더라고."

"꼭 읽고 싶은 책이군요."

"응. 그래서 사용인에게 이 가게에 대해 들어서 둘을 데리고 온 거야. 좋은 가게네."

청년은 긴 카운터를 훑어본 다음 가게 안을 돌아보았다.

벽을 포함해 책이 가득 꽂힌 책꽂이 여러 개가 천장 근처까지 놓여 있는 모습은 지하 세계의 미궁 같아서, 책이 싫은 사람이라면 현기증이나 답답함을 느껴도 이상하지 않았다.

사라의 얼굴이 자연히 풀어졌다.

"감사합니다. 저희가 빌리기 전까지는 잡화점이었다고 해요."

그 잡화점이 번화가로 이전했기 때문에 사라 남매는 건물을 통째로 빌려 새로운 생활의 장으로 삼기로 했다. 물론 그런 정보를 입수해서 세세한 교섭을 한 것은 오빠 알프레드다.

입구 정면의 벽을 따라 놓인 카운터는 잡화점이었을 때의 흔적이다.

과거에는 과자가 든 유리병이 즐비하게 놓여 있었다는 카운터에 지금은 입하된 책을 진열해서 손에 들기 쉽도록 하고 있다.

그래도 아직 카운터에는 여유 공간이 남아서, 단골손님에게 스툴을 권해 홍차나 약간의 구움과자 등을 대접하는 경우도 있다.

"나는 독서가는 아니지만 여기에는 왠지 오래 머물고 싶어질 것 같아."

아무렇지 않게 중얼거리고 청년은 다시 사라에게 눈길을 돌렸다.

그리고 시선이 마주치자마자 그는 황급히 문 쪽을 가리켰다.

"맞다. 밖에 나와 있던 간판의 저건 뭐라고 읽는 거야? 알프, 뭐라고 써 있던데."

"알프 라일라 와 라일라라고 해요."

"알프 라일라……."

처음 듣는 울림에 이끌렸는지 청년이 읊조렸다.

"아랍어예요. 알프는 천, 라일라는 밤. 그래서 천의 밤과 하나의 밤으로, 천야일야. 그런 이야기의 제목에서 따온 거예요. 이 나라에는 보통 『아라비안 나이트』로 소개되었으리라고 생각합니다만."

"아아! 그거라면 잘 알아. 『알라딘과 마법 램프』나 『신밧드의 모험』이나 『알리바바와 40인의 도적』이나. 어릴 때 이것저것 읽었거든."

"네. 그것도 『천야일야 이야기』에서 나온 수많은 이야기

중에 하나예요.

청년의 반응이 기뻐서 사라의 톤이 올라갔다.

"『천야일야』의 액자 바깥에 해당하는 이야기를 아시나요? 어린이용 선집에서는 생략되는 경우도 많지만요."

"아마 왕비가 바람을 피워서 여성 불신에 빠진 왕에게 아름답고 현명한 아가씨가 밤마다 재미있는 이야기를 들려줘 죽는 것을 면했다는……."

"네, 그 말씀대로예요."

옛날 옛적 샤흐리아르 왕은 왕비의 부정을 안 것을 계기로 여성에 대한 불신감을 키웠다.

이윽고 왕은 왕비를 처형했고, 그 이후부터는 매일 밤 젊디젊은 처녀에게 침대에서 시중을 들게 하고는 다음 날 아침이 되면 목을 베는 만행을 반복하게 된다.

당연하지만 왕의 상대를 할 여성은 나라에서 점점 줄어갔다.

대신이 난감해하자 그의 딸인 세헤라자드가 직접 그 역할을 맡겠다고 청한다.

그녀에게는 한 가지 계책이 있었다.

샤흐리아르 왕은 여인을 믿지 않는다.

그렇다면 이야기의 포로로 만들자는 것이다.

세헤라자드는 그 아름다운 입술에서 물 흐르듯이 생생하게 매력적인 이야기를 자아내어 갔다. 왕은 이야기의 세계에 빠져서 자신도 모르는 새 뒷내용에 흥미가 생겼다.

하지만 침소에 아침 해가 비쳐들자 세헤라자드는 무정하게도 입을 닫았다. 밤이 지나면 이야기의 시간 역시 끝난다는 뜻이다. 이리하여 왕은 이야기의 뒷내용을 알고 싶어서 세헤라자드를 살려둘 수밖에 없게 되었다.

 같은 과정이 그로부터 천 일과 하룻밤에 걸쳐 반복되었고——.

 "그래서 천야일야의 이야기라는 건가."

 사라의 이야기에 귀를 기울이던 청년은 그렇게 매듭지었다.

 하지만 문득 고개를 갸웃거렸다.

 "하지만 그러면 왕은 매일 밤을 샜다는 거야? 수면 부족으로 정무에 지장이 갈 것 같은데."

 사라는 무심코 웃음을 터뜨렸다. 묘한 걱정을 하는 청년이다.

 "확실히 현실적으로는 여러모로 무리가 있는 설정이네요. 하지만 아주 매력적인 액자 구조라고 생각합니다."

 극악무도한 왕에게 미모의 아가씨가 혼자서 맞선다.

 목숨을 건 그 싸움의 무기는 이야기의 힘과 말솜씨뿐.

 이야기를 사랑하는 자에게 이렇게 매혹적인 무대가 있을까.

 "그래서 최종적으로 왕은 마음을 고쳐먹고 세헤라자드도 죽지 않았다는 거네."

 "맞아요. 어린이용을 포함해 그렇게 내용을 개정한 출판

물이 많을 거예요."

"왜 그렇지?"

미심쩍어하는 그에게 사라는 해설했다.

"실은 『천야일야 이야기』에는 초고라는 것이 없어요. 10세기에는 이미 원형이 될 서적이 존재하지 않았던 듯한데, 그 이후 온갖 고사본에서도 결말 부분은 아직껏 발견되지 않고 있어요."

청년은 눈을 동그랗게 떴다.

"이렇게 유명한 이야기인데 그런 일이 있는 거야?"

"네. 애초에 결말이 있는지 없는지도 확실하지 않아서요."

"결말이 없어? 처음부터?"

청년은 점점 납득이 가지 않는 표정을 지었다.

"천야일야라는 말은 단순히 그 숫자를 가리키는 것이 아니라 셀 수 없을 만큼 많이 있다는 것이나 끝이 없다는 것을 의미했다는 설이 있어요."

즉, 이 이야기는 처음부터 닫히지 않고 후세를 향해 열려 있었을지도 모르는 것이다.

인간의 삶이 계속되는 한 그곳에는 이야기가 생겨난다.

그것들을 모두 담은 환상의 책——그것이 『천야일야 이야기』인 것처럼.

"……끝나지 않는 이야기라. 왠지 터무니가 없네."

"개인적으로는 결말이 준비되지 않는 것도 멋지다고 생각해요. 뭐라고 할까, 무한한 가능성을 간직하고 있는 것 같아서요."

"확실히 그편이 꿈이 있네."

"네, 저도 그렇게 생각해요."

두 사람은 시선을 주고받고 동시에 희미한 웃음을 띠었다.

하지만, 하고 사라는 말을 이었다.

"서양 세계에 『천야일야 이야기』를 소개한 앙투안 갈랑이라는 동양학자는 그렇게 생각하지 않은 것 같아요."

18세기 초의 일.

프랑스인인 갈랑은 15세기의 시리아에서 필사된 것으로 보이는 『천야일야 이야기』의 사가본(私家本)을 입수했다. 현존하는 최고(最古)의 사본으로 보였지만, 그곳에 적혀 있던 것은 300밤에 불과한 부분까지——이야기 수로 따지면 40화뿐이었다.

"그래서 무슈 갈랑은 나머지 700밤분의 이야기가 아직 어딘가에 파묻혀 있을 것이라고 생각했어요. 그래서——."

"나머지 이야기를 찾아다녔어?"

"네. 그가 『천야일야 이야기』의 일부분으로 번역 출판한 책이 전 유럽에서 엄청난 베스트셀러가 된 적도 있어서, 그 뒤로 수많은 사람들이 남은 이야기의 채집에 매달렸다고 해요."

어떤 사람은 사본에서, 어떤 사람은 중동의 현지인에게 직접 들은 것으로 그럴듯한 이야기를 수집해갔다. 그리고 19세기가 되자 긁어모은 이야기를 정리한 각종 『천야일야 이야기』가 출판되게 된다.

"주요한 것만 해도 레인판, 페인판, 버턴판 등 몇 가지가 있어요. 번역자의 이름을 따서 그렇게 불리고 있는데, 각각 번역 방침도 수록된 이야기도 달라서 비교하며 읽는 것도 재미있답니다."

등 뒤의 선반에 죽 늘어선 책을 사라는 돌아보았다.

모로코가죽 장정의 호화본이 40권 이상.

"이 가게에도 갈랑판과 레인판과 버턴판을 전권 구비하고 있습니다."

"호오. 상당히 충실하네."

"가게 이름의 유래가 된 책이기도 해서요."

사라는 싱긋 웃었다.

"물론 가볍게 즐길 수 있는 선집이나 어린이용 그림책 시리즈도 준비되어 있습니다. 그런 책은 다색쇄 삽화가 아주 아름답답니다. 저명한 일러스트레이터가 각기 재능을 경쟁하듯이 독자적인 세계를 만들어내서요. 예를 들면──."

거기서 사라는 갑자기 입을 다물었다. 청년의 동생들이 어느새 카운터 반대편에 얼굴을 맞대고 이쪽을 빤히 쳐다보고 있었다. 그러고 보니 그들 세 명은 무언가 목적이 있어서 이 가게에 왔다고 하지 않았나.

"아……. 죄송합니다. 제가 그만 이야기에 빠져버렸네요."

"아니, 나는 괜찮아. 재미있는 얘기였어."

"하지만 뭔가 찾는 책이 있다고 아까 말씀하지 않으셨

나요?"

"응? 아아, 그랬지. 그게 꼬맹이들의 요구야. 참고로 큰 쪽이 라울이고, 작은 쪽이 엘리엇. 그리고 나는 빅터. 이름으로 불러도 돼."

자신들을 한꺼번에 소개하고 빅터는 동생들의 머리를 쓱쓱 헝클어뜨렸다.

둘 다 찰랑거리고 부드러워 보이는 아름다운 금발이었다.

"꼬맹이 아냐!"

"아냐!"

"신사라고!"

"라고!"

라울의 항의를 동생인 엘리엇이 즉시 따라했다. 뭐든지 형의 흉내를 내고 싶어 하는 나이일 것이다.

사라는 흐뭇하게 생각하면서 카운터로 몸을 내밀었다. 꼭 읽고 싶은 책이 있다는 작은 엘리엇에게 말을 걸었다.

"어떤 책을 찾고 있는지 가르쳐주시겠어요?"

빅터가 동생의 등에 손을 대고 재촉했다.

"신사라면 예의 바르게 행동해야지, 엘리엇."

"응."

엘리엇은 귀여운 둥근 눈으로 사라를 쳐다보았다. 라울도 진지한 눈빛으로 이쪽을 들여다보았다. 둘 다 빅터와 아주 닮은 밝은 녹색의 눈동자였다.

엘리엇은 숨을 크게 들이쉬었다.

"있잖아. 여자아이와 하얀 개가 같이 모험하는 책을 읽고 싶어."

"여자아이와 하얀 개인가요?"

바로는 생각나지 않았다. 어린아이와 개의 이야기라면 사반세기 정도 전에 출판된 위다의 『플랜더스의 개』가 바로 떠올랐지만, 내용은 모험과 전혀 다른 데다 주인공은 남자아이다.

빅터가 옆에서 엘리엇에게 물었다.

"책의 제목은 기억 못 해?"

"저기……. 몰라."

주뼛대며 중얼거리고 엘리엇은 고개를 숙였다. 처음 보는 사라를 상대로 긴장한 것일까.

"미안해. 이런 애매한 조건으로 상담하면 곤란하기만 하잖아."

"아……. 아니요. 손님 중에는 제목이 생각나지 않는 책을 찾아주기를 바라는 분도 자주 오세요."

하지만 사라에게 짐작 가는 데가 전혀 없다면 오빠 알프레드의 도움을 빌리는 편이 현명할지도 모른다.

"이쪽 자리에서 잠시 기다려주시겠습니까?"

사라는 세 사람에게 스툴을 권하고 주거 구획으로 이어지는 문을 통해 오빠의 작업장 쪽으로 찾아갔다.

"오빠, 잠깐 시간 돼? 손님이 찾는 책이 있어서 그런데……."

하지만 뜻밖에도 알프레드의 모습은 없었다.

그 대신 작업대에 메모가 남아 있었다.

주문 받은 책의 장정이 완성돼서 의뢰주에게 전해주고
올게.

크림티 준비는 해뒀으니까 필요하면 데워서 대접해.

아무래도 알프레드의 조력은 기대할 수 없는 듯했다.

이렇게 되면 사라가 자력으로 어떻게든 하는 수밖에 없
다. 그러기 위해서는 우선 엘리엇의 기분을 풀어 찾고 있
는 책에 관한 정보를 최대한 얻을 필요가 있다.

"그건 그렇고……."

사라에게 양해도 얻지 않고 알프레드가 가게를 비우다
니 드문 일이다. 그녀가 접객 중이 아니면 말 한마디라도
했을 테고, 손님이 있을 때 굳이 가게를 비우는 일도 없
었는데.

고개를 갸웃거리면서 사라는 부엌으로 서둘러 이동했다.

밀크티를 꿀꺽꿀꺽 다 마신 라울의 뺨이 행복한 듯이 누
그러들었다.

"차 더 드릴까요, 도련님?"

사라가 말을 걸자 라울은 볼을 붉혔다.

"자……잘 먹겠습니다."

"나도 더 줘!"

뒤질세라 엘리엇이 컵을 내밀었다.

라울이 갑자기 울컥한 표정을 지었다.

"네 건 아직 남았잖아."

"이제 다 마실 거야."

싸우는 두 사람에게 빅터가 형답게 주의를 줬다.

"맛을 보면서 마셔, 엘리엇. 그리고 둘 다 입 주위를 닦고."

사라가 그들에게 대접한 것은 크랜베리 잼과 클로티드 크림을 곁들인 수제 스콘. 전날 남은 것을 데운 것이지만, 마침 배가 출출했는지 세 사람 모두 게 눈 감추듯 먹었다.

작은 신사들은 똑같은 손수건으로 예의 바르게 입을 닦았지만, 곧바로 더럽히는 면이 역시 어린아이다워 왠지 귀여웠다.

하얀 손수건의 가장자리에는 포도 덩굴 모양의 아이리시 크로셰 레이스[1]로 장식되어 있었다. 유모인 마지가 그들을 위해 뜨개질한 것일지도 모른다. 돌보는 아이들의 옷을 짓는 것도 유모의 업무 중 하나이기 때문이다.

"이 스콘, 정말 수제야? 유명한 티 룸에서 파는 것보다도 훨씬 맛있어."

감사합니다, 하고 사라는 미소 지었다.

"오빠에게도 그렇게 전하겠습니다. 분명 기뻐할 거예요."

---

1 코바늘을 사용하여 뜨개질한 레이스를 크로셰 레이스라고 하며, 그중에서도 아이리시 크로셰 레이스가 유명하다.

"어……. 혹시 이거 네 오라버니가 만든 거야?"

"네. 과자뿐만 아니라 요리 솜씨도 발군이에요."

스콘의 완성도를 칭찬받은 것이 기뻐서 사라는 그만 말을 거듭했다.

"장정 기술도 일류 장인 못지않고, 오빠가 못하는 건 아무것도 없어요. 모르는 일은 전혀 없는 것처럼 지식도 풍부하고 언제든지 아주 의지가 되거든요."

"……호오. 네 오라버니는 상당히 유능한 것 같네."

그때 문득 빅터는 무언가를 그리워하는 눈빛을 보냈다.

"나도 그런 사람을 한 명 알고 있어. 이미 오랫동안 만나지 않은……. 아니, 살아 있는지 죽었는지조차 모르지만……."

"네?"

"아……. 미안. 아무것도 아냐."

혼잣말을 하다 정신을 차린 얼굴로 빅터는 화제를 되돌렸다.

"그 오라버니라면 엘리엇이 읽고 싶어 하는 책에 대해서도 알 것 같아?"

"분명 그럴 테지만 지금은 외출 중이어서…… 죄송합니다. 하지만 책 내용을 자세히 가르쳐주면 저라도 힘이 될 수 있을지도 몰라요. 제가 동생분께 몇 가지 질문을 해도 될까요?"

"물론이지."

사라는 카운터 너머로 엘리엇을 들여다보았다.

"주인공인 여자아이와 하얀 개가 어떤 모험을 하는지 아나요?"

완전히 표정이 누그러진 엘리엇이 발을 흔들면서 대답했다.

"응, 그 개는 달리는 속도가 아주 빨라서 여자아이는 개 등에 타고 여행을 해."

"아주 큰 개네요."

"맞아. 어디서든 좋아하는 곳으로 데려다줘. 바다든 산이든 호수든. 그래서 바다 나라에서 만난 왕자님의 부탁을 받고 여러 가지 보물을 찾는 모험을 해."

"바다 나라의 왕자님?"

갑자기 이야기의 방향이 바뀌었다.

그렇다면 아동문학이라기보다 옛날이야기, 혹은 신화 종류일까.

영웅이나 젊은이 등이 어떠한 목적을 위해 세계를 방랑하는 이야기는 바다의 동서를 불문하고 많다. 무엇을 숨기랴, 『천야일야 이야기』에도 그런 방랑하는 이야기는 몇 개나 있다.

"그 보물을 찾는 여행이 끝난 후 여자아이와 개는 어떻게 되나요?"

"그게 말이지, 개는 죽어. 그치만 사실은 인간이어서 여자아이와 결혼해."

"뭐야 그건. 꽤나 급전개잖아."

빅터가 어이없다는 표정을 지었지만 사라에게는 중요한 단서였다.

"황당무계하게 들릴지도 모르지만 인간이 동물로 모습을 바꾼 변신담은 옛날부터 여러 가지 패턴이 있어요. 그중 하나라고 생각해보면 후반의 전설 같은 전개도 오히려 수긍이 갑니다. 비슷한 인상의 이야기를 읽은 것 같은데……."

입가에 손을 대고 사라는 생각에 잠겼다. 동물로 모습을 바꾼 인간과 주인공이 결혼하는 이야기라면 프랑스 민화인『미녀와 야수』나 그림 동화의『개구리 왕자』등이 유명하지만, 어느 쪽이든 주인공이 모험을 하지는 않는다.

그건 그렇고 엘리엇은 의외로 이야기의 내용을 똑똑히 기억하고 있었다.

아직 읽고 쓰기는 거의 못 한다는 그는 대체 어떤 상황에서 그 책에 대해 안 것일까.

"도련님은 그 이야기를 누가 가르쳐줬나요?"

곧바로 엘리엇은 어깨를 움찔 떨었다. 그대로 입을 다물고 양손으로 쥔 컵 저편으로 얼굴을 감추었다.

자세한 사정에 대해 털어놓기에는 상황이 여의치 않은 것일까.

생각해보니 엘리엇 같은 양가의 자제가 알 수 있는 인물은 한정되어 있다. 부모의 방침으로 엄격하게 교육받고 있

다면 사용인과 친해지는 것조차 혼나리라. 혹시 그런 상대
와 교류가 있었다면 너무 추궁하는 것도 가여웠다.

　아무래도 같은 생각을 한 듯한 빅터가 스툴에서 내려가
려고 할 때였다.

"그러면 나는 자리를 비울까."

　계속 입을 다물고 있던 라울이 과감하게 빅터를 올려다
보았다.

"엘리엇은 공원에서 만난 친구에게 그 얘기를 들었어.
잘 모르는 애지만 나쁜 애는 아니야."

"뭐야. 그런 거였니, 엘리엇?"

　엘리엇은 머뭇대며 고개를 끄덕였다.

"응, 맞아."

　빅터는 한숨을 내쉬었다.

"그러면 숨길 필요가 뭐 있어. 난 너희가 누구와 친구가
되든 신경 안 써. 좋아하는 상대와 좋아하는 만큼 사이좋
게 지내면 돼."

"——응!"

　엘리엇은 간지러운 듯이 목을 움츠렸다.

　그리고 어깨의 짐을 완전히 덜었다는 얼굴로 좌우로 두
리번두리번 시선을 보냈다.

"책 더 보고 와도 돼?"

"응, 돼. 라울, 엘리엇을 따라가줄래?"

"응. 자, 엘리엇."

스툴에서 펄쩍 뛰어내린 라울이 동생을 부축해 바닥에
내려주었다.

라울이 손을 내밀자 엘리엇은 순순히 붙잡았다.

"둘 다 뛰어다니면 안 돼."

"응, 알았어!"

"알았어!"

손을 잡은 소년들은 순식간에 그림책이 꽂힌 책장 쪽으
로 달려갔다.

"……전혀 모르잖아."

사라는 키득 웃었다.

"잠깐이라도 눈을 떼면 터무니없는 일이 일어날 것 같
네요."

"맞아. 꼬맹이들은 오후에 공원까지 산책하러 나가는 게
일과인데, 데리고 가는 이쪽은 마음이 편치가 않아."

"그 역할도 평소에는 마지 씨가 혼자서 맡으시나요?"

마지는 고령인 듯해서 활발한 남자아이 둘을 돌보기는
힘들 것 같았다.

"아니. 평소에는 유모 메이드도 한 명 더 따라갈 거야."

유모 메이드의 업무는 유모의 보좌다.

보좌라 해도 직분은 확실히 구별되어 있어서, 아이들에
게 붙어 생활 전반의 훈육을 담당하는 유모에 비해 아이들
방의 청소나 입욕 준비 등의 잡무를 맡는 것이 유모 메이
드다. 유모의 일상사 시중도 유모 메이드가 처리하는 경우

가 많다.

빅터에 의하면, 라울이 누나에게 공부를 배우는 오전의 몇 시간과 산책을 나갈 때 외에는 마지와 동생들이 셋이서 지내는 경우가 대부분이라고 한다.

그런 일상은 양가의 자제에게는 지극히 당연한 관습이기도 했다. 그들에게 유모의 존재는 때로는 피가 이어진 어머니보다 중요한 것이다.

"그러고 보니 두 달쯤 전 일이었나. 마지가 동생의 장례식 때문에 일주일 정도 휴가를 받았다고 했어. 그때는 유모 메이드가 혼자 꼬맹이들의 수발을 들어줬던 것 같으니 다른 친구와도 그 시기에 알게 됐을지도 몰라. 저 녀석들은 분명 쪼르르 돌아다녔을 테니, 혼자서는 눈길이 미치지 못해도 뭐라 할 수 없는 상황이었을 거야."

사라는 조심스레 물었다.

"그 친구는 친해지면 꾸중을 듣는 상대였을까요?"

"그렇게 생각했으면 되도록 숨기려고 했겠지."

이미 식었을 홍차를 빅터는 마지막 한 방울까지 예의 바르게 마셨다. 그리고 아무것도 떠오르지 않는 컵 바닥으로 눈길을 떨어뜨렸다.

"우리 집은 아버님이 그런 데 집착하는 성격이거든."

"사귀는 사람을 가린다는 말씀인가요?"

빅터는 입을 다문 채 시선만 들었다.

청년의 부드러운 눈빛에 깃든 거북한 기색을 보고 사라

는 자신도 모르게 가슴이 철렁했다.

하지만 그는 바로 표정을 부드럽게 풀고 장난스럽게 한쪽 눈썹을 올려 보였다.

"잘 아네. 그런 남자가 나오는 소설이라도 있었어?"

"그랬을지도 모르겠네요."

애매하게 웃고 사라는 입을 다물었다. 이 이상은 일개 점원이 언급할 일이 아니리라. 다시 본론에 대한 우려를 꺼냈다.

"제가 걱정하는 것은 그 이야기가 페니 드레드풀 등에 실려 있었던 것일 경우 찾기가 어려울지도 모른다는 점이에요."

"페니 드레드풀? 한 권에 몇 펜스쯤이면 살 수 있는 그 잡지?"

페니 드레드풀이란 원래부터 피투성이 공포 소설이나 범죄 소설 등의 읽을거리를 실어 인기를 얻던 점 때문에 이름이 붙은 책자다.

내용은 소년용 모험물, 도적물, 역사물, 학원물 등이 잘 팔렸고, 뻔한 패턴을 따라가는 가벼운 읽을거리가 대부분인 듯하다. 종이도 인쇄도 조악하고 저속하다는 평판을 흔히 들었지만, 노동자 계층의 자녀들이 용돈을 사러 달려오는 책은 지금도 그런 페니 드레드풀이다.

"기본적으로 찍어서 팔면 끝이라는 종류의 것이라 상당히 많은 책자가 잇달아 팔렸을 것이기 때문에……."

"그렇구나. 그러면 아무리 책에 해박해도 어쩔 수 없겠네."

"죄송합니다."

"아니, 괜찮아. 처음부터 무모한 부탁이라는 건 알고 있었으니까. 시간을 오래 뺏어서 이쪽이야말로 면목 없어."

예의 바르게 말하고 빅터는 자리에서 일어서려 했다.

하지만 그가 깔끔히 물러나려고 하려는 순간 사라는 어째서인지 빅터를 붙잡고 싶어졌다. 이 사람을 실망시키고 싶지 않다──그렇게 생각했다.

"저기, 하지만 오빠라면 분명 알 거예요. 저도 어딘가에서 들은 적이 있는 것 같으니 시간을 주신다면 떠올릴 수 있을지도 몰라요."

허둥지둥 말하자 빅터의 표정이 움직였다.

아주 살짝 망설인 후 그는 정면에서 사라를 응시했다.

"그럼 내일은 어때? 나는 한가하니까 같은 시간에 올게."

"아······. 네! 그렇게 해주시면 분명 좋은 대답을 들려드릴 수 있을 거예요."

"그러면 내일 봐."

약속을 잊지 않겠다는 듯이 고개를 끄덕인 후 빅터는 서가를 돌아보았다.

"모처럼 왔으니까 뭐라도 빌려 갈까. 크림티까지 대접받았으니 적어도 매상에 공헌해야지."

"차는 제가 좋아서 드린 것뿐이니 신경 안 쓰셔도 됩니다. 하지만 흥미가 있는 책이 있으시다면 부디 빌려 가세요."

"회비는 받지 않는 가게라고 들었는데, 진짜야?"

"네. 그편이 어느 분이든 마음 편히 이용하실 수 있을 테니까요."

'뮤디즈'처럼 영국 전역에 지점이 있는 대형 대여점은 이용객에게 미리 연회비를 받는 방식을 채용하고 있다. 그 대신 회원이 되면 1년 동안 마음껏 책을 빌릴 수 있다. 즉, 빌리면 빌릴수록 득이 되어 책을 좋아하는 사람에게는 고마운 시스템이지만, 회비는 1기니로 상당히 고액이다.

1기니라면 평균적인 하우스 메이드의 월급에도 상당하는 금액이다. 그래서는 회원이 될 수조차 없는 사람도 많을 것이다.

"'천야일야'에서는 한 번에 한 권을 2주의 기한 동안 일률적으로 3펜스에 빌려드려요."

"어떤 책이든 같은 요금이야?"

"네. 저희가 손님께 파는 건 '시간'이라서요."

"시간?"

"책의 세계를 자유롭게 여행하는 시간이에요. 받은 돈은 그 대가인 거죠."

대여점의 업무는 여행자에게 기한 있는 통행증을 발행하는 것이다.

일기일회의 여행을 어떤 추억으로 만들지는 읽는 이 하기 나름이다.

잠수정으로 심해로 가라앉듯이 하룻밤에 단숨에 다 읽어

도 된다.

한 걸음 한 걸음 밟는 풀의 감각을 맛보듯이 천천히 읽어가도 좋다.

떠오르는 색은, 소리는, 냄새는, 감정은 무한하고 가치는 처음부터 측정할 수 없다.

"누군가가 시시하다고 느낀 책도 다른 누군가에게는 심금을 울리는 특별한 책이 될 가능성은 있어요. 그래서 이 가게에 있는 책의 가치는 원래 가격과 상관없이 모두 똑같습니다. 전부 소중한 책이에요."

다만, 하고 사라는 장난스럽게 털어놓았다.

"저는 아무래도 오빠가 장정을 만든 책만 특별 취급을 하고 싶어져요."

"아아, 아까 말한 네 만능 오라버니 말이지."

"네. 오빠가 정성 들여 만든 책을 소중히 취급하지 않는 사람은──."

야무진 눈빛으로 사라는 선고했다.

"만 번 죽어 마땅해요."

"어?"

"물론 농담이에요."

"……하하, 그렇겠지?"

순간 말문이 막힌 빅터가 굳어진 뺨을 얼버무리듯이 웃었다.

"다음에 빌리는 사람을 위해서도 소중히 다루어주신다면

좋겠다고는 생각하지만요."

"물론 그렇게 할 거야, 물론."

그건 그렇고, 하고 그는 서가를 바라보았다.

"책의 세계의 여행자라. 그렇게 생각해본 적은 없었네. 그리고 너는 여행의 진로 안내인이라는 거네. 그 세헤라자드처럼."

"제게는 그녀와 같은 재능은 없습니다, 아쉽지만."

"그런가? 겸손 차리는 거 아냐?"

"당치도 않아요."

"하지만 책의 내용에 대해 손님에게 설명해주는 경우도 있지 않아?"

"그건 물론이에요, 일이니까요."

"그럼 네가 골라주지 않겠어? 추천하는 책이 있다면 그걸 빌릴게. 읽는 걸 힘들어하지는 않으니까 어떤 책이든 상관없어. 네가 좋아하는 책이라도 돼."

"저기, 하지만 그건."

사라는 곤혹스러워했다.

사실 손님이 그런 부탁을 하는 경우는 드물지 않다.

하지만 뭔가 재미있는 책을 읽고 싶다는 막연한 요구에 응하는 것은 상당히 만만치가 않다. 재미의 종류에도 여러 가지가 있고, 취향을 물어도 손님 자신이 읽고 싶은 것을 잘 모르기 때문에 어떻게 할 수 없다.

그래서 되도록 번거로워도 자신의 발로 서가를 돌아보다

끌리는 책을 찾기를 바라는 것이 사라의 본심이다. 실제로 그렇게 추천하는 경우도 있다.

다만 사라는 이 처음 보는 청년의 바람을 거절하고 싶지 않았다.

그가 기뻐했으면 좋겠다. 매력적인 한 권과 만났다고 생각했으면 좋겠다.

그것은 가슴 안쪽에서 희미하게 흔들거리다 사라질 정도로 미약한 충동이기는 했지만.

"글, 쎄요."

모험 소설…… 아니면 탐정 소설 쪽이 취향일까.

그때 카운터에 놓아둔 신문이 눈에 들어왔다. 짬이 나면 읽으려고 했던 그 《일러스트레이티드 런던 뉴스》다.

"H. G. 웰스나 쥘 베른[1]의 작품을 읽은 적은 있으신가요?"

"공상 과학 소설이네. 둘 다 몇 권쯤 읽었어. 나는 꽤 좋아해. 『80일간의 세계일주』나 『도둑맞은 세균』이라든가. 그리고 『투명인간』도 재미있었어."

"그렇다면 같은 작가의 아직 읽어보지 않은 책은 어떠신가요?"

"음, 그럴까."

사라는 카운터의 상판을 들고 가게 쪽으로 돌아왔다.

"공상 과학 소설은 아주 인기 있어서 대출 중인 경우가

---

1 19세기 후반 활동한 프랑스 소설가. 모험 소설, 공상 과학 소설을 즐겨 썼으며 대표작으로는 『80일간의 세계일주』, 『해저 2만 리』 등이 있다.

많습니다만……."

그래도 대표적인 작품은 몇 권씩 구비하고 있기 때문에 빌릴 수 있는 것은 있을 터다.

이쪽이에요, 하고 사라는 공상 과학 소설이 꽂힌 책장으로 안내했다.

"작가마다 간행된 순서대로 꽂혀 있으니 참고하세요."

서가를 마주 보자 빅터는 기쁨에 가득 찬 소리를 냈다.

"아아, 그립네. 『해저 2만 리』에 『2년간의 휴가』도 기숙학교 시절에 친구들끼리 돌려 읽었지."

책등을 훑어보던 그는 어떤 한 권에서 눈길을 멈추었다.

"그러고 보니 이 책……."

중얼거리면서 손에 든 것은 웰스의 『타임머신』이었다.

"『타임머신』은 안 읽으셨나요? 간행된 지 3년쯤 됐습니다만."

"응. 이 책도 친구에게 빌렸는데, 아마 도입부만 읽고 돌려줬을 거야."

"마음에 들지 않으셨나요?"

"아니, 그렇지도 않았을 거야."

왜 그랬을까, 하고 고개를 갸웃거리면서 빅터는 페이지를 팔락팔락 넘겼다.

"어쩌다 바빠서 마지막까지 읽을 시간이 없었을지도 몰라. 이 책은 네 추천이야?"

사라는 조심스레 동의했다.

"그러네요. 웰스의 다른 작품을 좋아하셨다면 즐기실 수 있을 거라고 생각합니다."

"그럼 이 기회에 독파하기로 할게."

탁 하고 빅터는 책을 덮었다.

그리고 모험을 좋아하는 소년처럼 밝은 녹색 눈동자를 빛냈다.

"모처럼 출발한 여행을 도중하차한 채로 있는 건 아까우니 말이야."

"――그렇게 된 거야."

그날 밤 저녁 식사 자리였다.

일의 자초지종을 다 이야기한 사라는 오빠 알프레드의 표정을 살폈다.

박학다식한 오빠라면 눈 깜짝할 사이에 정답에 도달하지 않을까 생각했지만, 예상과 반대로 곰곰이 생각에 잠긴 모습이었다.

의지하는 그에게도 짐작 가는 책이 없으면 엘리엇의 기대를 배신할지도 모른다. 기뻐하는 동생의 얼굴을 보지 못하면 빅터도 낙담하리라.

"나 경솔하게 일을 맡았나봐."

사라는 중얼거리면서 난처럼 평평하게 구운 빵을 찢었다.

닭고기 커리 소스를 찍어 입으로 가져가면 걸쭉한 소스의 매운 맛과 빵의 단맛이 씹을수록 뒤섞여서 깊이 있는 맛이 입 안 가득 퍼진다.

알프레드에 의하면 맛의 비밀은 조미료인 요구르트라고 한다.

"그 소년이 말한 줄거리에는 기시감이 있다고 할까, 전에 읽은 적이 있는 듯한 기분이 들지만 이거다 할 이야기는 아직 떠오르지가 않네, 유감이지만."

"오빠도? 나도 그래."

그때부터 계속 이 일에 대해 생각했던 사라는 한숨을 내쉬었다.

"생각이 날 것 같은데 나지 않아서 더 답답해."

"네 말대로 사람이 동물로 모습을 바꾸는 요소에 주목하면 그야말로 셀 수 없을 만큼 많은 종류의 이야기가 있으니 말이야."

"맞아. 하지만 반대로 여자아이가 모험다운 모험을 하는 이야기가 되면 예는 그다지 없지 않아? 내가 바로 생각한 건 안데르센의 『눈의 여왕』이나 루이스 캐롤의 『이상한 나라의 엘리스』 시리즈 정도야."

"응. 각국의 민화에도 젊은 여성이 사는 장소에서 쫓겨나 몸을 숨기거나 여행을 떠나는 이야기는 있지만, 목적을 이루기 위해 모험을 하는 내용과는 다르지. 오히려 신화의 에피소드라고 생각하는 편이 나으려나. 용감한 싸움의 여신이 등장하는."

"그리스 신화의 아테나라든가?"

"북유럽 신화의 발키리도 그렇지."

반신 빌키리는 주신 오딘의 딸들 중 한 명이다.

아름다운 발키리는 전사한 병사를 발할라로 데리고 간다.

"하지만 그녀들은 항상 애마로 전장을 누비지 않았어?"

"응. 그야말로 『발키리의 기행(騎行)』이지."

바그너[1]의 악극의 인상적인 악구를 알프레드는 흥얼거렸다.

그 직후, 무언가가 떠오른 듯이 눈을 크게 떴다.

"그렇군, 말인가."

"말이 왜, 오빠?"

"아니. 단순히 여행의 이동 수단으로 삼는 동물이라면 보통은 말이나 당나귀잖아? 그게 개라는 건 드문 경우니까 단서가 된다고 생각해서."

"확실히 별나긴 해. 덩치 큰 목양견이라면 어린아이가 타지 못할 것도 없겠지만."

그러고 보니, 하고 사라는 테이블로 몸을 내밀었다.

"이것저것 생각해보다 한 가지 떠오른 게 있어. 엘리엇 도련님이 공원에서 안 친구는 혹시 여자아이이지 않았을까. 그가 들은 이야기는 분명 그 여자아이가 좋아하는 이야기로, 그래서 보통 모험 이야기와 달리 주인공이 여자아이였을지도 몰라."

---

1 리하르트 바그너. 19세기의 유명 작곡가, 가극 지휘자. 독일 신화를 재해석한 악극 『니벨룽겐의 반지』를 완성한 것으로 유명하다.

"그렇군. 확실히 뭐든 형 흉내를 내는 나이의 아이가 여자아이가 주인공인 이야기를 열심히 읽고 싶어 하는 건 살짝 기묘하네. 하지만 사이가 좋아진 여자아이가 푹 빠진 책을 읽고 싶다는 동기가 있다면 납득이 가는군."

알프레드는 감탄한 눈빛으로 동생을 바라보았다.

"역시 착안점이 아주 좋아, 사라."

"그럴 리가……. 대단한 것도 아니야."

볼을 붉히는 사라를 보고 그는 살며시 웃었다.

"아니, 아주 흥미로운 의견이야. 참고가 됐어."

접시에 남은 수프를 알프레드는 빵으로 깨끗하게 닦았다.

"그 책에 대해서는 좀 더 생각해봐도 될까? 그렇게 하면 수수께끼의 의미도 모두 풀 수 있을 거야."

"수수께끼의 의미?"

"응."

그는 마지막 빵을 삼키고 일어섰다.

이윽고 식후 커피의 준비를 다 마치자 천천히 말을 꺼냈다.

"그런데 나로서는 그 소년들을 데려온 청년도 신경 쓰이는데. 처음 보는 사이인데도 얘기가 꽤나 활기를 띠었잖아."

사라는 손에 든 컵 너머로 눈을 치켜뜨고 오빠를 노려보았다.

"……그는 오빠가 경계하는 썩은 늑대가 아니라고 생각

하는데."

"양가의 자식이라면 더더욱 외면을 꾸미는 데만큼은 익숙한 법이야."

"그건 본인을 말하는 거야?"

"어라, 꽤나 가차 없네."

"결국 짚이는 데가 있다는 거네."

"하여간에, 우리 집 아가씨는 억지를 부린다니까."

"오빠를 닮아서 그래. 그야——나는 오빠의 동생인걸."

알프레드는 순간 반격에 놀란 듯이 입을 다물었다.

그리고 자못 즐거운 듯이 어깨를 으쓱거렸다.

"과연. 그렇다면 어쩔 수 없나."

"나는 둘째 치고, 모처럼 온 손님에게 함부로 싸움을 걸지는 말아줘. 오빠가 구운 스콘도 아주 칭찬했단 말이야."

"호오. 그렇다면 장점이 전혀 없는 것도 아니겠어. 1차 심사는 합격이라고 해두지."

"그렇다면 2차 심사는 질의응답이야?"

"따뜻한 환담이라고 해줬으면 좋겠어."

"첫 가게에 있을 때 넌지시 지식 차를 과시해 안경 쓴 남자를 격퇴한 적이 있었잖아?"

"글쎄, 무슨 소리를 하는 건지. 인상이 너무 흐릿해서 잊어버렸어."

누구보다 아름다운 얼굴로 넉살 좋게 넘겨버리면 어쩔 방법이 없다.

사라는 과장스럽게 한숨을 내쉬었다. 그리고 문득 목소리를 낮추었다.

"나 그만 그 사람과 내일 약속을 했는데, 전혀 상관하지 말았어야 했나."

"왜 그렇게 생각해?"

"그 형제……. 귀족일지도 몰라. 작위에 대해서는 말하지 않았지만 왠지 그런 기분이 들어."

"성은 밝혔어?"

"대출장의 성명란에는……. 맞아, 확실히 록허트라고 적혀 있었어."

"그것만으로는 뭐라 못 하겠네. 하지만 너무 신경 쓸 거 없어. 어차피 그 친구의 여름방학이 끝나면 빈번하게 얼굴을 비출 일도 없어질 테니까."

숨을 한번 들이마시고 사라는 고개를 끄덕였다.

"응, 그러네."

"아쉽니?"

"아니. 우리의 거처가 숙부님에게 알려질 위험은 피하고 싶어. 내가 가장 무서워하는 건 오빠와 같이 가게를 계속할 수 없어지는 상황이니까."

"나도 그래, 사라."

알프레드는 온화하게 동의했다.

하지만 사라는 알고 있었다. 두 사람의 바람은 전혀 같지 않다는 것을.

오빠의 바람은 부모님의 죽음의 진상을 밝히는 것.

그리고 숙부에게서 후작가의 당주 자리를 되찾는 것.

또한 동생인 사라를 다른 흠잡을 데 없는 청년 귀족에게 시집보내는 것.

그래서 알프레드에게 지금의 삶은 언젠가 끝을 고할 휴가에 지나지 않는다.

끝날 휴가이기 때문에 그는 그 나날들을 사랑하고 즐길 수 있는 것이다.

컵을 입가로 가져가면서 알프레드가 물었다.

"그런데 그는 어떤 책을 빌려갔니?"

사라는 의식적으로 밝은 목소리를 냈다.

"웰스 선생님의 『타임머신』이야."

"그건 또——."

"평범한 선택이라고 하지 마. 공상 과학 소설은 어떠냐고 추천한 건 나니까."

타임머신이란 자유롭게 시간을 항행할 수 있는 설정의 가공의 기계다.

타임머신을 발명한 시간 여행자 청년이 80만 년 후의 세계에서 겪은 놀랄 만한 체험을 이야기하는 형식으로 이야기는 진행된다.

그리고 결말에서 청년은 다시 시공 여행을 떠난다.

그러나 그는 그대로 3년이 지나도 19세기 런던에는 돌아오지 않는다.

미래인지 과거인지 시공의 저편으로 사라진 그는 이제 두 번 다시 현대 세계로 돌아올 수 없을지도 모른다——.

그렇게 암시하고 이야기는 막을 내린다.

사고 때문일까, 아니면 그 자신이 원해서 여행지 세계에 남은 것일까. 상상의 여지를 남긴 결말이지만 사라는 좋아했다.

"하지만 웰스 선생님은 어째서 시간 여행의 무대로 미래 세계를 골랐을까."

소설의 전개 자체에 불만이 있었던 것은 아니다. 다만 만약 자신이 타임머신이라는 꿈의 기계를 사용할 수 있다면 틀림없이 미래보다 과거로 날아가기를 바랄 것이라고 사라는 생각했다.

만약 부모님이 돌아가신 날로 돌아갈 수 있다면.

그 참극을 저지할 수 있다면.

그런 식으로 생각해본 적은 몇 번이고 있었다.

"사견이지만 웰스 선생은 현대 사회의 문제를 극단적인 형태로 미래 사회에 투영해 부각하고 싶었던 것이 아닐까. 그의 작품에는 그런 의도로 판단할 수 있는 대목이 많으니까. 그리고 단순히 과거로 향하는 여행을 쓰기가 어려웠기 때문에 그랬다는 이유도 있을지도 몰라."

"그런가?"

오빠의 견해가 납득이 잘 가지 않아서 사라는 고개를 갸웃거렸다.

"예를 들어 그렇지……. 시간 여행자 청년이 과거로 여행을 했다 자기도 모르게 자신의 할아버지를 죽였다고 치자. 할아버지는 아직 젊어서 청년의 할머니가 될 여성과도 만나지 않았어. 이 상황이 무엇을 의미하는지 모르겠어?"

사라는 앗, 하고 소리를 냈다.

"할머니와 만나기 전에 할아버지가 죽었다면 청년의 부모가 태어나지도 않아서 손자에 해당하는 청년도 처음부터 없어지게 돼!"

"응. 하지만 청년이 존재하지 않으면 청년의 할아버지가 죽을 일도 없을 거야. 즉, 할아버지는 할머니와 만나 이윽고 청년도 태어나게 되지."

"어?"

"그 청년은 시간 여행자로서 과거로 여행을 해 할아버지를 죽여. 그렇게 되면 청년은 태어나지 않기 때문에 할아버지도 죽지 않게 돼. 이 뒤틀린 연쇄를 대체 어떻게 이해하면 좋을까."

"음……. 으음……."

생각하면 생각할수록 머리가 혼란스러워지고 영문을 알 수 없어졌다.

미간에 깊은 주름을 새긴 사라를 바라보며 알프레드는 밝게 웃었다.

"요컨대 시간 소행(溯行)이 현실에 일어날 수 있는 현상으로 설명을 시도하려고 하면 즉시 만만치 않은 문제가 따라

붙는 거야. 그래서야, 사라."

그렇게 부르고 그는 갑자기 진지한 눈빛을 보냈다.

"바꿀 수 없는 과거에 대해 지나치게 생각해서는 안 돼. 시간의 흐름대로 계속 걸어갈 수밖에 없는 거야."

사라는 깜짝 놀랐다. 그리고 말없이 고개를 숙였다.

그녀가 과거에 사로잡혀 있다는 것을 오빠는 간파한 것이다.

"──응, 오빠."

사라가 고개를 끄덕이자 알프레드는 표정을 풀었다.

"애초에 거기에 저항하고 싶은 마음은 누구든지 있기 때문에 『타임머신』이 인기 작품이 된 것일 거야. 호기심이 이끄는 대로 먼 과거나 미래의 세계를 엿보고 싶은 사람도 있으면, 인생의 분기점까지 시간을 되돌리고 싶다고 바라는 사람도 있을지도 모르지."

"행복한 이 순간에 머무르고 싶다고 바라는 사람도 있을지도 몰라."

"파우스트 박사처럼?"

"그래. 시간이여 멈추어라──."

"그대는 정말 아름답다."

즉시 뒤이은 알프레드는 움직임을 우뚝 멈추었다.

"……그렇구나. 문제는 그녀의 시간에 있었던 건가."

"왜 그래, 오빠?"

알프레드는 밝은 얼굴을 사라에게 향했다.

"지금 네 말에 그 책에 얽힌 수수께끼가 풀렸어."

"어……. 그렇다면 그 아이가 읽고 싶어 했던 이야기를 알아낸 거야?"

"건네야 할 책이라면 이미 짐작이 갔어. 다만 이 일에는 여러모로 신경 쓰이는 점도 있었으니까. 진상에 이르는 계기를 네가 만들어줘서 살았어."

"난 그럴 생각은 없었는데."

자각이 없는 사라는 어리둥절해하기만 했다.

"아마 우리가 이 일에 관련된 게 그들 형제에게 나쁘지는 않을 거야. 자세한 건 네가 형인 청년에게 설명해주면 돼."

사라는 오빠를 빤히 응시했다. 그리고 조용히 자세를 바로 했다.

"그 아이들이 가게에 온 데는 뭔가 복잡한 사정이 숨겨져 있었던 것 같네."

"응. 동기는 오히려 순수한 거라고 생각하지만."

순수한 동기. 확실히 그 아이들에게는 그편이 어울렸다.

알프레드는 온화하게 미소 지었다.

"우선——그래. 형제가 똑같이 가진 손수건 얘기부터 시작할까."

3

"그 목소리, 어떻게 되신 건가요?"

사라는 어안이 벙벙해서 빅터에게 물었다.

약속대로 가게에 온 그의 목소리가 어제와는 다른 사람처럼 쉬어 있었기 때문이다.

"그게…… 동생들이 졸라서 계속 책을 읽어줬더니 이런 꼴이 됐어."

"설마 그 『타임머신』을?"

"마지막 한 줄까지."

"그건…… 힘드셨겠네요."

낭독은 사실 보기보다 중노동이다. 익숙하지 않으면 더욱, 힘을 빼야 할 곳을 몰라서 힘들었으리라.

"거기다 잘 못 읽는다느니 목소리가 나쁘다느니 꼬맹이 주제에 불만만 많아서."

"꼬맹이 아냐!"

"아냐!"

카운터 저편에서 약속처럼 반론의 목소리가 들렸다.

사라는 쓴웃음을 지으며 빅터에게 속삭였다.

"평소 유모의 말투가 귀에 익숙해서 위화감이 있었을지도 모르겠네요."

"마지가 기준이면 비교되는 상대가 너무 안쓰럽지."

빅터는 어이가 없다며 고개를 가로저었다.

"그래서 어제 일 말인데."

표정을 바로하고 사라는 고개를 끄덕였다.

"그쪽에서 말씀드릴 테니 기다려주세요."

사라는 준비한 책을 들고 카운터에서 가게 쪽으로 돌아나왔다. 손을 잡은 소년 둘과 마주하고 가만히 무릎을 굽힌 다음 막내인 엘리엇에게 말을 걸었다.

"도련님. 죄송하지만 찾는 이야기가 실린 책은 없었어요."

"……책, 없어?"

"네. 기대에 부응하지 못해서 죄송해요."

사라가 말하자 엘리엇은 울먹이는 얼굴이 되었다.

내버려둘 수 없었는지 빅터가 옆에서 끼어들었다.

"그건 이 가게에는 없다는 뜻이야? 아니면——."

"아마 처음부터 어디에도 존재하지 않는다는 것이 오빠의 결론이에요. 하지만 그 이야기의 바탕이 되었을 이야기라면 찾을 수 있었습니다."

"바탕?"

사라는 고개를 들고 빅터의 시선을 받았다.

"바탕이라기보다 뿌리라고 하는 쪽이 가까울지도 모르겠네요. 그 이야기가 실려 있는 것이 이 책이에요."

손에 들고 있던 책을 사라는 그들에게 향했다.

조셉 제이콥스의 『켈트 요정 이야기 제2집』이다.

"이 책에는 주로 아일랜드나 스코틀랜드의 일부에 전해지는 켈트 문화의 설화가 실려 있습니다. 수많은 연구자들에 의해 수집된 민간전승을 민속학자인 저자가 어린아이들도 즐길 수 있도록 고쳐 쓴 것이에요."

엄선된 스무 개의 이야기는 제각기 존 D. 배튼[1]의 표현이 풍부한 삽화로 장식되어 있었다. 그중 한 편의 페이지를 사라는 펼쳐 보였다.

"이 『검은 말』이라는 이야기가 도련님이 말씀하신 이야기와 아주 비슷해요."

　빅터가 의아한 듯이 중얼거렸다.

"검은 말? 하지만 어제 엘리엇의 이야기에 말은 전혀……."

"이 이야기의 주인공은 어느 나라의 왕자예요. 왕자는 어쩌다 자신을 뒤따른 검은 말과 함께 여러 가지 모험을 합니다. 말은 멋진 준족으로 어떤 곳으로든 한달음에 왕자를 데리고 가줍니다. 그리고 바다 나라 왕자의 부탁을 받고 왕자는 몇 가지 보물을 찾게 됩니다."

"……그 흐름은 확실히 엘리엇의 얘기와 똑같네."

"결말까지 세세한 전개에는 차이가 있어요. 왕자는 남성이고 사람의 모습으로 돌아간 말과 결혼은 하지 않습니다. 하지만 이 이야기가 밑바탕이 된 것은 확실하다고 생각합니다."

　결정적인 차이는 왕자와 말의 조합이 여자아이와 개로 바뀐 점이다. 그것만으로 이야기의 인상은 상당히 달라졌다. 그렇기 때문에 어지간한 알프레드도 이 이야기를 바로 떠올리지 못했던 것이다.

1　영국의 유명 삽화가. 1890년대 출간된 어린이 동화 선집의 삽화를 많이 그렸다.

"주역이 왕자에서 여자아이로, 말에서 개로 변화한 데에는 그럴 만한 이유가 있었다고 저희는 생각했습니다. 만약 『검은 말』을 이야기한 사람이 듣는 사람이 더욱 친밀감을 느끼도록 일부러 이야기의 내용을 각색했다면 어떨까요."

"듣는 사람에게 친밀감을……."

빅터는 잠시 후 눈을 크게 떴다.

"아아! 즉, 듣는 사람이 어린 여자아이였다는 거야?"

"네. 그리고 어린 여자아이에게 모험을 함께 해도 이상하지 않은 친근한 존재라면 말보다 개가 어울리겠죠."

"그래서 여자아이와 개의 조합인 건가."

"말이 개로 바뀌었을 뿐만 아니라 일부러 '하얀 개'로 색까지 한정한 점을 보았을 때 실제로 그런 개가 여자아이의 곁에 있었을 가능성은 높습니다."

어린 여자아이라면 이야기의 전개와 마찬가지로 큰 반려견의 등에 타고 노는 경우도 있었을지도 모른다.

"여기서부터는 제 상상입니다만, 그 이야기를 처음에 들었을 때 여자아이는 개를 잃은 지 얼마 되지 않았을지도 모릅니다. 친한 친구이자 연인 같은 소중한 반려견을 잃은 여자아이에게 죽은 개가 청년의 모습으로 되살아나 그와 맺어지는 결말의 이야기만큼 위로가 되는 것은 없다고 생각하지 않으시나요?"

죽은 자는 결코 되살아나지 않는다.

흘러간 시간은 되돌릴 수 없다.

그 슬픔을 견디기 위해 다정한 꿈이 필요할 때도 있다.

이 세상의 잔혹함에 아직 익숙하지 않은 어린아이라면 더욱 그렇다.

"여자아이와 하얀 개가 등장하는 『검은 말』의 이야기는 그저 한 여자아이를 위해 고쳐진 특별제——커스텀 메이드 이야기였다고 생각합니다."

"즉, 엘리엇은 그 여자아이와 공원에서 알게 되어 그 애만 아는 이야기를 들은 건가."

"아니요."

"아니야?"

"그 이야기를 들은 소녀는 아마 마지 씨의 동생일 거예요."

"어……. 마지?"

빅터는 혼란스러운 얼굴로 앞머리로 손을 넣었다.

"그럼 엘리엇은 마지한테 그 얘기를 들은 거야? 아니, 하지만 어제는 친구한테 들었다고 했는데."

"그것은——."

사라는 라울에게 시선을 옮겼다.

"친구라는 말은 순간적인 기지로 엘리엇 님을 도와주신 것 아닌가요?"

"그랬니, 라울?"

라울은 고개를 숙이고 입을 굳게 다물었다.

"혹시 너희들 나한테 숨기는 거라도……."

빅터가 동생들을 추궁하려고 하는 것을 사라는 눈짓으로

제지했다.

"형님에게 진실을 말씀드려도 두 분이 상상하시는 지독한 일은 결코 일어나지 않을 거예요. 누구도 곤란하지 않도록 반드시 도와드릴게요."

"……우리가 뭘 생각하는지 알아?"

라울이 애원하듯이 사라를 응시했다.

네, 하고 사라는 고개를 끄덕였다.

"두 분은 마지 씨를 지키고 싶으신 거죠?"

그 순간 엘리엇의 눈가에 눈물이 솟아올랐다.

"으……. 으……."

으아앙, 하고 엘리엇은 큰 소리로 울기 시작했다.

빅터가 몸을 움찔 뒤로 젖혔다.

"뭐뭐, 뭐야. 대체 왜 그래."

"마지가 죽을 거야. 죽는다고오!"

눈물을 뚝뚝 흘리면서 엘리엇이 외치자 빅터는 더더욱 당황했다.

"잠깐만. 왜 갑자기 마지가 죽는 게 되는 거야? 확실히 나이를 꽤나 먹었지만 좀 전까지 건강했잖아."

그러자 드디어 라울이 견디지 못하고 소리를 질렀다.

"건강해도 길가에 쓰러져 죽는단 말이야!"

"길……길가에 쓰러져 죽어?"

전혀 영문을 알지 못하겠다는 얼굴의 빅터에게 사라는 설명했다.

"아마 마지 씨가 농담 섞어 말씀하신 것을 말 뜻 그대로 믿으신 것 같아요. 빅터 님이 어릴 때도 같은 일이 있었다고 말씀하셨어요."

"어제? 아아……. 내가 나쁜 애로 있으면 유모의 책임이 되니까 마지는 해고돼 길거리를 헤맨다는 그 협박성 말?"

"네."

사라는 일어나 빅터에게 다시 고개를 돌렸다.

"도련님들은 그 말을 이렇게 해석하셨어요. 유모가 직무를 제대로 완수하지 못하는 상황이 되면 저택에서 쫓겨난다. 그렇게 되면 마지 씨는 살 곳도 먹을 것도 없어져 죽는다고."

"진짜로 받아들인 건가. 하지만 마지가 해고될 일은 없어. 마지 역시 요즘 둘이 얼마나 예의 바르게 지내는지 내가 귀성한 뒤 열심히 얘기할 정도니까."

"반복해서 몇 번이고 말인가요."

"그래. 저택 안에서 얼굴을 마주칠 때마다."

"그 모습이 어딘가 이해할 수 없다고 느낀 적은 없으신가요?"

"이해할 수 없어? 아니 특별히 아무것도……."

그때 라울이 오도카니 중얼거렸다.

"마지는 나를…… 때때로 형 이름으로 불렀어."

"뭐?"

빅터는 멍한 표정을 지었다.

사라는 라울을 살펴보았다.

"마지 씨가 처음에 그렇게 부른 것은 언제인지 기억하시나요?"

"⋯⋯한 달 전쯤."

"그 일을 누구에게 말씀하셨나요?"

라울은 입술을 깨물고 좌우로 흔들었다.

"말 못 해. 마지가 나를 잊어버리다니."

"잊을 리가 없지. 너는 나보다 밝은 금발인 점을 빼면 어릴 때의 나와 아주 닮았으니까 잠시 착각했을 뿐이야."

"하지만 형이 나와 닮은 건 10년 이상 옛날 일이야."

"그건 그렇지만."

빅터는 입을 다물었다. 그 직후 숨을 멈추었다.

"설마 그 사람──."

사라는 부정을 하지 않음으로써 긍정한다는 뜻을 전했다.

빅터의 동요를 사라는 당연한 것으로 받아들였다. 양가의 자녀에게 유모와의 정신적인 유대가 친어머니 이상으로 깊은 경우는 흔히 있기 때문이다. 나쁜 아이로 있으면 유모가 해고된다는 타이름도 냉정하게 말하자면 양쪽에 강한 유대가 있기 때문에 통하는 방식이다.

"단순한 건망증과 다른, 기억의 혼란이나 탈락이 생기는 병은 결코 드물지 않다고 해요. 나이를 먹은 분께는요."

"하지만 그럴 수가."

망연자실한 듯이 빅터가 중얼거렸다.

"그 마지가 그렇게 되다니…….."

"어린아이의 방이라는 곳은 저택 안에서도 독립된 서열을 가지고 있으니까요."

어린아이의 방은 폐쇄된 세상이다.

무엇보다 규율에 기초한 생활이 중시되고, 그것을 감독하는 유모는 아이들과 식사를 함께 하고 개인 방도 어린아이 방 옆에 있는 경우가 많다. 그래서 유모가 아래층의 사용인들과 친밀하게 접할 기회는 거의 없다. 유모 메이드라 할지라도 업무의 영역은 분담되어 있기 때문에 실제로 얼굴을 맞대는 시간은 그리 많지 않으리라.

"규율이 바른 생활이란 변화가 적은 생활이기도 합니다. 그렇기 때문에 마지 씨는 오랜 습관을 반복하며 일상에 대응했던 것일지도 몰라요."

설령 의식이 흐려지는 경우가 있어도 시계만 확인하면 자신이 해야 할 일을 알 수 있다. 어린아이 방의 일정은 세세하게 정해져 있는 법이기 때문이다.

"늘 마지와 같이 있는 엘리엇 형제만이 이변을 눈치챌 수 있었다는 건가."

빅터는 눈가를 일그러뜨렸다.

아무것도 모르고 알아보지도 못했던 자신의 한심함을 분하게 여기듯이.

그 표정의 안쪽에서 상처 입은 동생들과 아주 비슷한 슬픔이 얼핏 보인 것 같아서 사라는 그에게서 시선을 뗐다.

"언제부터 징후가 보였는지, 현재의 증상이 어느 정도인지는 알 수 없습니다. 하지만 예를 들어 친한 누군가가 죽거나 병으로 쓰러지는 듯한, 살아갈 마음을 잃는 사건이 계기가 되어 증상이 악화되는 경우도 많다고…… 오빠가 말했어요."

마지는 두 달 전에 동생의 장례식을 위해 한동안 휴가를 얻었다고 했다.

"동생의 죽음이 계기가 됐다는 건가?"

"그럴지도 몰라요."

마지에게 동생의 존재가 얼마나 컸는지는 유모 경력의 시작점으로써 어린 시절을 이야기한 그녀의 말에서도 명백하게 알 수 있다.

"상상을 해보세요."

사라는 조용히 말했다.

"유모가 책을 읽어줄 때 어린아이들을 무릎에 앉히는 일은 드물지 않아요. 마지 씨가 엘리엇 님에게 그렇게 했다면 그녀의 눈에 비치는 것은 엘리엇 님의 뒤통수──즉 금색 머리가 됩니다. 확실히 어린 시절의 마지 씨는 금발 미인 자매로 근처에서도 유명했다고 했죠."

"아."

그 순간 빅터는 모든 것을 이해한 얼굴이 되었다.

"어린 시절의 동생과 지금의 엘리엇을 혼동한 건가. 그래서 동생을 위해 생각한 이야기를 엘리엇에게……"

"엘리엇 님은 여자아이와 하얀 개 이야기를 잘 기억하고 계셨어요. 마지 씨는 그 이야기를 반복해 엘리엇 님께 하지 않았을까요. 과거에 동생이 조르던 기억이 강하게 남아 있었을지도 모릅니다."

"난 부탁 안 했는데."

엘리엇이 훌쩍, 하고 흐느꼈다.

"마지는 책도 없는데 몇 번이고 같은 이야기를 했어."

라울도 비통한 얼굴로 호소했다.

"마지가 엘리엇에게 이야기를 할 때는 늘 그림책을 가리키면서 읽어줘. 그래서 그렇지 않은 마지를 엘렌이 보면 분명 이상하다고 생각할 거야."

엘렌은 우리 집 유모 메이드야, 라고 빅터가 사라에게 가르쳐주었다.

"그래서 무슨 일이 있어도 마지가 들려주는 이야기가 실린 책을 찾아야 했어. 그 책이 있으면 엘리엇이 마지에게 부탁해 몇 번이고 읽어달라고 할 수 있잖아?"

유모의 상태가 이상하다는 것을 파악하면 유모 메이드는 분명 하우스 키퍼에게 보고하리라. 물론 그녀에게 악의는 없고 사용인으로서도 그렇게 해야 한다. 고용주의 소중한 자녀에게 무슨 일이 생긴 다음에는 늦으니 말이다.

하지만 그 결과 마지가 유모에서 물러나는 것은 이 소년들에게 견디기 힘든 일이었다. 그래서 그들은 행동에 나섰다. 그들의 머리로 열심히 생각하고 그들이 할 수 있는 방식으로 소중한 사람을 지키려고 했다.

엘리엇이 다시 눈물을 흘렸다.

"마지가 이상해졌어. 내가 착한 아이가 되지 않아서 날 잊어버린 거야."

"그것은 아니에요, 엘리엇 님."

사라는 다시 한 번 무릎을 굽혀 엘리엇과 시선을 맞추었다.

"마지 씨는 타임머신 여행으로 마음이 미아가 되었을 뿐이에요."

"타임, 머신?"

우물거리는 목소리로 엘리엇이 되물었다.

"어제 형님이 읽은 이야기를 기억하고 계신가요? 과거로도 미래로도 좋아하는 시대로 여행을 떠날 수 있는 꿈의 기계예요."

엘리엇은 고개를 끄덕였다.

"사람은 누구든 마음에 타임머신을 가지고 있어요. 엘리엇 님도 형님과 함께 놀던 즐거운 시간을 다시 한 번 그날로 돌아간 듯한 마음으로 떠올려본 적이 있지 않으신가요?"

"……응, 있어."

"그때 도련님의 마음은 타임머신을 타고 과거로 여행을 떠난 거예요."

엘리엇은 입을 다물었다 잠시 후 가냘프게 물었다.

"마지도 여행을 하고 있는 거야?"

"네. 마지 씨는 동생분을 잃은 지 얼마 되지 않아서 귀여워했던 동생분이 아직 살아 계신 과거로 여행을 떠나고 싶다고 바랐을 거예요. 하지만 마음이 슬픔으로 지나치게 물들면 그 마음을 실은 타임머신은 고장을 일으키는 경우가 있어요. 그래서 마지 씨의 마음은 때때로 이쪽 시대로 돌아오지 않는 거랍니다. 결코 도련님을 잊고 싶다고 생각한 것이 아니에요."

사라는 눈물 때문에 볼에 붙은 엘리엇의 머리를 가만히 떼어주었다.

그리고 불안하게 이쪽을 바라보고 있는 라울과 시선을 맞추었다.

"소중한 사람을 돕기 위해 형님에게까지 거짓말을 해서 괴로웠겠네요."

순간 점차 차오르던 눈물을 라울은 황급히 쓱쓱 닦았다.

이번 일로 누구보다 책임을 느끼고 괴로워했던 것은 이 아이이리라. 한 사람을 끝까지 지키는 것은 고작 여덟 살인 소년에게는 지나치게 무거웠다.

"형님도 분명 이해하고 계실 거예요. 저는 두 분 모두 훌륭한 신사라고 생각하니까요."

사라는 허리를 펴고 빅터를 돌아보았다.

"확실히 그걸 인정하지 않을 수는 없겠어."

빅터는 한쪽 뺨으로 쓴웃음을 지었다.

"하지만 굳이 이런 번거로운 방식을 고르지 않아도 됐는데. 라울도 우선 나한테 의논해야겠다는 생각은 안 했어?"

"그야 형은 분명……."

"라울 님은 알고 계셨어요. 형님이 도련님들에게 최선의 길을 선택하게 할 거라는 것을."

빅터가 동생들의 신변의 안전을 생각한다면 마지의 상태를 아는데도 불구하고 그녀가 유모로 있는 것을 그냥 넘어갈 수 없으리라.

"형, 마지를 그만두게 하지 마!"

"하지 마!"

라울과 엘리엇이 빅터에게 매달렸다.

"자, 잠깐만! 둘 다 일단 내 얘기를 들어."

빅터는 몸을 웅크리고 동생들의 어깨를 잡았다.

"알았어? 너희는 착각을 하고 있어. 마지에게는 나도 누나도 너희도 신세를 많이 졌으니까 일을 그만두게 돼도 저택에서 내쫓거나 하지 않아. 아버님은 충분한 연금을 지불할 테고, 그녀 역시 나름대로 저축은 했을 테니까 길거리에서 굶어죽는 일은 없어."

"연금이 뭐야?"

"뭐야?"

"생활하는 데 필요한 돈을 매년 주는 거야. 마지의 이후 삶도 상황에 따라 아버님이 도와주실 거야. 아버님은 무엇보다 체면을 중시하니까 나 몰라라 하는 취급을 할 일은 절대 없어."

"체면은 뭐야?"

"뭐야?"

"음…… 다른 사람이 자신을 어떻게 보느냐를 따지는 걸 말해. 잊어버려도 돼."

아무튼, 하고 빅터는 목소리를 강하게 냈다.

"이 일은 내가 아버님에게 보고할게. 그러니까 이 이상 너희가 걱정할 건 아무것도 없어. 알았지?"

라울과 엘리엇은 얼굴을 마주 보고 고개를 끄덕였다.

"좋아."

빅터는 동생들의 머리를 쓱쓱 휘저었다.

"아아 진짜, 엘리엇. 얼굴이 끈적끈적하잖아. 신사라면 코를 풀어야지."

주머니에서 손수건을 꺼내 엘리엇의 얼굴을 댔다.

"자, 흥 해. 흥."

엘리엇은 순순히 형의 말대로 했다.

사라도 옛날에 알프레드가 그렇게 돌봐주었다.

빅터는 콧물로 완전히 축축해진 손수건을 멀거니 내려다본 다음 둥글게 접어 주머니에 넣었다. 그리고 떨어진 곳에서 지켜보던 사라의 시선을 눈치채고 멋쩍은 듯이 일어섰다.

"뭐라고 하면 좋을까."

할 말을 찾으면서 그는 이쪽으로 발걸음을 옮겼다.

"네게는 정말 신세를 졌어. 책을 찾아준 것뿐만이 아니라."

"숨어 있던 진상을 간파한 것은 오빠예요. 저는 오빠에게 몇 가지 단서를 듣고 겨우 생각이 미쳤을 뿐입니다."

"그렇다 해도 꼬맹이들을 위로해준 건 고마웠어. 나로서는 그런 얘기는 도저히 할 수 없으니까."

"도움이 되었다면 무엇보다 다행이에요."

"응, 정말 고마워."

두 사람은 겨우 안심한 마음으로 웃음을 지었다.

"그 책, 봐도 될까?"

물론이에요, 하고 사라는 가슴에 품고 있던 책을 내밀었다.

"『켈트 요정 이야기』라. 이런 책이 있는 건 몰랐어."

흥미롭게 차례를 손가락으로 훑어서 즉시 『검은 말』의 서두를 훑어보았다.

"아아, 진짜네. 주인공은 왕자와 검은 말이야. 하지만 어째서……."

"뭔가 마음에 걸리는 점이라도 있으신가요?"

"아니, 대단한 건 아냐. 다만 마지가 원안으로 삼은 『검은 말』은 이렇게 책으로 있는데 나는 이 얘기를 왜 전혀 몰랐나 해서. 우리에게 읽어줄 책을 고르는 건 마지의 재량에 맡겨져 있을 거거든."

그녀에게 애착이 있을 『검은 말』을 자신들에게 읽어주지 않았던 것은 오히려 기묘하게 느껴진다고 빅터는 이야기했다. 유모의 직무에는 교육도 포함되니까 저속한 책을 줄 수는 없지만 이런 어린이용 설화집이라면 혼낼 일도 없는데, 라고도 말했다.

"켈트 설화의 연구는 금세기 중반부터 활기를 띠었지만 그것은 어디까지나 학술적인 것이라서 어린이를 위한 읽을거리로 출판된 것은 지극히 최근 일이라고 합니다. 제이콥스[1]의 저작은 그 초기의 것으로, 이 책이 출판된 것은 1894년이랍니다."

"고작 4년 전? 내가 어릴 때는 책 자체가 존재하지 않았던 건가."

"네. 마지 씨가 최근 출판 사정에 대해 어디까지 아시는지는 알 수 없습니다만, 현재의 저택에서는 이미 빅터 님과 누나분을 기르셨으니까 두 분이 친근하게 여기셨던 책을 그대로 밑의 도련님들께도……라고 생각하셨을지도 몰라요."

"응, 그건 자연스러운 일이지."

같은 것을 읽고 자랐다는 경험은 형제의 유대를 강하게 하기도 하리라.

하지만 바로 빅터는 고개를 갸웃거렸다.

"그렇다면 마지가 어릴 때부터 『검은 말』을 알고 있었다

---

1 조셉 제이콥스(Joseph Jacobs). 호주의 동화연구가이자 번역자, 문학 비평가. 영국 설화를 수집하여 출간하였다.

는 건······.”

“분명 본래 방식으로 자신의 것으로 삼으셨겠죠.”

“본래 방식?”

“전승입니다. 개인적인 것을 여쭙겠습니다만, 마지 씨는 아일랜드에 연이 있는 분 아닌가요?”

“그러고 보니 어머니가 북아일랜드 출신이라는 말을 들은 적이 있는 것 같은데.”

“그 기억이 아마 맞을 겁니다. 어제 도련님들이 들고 계신 손수건에는 아이리시 크로셰 레이스가 테두리에 꾸며져 있었습니다. 그것은 마지 씨가 만드신 것 아닌가요?”

“응, 그럴 거야. 나도 옛날에는 같은 걸 받았어.”

“아이리시 크로셰 레이스는 아일랜드에 전해지는 전통적인 레이스 짜는 법입니다. 마지 씨는 분명 가까운 여성에게 짓는 법을 배웠을 겁니다.”

“『검은 말』 같은 민화도 윗세대에게 구전으로 배웠다는 거야?”

“네. 켈트의 문화는 아일랜드에 가장 짙게 남아 있으니까요.”

아마 읽고 쓰지도 못하는 이름 없는 백성들은 천 년 이상 동안 자신들의 이야기를 전해 지켜왔다.

그래서 이런 이야기에 한 가지 정답이라는 것은 처음부터 존재하지 않는다고 할 수 있다.

제이콥스의 책에 수록된 이야기도 온갖 종류의 이야기를

비교하여 누구나 납득할 수 있고 이해하기 쉬운 전개로 편집 통합된 것이다.

"그렇다면 마지가 아는 『검은 말』도 이 책에 실려 있는 『검은 말』하고 완전히 똑같다고는 할 수 없겠군."

사라는 고개를 깊이 끄덕였다.

"우리는 글자로 적힌 이야기를 읽는 것을 당연하게 여깁니다. 하지만 애초에 이야기라는 것은 시대나 지역이나 이야기꾼이나 듣는 사람의 개인적인 상황에 따라 자유자재로 변화를 반복하면서 이어지는 것이라고 생각합니다."

어떤 이야기도 마음에 닿지 않으면 단순한 말의 나열에 불과하다.

그래서 마지는 어린 동생에게 성실한 이야기꾼이었던 것이다.

손에 든 책으로 눈길을 떨어뜨리고 빅터가 중얼거렸다.

"이 책에 대해서 마지한테 가르쳐주면 기뻐하려나."

"……그렇다면 저도 기쁠 거예요."

그리고 사라는 상상해보았다. 만약 언젠가 인생의 기억을 잃어버릴 때가 찾아온다면. 그때 마지막까지 마음에 남아 있는 것은 대체 어떤 이야기일까. 자신이 누군가에게 말한 이야기일까. 아니면 누군가가 자신에게 말해준 이야기일까. 사라에게 누구보다도 소중한 사람이——.

"이 책은 엘리엇의 이름으로 빌려도 될까? 내가 빌린 『타임머신』은 안 가져왔어. 이번에는 혼자서 읽고 싶어서."

"2주일 이내라면 언제든지 편하실 때 돌려주셔도 괜찮아요. 결말까지 읽어주셨다면 도련님들도 즐거워하셨나요?"

"응, 희한한 모험 이야기를 즐기는 감각이었던 것 같아."

빅터는 태평하게 웃었다.

"물론 나도 재미있었어. 80만 년 뒤의 런던의 묘사에 어느새 빠졌거든. 현대 문명의 말로가 이런 것일까 생각하게 만들더라고. 왠지 착잡한 기분도 들었지만 그것 역시 독서의 묘미니까."

"그렇다면 다시 도전해보신 것이 정답이었네요."

추천해서 다행이야, 하고 사라도 행복한 기분이 들었다.

"응. 전에 책을 읽다 만 이유도 떠올랐어. 그때 나는 시간 여행자가 미래를 목표로 하는 전개에 좀 실망했어. 내가 타임머신을 발명하면 바로 과거로 날아갈 거라고 생각해서."

아, 하고 사라는 숨을 삼켰다.

"마침 그 무렵 나한테는 아주 근심스러운 일이 있었거든. 계속 존경했던 기숙학교의 선배가 사건에 휘말렸고, 그 이후 소식 불명이 된 게 걱정되기 그지없었어. 만약 부탁을 받는다면 어떤 일이라도 할 생각이어서 생사조차 알 수 없는 채로 있는 건 견딜 수 없었어. 그래서——."

빅터는 손 안의 책을 강하게 움켜쥐었다.

"그래서 타임머신을 쓸 수 있다면 나는 미래로는 날아가지 않아. 그 사건이 일어나기보다 과거로 날아가서 그 앞에 어떤 결과가 기다리고 있는지 어떻게든 선배한테 전하고 싶다고 생각했어."

"소식 불명인, 선배……?"

사라가 중얼거린 그때였다.

뒤에서 산뜻한 목소리가 들린 것은.

"그 선배는 분명 기뻐하고 있을 거야. 귀여운 후배가 그렇게까지 신경 써주고 있다는 것을."

빅터가 움직임을 멈추었다. 그리고 사라의 어깨 너머로 안쪽으로 통하는 문 옆에 서 있는 알프레드의 모습을 파악한 순간 백일몽을 직접 본 듯이 꼼짝하지 않았다.

떨리는 목소리가 그의 입술에서 흘러나왔다.

"……이럴 수가, 어째서."

"어른이 됐구나, 빅터."

빅터가 비틀거렸다.

사라는 넋이 나간 빅터와 침착한 알프레드를 번갈아 바라보았다.

이것은 대체 어떻게 된 일일까.

"오빠의…… 지인이었어?"

알프레드는 우아하게 미소 지었다.

"그 친구 말이니? 내 측근이야."

제 2 화
봄과 여름과 마법의 계절

LONDON
ALF
LAYLAH
WA
LAYLAH

1

"사람이 나쁜 것도 정도가 있어, 오빠."

"사람이 나쁜 것도 정도가 있어요, 선배."

사라와 빅터는 입을 모아 항의했다.

오후 9시. 이미 영업시간이 지난 '천야일야'의 안이다.

아까 극적인 재회를 마친 빅터를 알프레드는 다시 가게로 불렀다.

손님으로서가 아니라 그리운 학우로서.

그리고 길어질 이야기를 하기 위해.

"어제부터 좀 이상하다고는 생각했어. 오빠가 그렇게 가게를 비우는 경우는 지금까지 없었는걸."

알프레드는 어제 시점에서 이미 빅터의 내점을 눈치챘던 것이다.

부엌에 준비되어 있던 크림티도 사라가 삼형제의 접객을 시작하고 나서 준비했던 것이리라. 그리고 외출을 가장하면서 몰래 결과를 살폈던 것이다. 그럼에도 불구하고 줄곧 시치미 뗀 얼굴을 하다니.

"자자, 둘 다 진정해."

알프레드는 철저하게 여유로운 표정을 흐트러뜨리지 않았다.

"가게 쪽에서 어딘가 들은 기억이 있는 목소리가 들리나 했더니, 내 귀여운 동생과 귀여운 후배가 화목하게 이야기를 나누고 있는 거야. 오빠인 내가 나서면 모처럼 가진 만남의 장면이 소용없어지잖아? 과거의 인연을 밝히는 건 마지막 장면으로 남긴다. 그야말로 세심한 연출이지. 과연 젊은 두 사람의 운명은 어떻게 될 것인가. 다음 호를 눈이 빠지게 기다리시라."

어디까지 진심인지 분명하지 않은 말투로 알프레드가 물 흐르듯이 이야기했다.

"내 기대대로 두 사람 다 처음부터 서로에게 호감을 가진 듯해서 기쁘기 그지없어."

사라와 빅터의 시선이 카운터 너머에서 맞부딪쳤다.

두 사람은 허둥지둥 시선을 돌리고 변명을 하듯이 입을 열었다.

"……그건 이분이 오빠의 소중한 친구라면 당연한 거야."

"……그건 그녀가 선배의 소중한 동생분이라면 당연하다고 생각하는데요."

"둘 다 그렇게 감정 표현이 고상한 것도 아주 비슷하네."

알프레드는 천천히 미소 지었다.

"다만 빅터가 만약 사라에게 허물없이 실례되는 행동을 했다면 나는 내 교육의 성과에 실망했을 거야."

"으."

깜짝 놀란 듯이 빅터가 얼굴을 굳혔다. 어제 이후 사라와 나눈 대화를 곱씹고 있는지 시선이 침착하지 못하고 허공을 방황했다.

"오빠. 빅터 님은 처음부터 계속 신사적으로 대해주셨으니까 그런 장난은 하지 마. 소식 불명인 오빠를 계속 걱정해주셨어."

빅터는 말했다. 만약 타임머신을 사용할 수 있다면 사라 남매의 인생을 송두리째 바꾼 그 사건을 막기 위해 과거로 날아가기를 바란다고. 사라가 당사자라는 것을 모른 채 털어놓은 그 소원에 그녀는 매우 감격했다. 어제까지는 존재조차 몰랐던 그가 갑자기 가깝게 느껴진 것이다.

"그렇지. 나도 빅터는 계속 신경 쓰였어."

진지한 목소리였다.

알프레드가 정신을 차린 빅터를 똑바로 응시했다.

"걱정을 끼쳤구나, 빅터. 연락을 못해서 정말 미안하다."

빅터는 숨을 삼키고 고개를 숙였다.

내리뜬 속눈썹이 희미하게 떨리고 있었다.

"……저는 믿고 있었어요. 선배는 어딘가에서 반드시 살아 있을 거고, 실종된 데는 깊은 이유가 있을 거라고요. 그러니까 만약 밝히고 싶지 않은 사정이 있다면 저는 묻지 않겠어요. 건강한 선배와 재회한 것만으로도 충분하니까요."

"덕분에 귀여운 동생과 둘이서 유유자적한 생활을 보내고 있어."

농담 섞인 대답에 빅터는 쓴웃음을 지었다.

"그런 것 같네요."

"하지만 이런 형태로 너와 만났으니 이제 숨길 생각은 없어. 그렇지……. 우선 너부터 가르쳐주지 않겠어? 그 사건을 너는 어떻게 파악하고 있지?"

빅터는 입을 열려고 하다 사라 쪽을 힐끗 바라보았다.

그 시선을 알아차린 알프레드가 옆에 있는 스툴에 앉은 사라에게 물었다.

"어떻게 할래, 사라?"

"방해가 되지 않는다면 부디 제게도 들려주세요."

빅터는 고개를 끄덕이고 표정을 굳혔다.

"3년 전 그날, 선배의 생가──스털링 후작가의 본댁에서는 성대한 무도회가 개최되고 있었어요. 초대 손님으로 왕족을 비롯해 각국 대사 등의 중요인사들이 모였고, 그들이 저택에 머무는 기간에는 식민지 문제 등을 둘러싼 회의가 열릴 예정이었다고……. 아, 이건 정부와 연줄이 있는 지인이나 아버님에게 들었어요. 어떻게든 사건의 전모를 파악하고 싶어서요."

"응. 너라면 분명 그렇게 할 거라고 생각했어."

뒷말을 재촉받은 빅터는 신중하게 말을 고르듯이 이야기하기 시작했다.

"그날 밤, 물론 주최자인 후작 부부는 무도회장에서 손님들을 대접하고 있었어요. 하지만 어느새 두 분의 모습이 무도회장 주변에서 사라졌다고 해요. 정확한 시각은 결국 판명되지 않은 듯한데, 주인의 부재를 안 집사가 서둘러

아랫사람에게 수색을 시킨 결과⋯⋯."

위층의 한 방에서 부부가 나란히 끔찍하게 변한 모습으로 발견되었다.

어머니는 심장에, 아버지는 관자놀이에 깨끗하게 구멍이 뚫린 상태로 바닥에 쓰러져 있었다고 한다.

그리고 방은 문이 잠겨 있었고, 실내에 남아 있던 총은 아버지가 오른손에 쥐고 있던 리볼버 한 정뿐.

"즉 선배의 부모님은 동의하에 순서대로 자살을 하셨거나 어떠한 이유로 부군이 부인을 향해 방아쇠를⋯⋯. 그리고 자신의 행위를 심판하기 위해 자해를 꾀한 것은 아닐까 사람들은 생각했어요. 하지만 이해할 수 없는 일이⋯⋯."

"다음 날 아침이 되니 후작 부부의 자녀들——즉, 나와 사라의 모습이 홀연히 저택에서 사라졌고, 그 뒤로 행방을 전혀 알 수 없었다는 거지."

알프레드는 직접 그 뒤의 전개를 이야기했다.

"후작가 당주의 적자가 실종됐기 때문에 작위는 잠정적으로 당주의 동생이 잇게 되었다. 그날 밤 그 저택에 머무르던 우리 숙부가 말이지."

자신도 모르게 몸을 경직시킨 사라의 등에 알프레드가 살며시 손을 둘렀다. 차츰 전해지는 온기가 사라에게 안심을 주었다.

아버지의 동생인 숙부는 사라 남매를 귀여워하지 않았다. 숙부와 마주하면 사라는 늘 불안해지면서 비웃는 듯한 시선에서 도망치고 싶어졌다.

"그래서 그 후 각종 신문에서 재미있고 우습게 써낸 진상은 제각각이었지. 후작 부부에게는 애인을 둘러싼 치정 싸움이 있었다는 설. 작위를 노린 숙부가 형 부부를 처치하고 그 자녀들도 남몰래 죽여서 어딘가에 시체를 숨겼다는 설. 혹은 후작 부부를 살해한 것은 아들인 나고 진퇴양난에 빠진 나머지 동생을 인질로 삼아 도망쳤다는 설."

"생트집이에요!"

견딜 수 없다는 듯이 빅터가 끼어들었다.

컵과 받침이 맞부딪쳐 연약한 비명을 질렀다.

"선배가 그런 짓을 할 리가 없어요. 그런 건 무책임한 소문에 지나지 않아요. 애초에 후작 부부가 돌아가신 곳은 완전한 밀실이었어요. 그래서 범인을 거론하려는 것 자체가 어처구니가 없어요."

"밀실이 아니었어."

알프레드는 말했다.

"네?"

"그곳은 튜더 왕조의 치세 이후에 지어진 오래된 저택이야. 따라서 숨긴 사람을 국가의 손길에서 도망치게 하기 위한 비밀의 방이나 비밀 통로와 같은 게 당시 그대로 남아 있었어. 그 방도 그중 하나라 저택 내 다른 방과 이어져 있어. 그래서 밀실이라고는 할 수 없는 거야."

빅터가 천천히 눈을 크게 떴다.

"하지만 그렇다면."

"부모님의 죽음에 제삼자가 관여했을 가능성은 높아. 아니, 부모님이 죽은 것이 서재도 아니고 부부 침실도 아니고 하필이면 비밀 문이 있는 방이라는 것을 안 시점에서 나는 그렇게 확신했어. 그 제삼자가 누구인지도."

알프레드는 냉정한 목소리로 가르쳐주었다.

"내가 아는 한 저택의 비밀에 대해 상세히 파악하고 있는 건 우리 할아버지 대부터 섬기고 있는 집사와 아버지의 유일한 형제인 숙부, 그리고 아버지뿐이야. 그리고 그날 밤까지 아버지와 집사의 관계에 특별히 문제가 있었다고는 생각할 수 없어."

밤의 가게가 고요해졌다.

이윽고 목 안쪽에서 쥐어짜듯이 빅터가 물었다.

"……그렇다면 모든 건 숙부님의 계략이었다는 건가요?"

"아름답지도 않은 일족의 내부 사정을 드러내는 건 내키지 않지만. 기회만 있으면 숙부가 언제 아버지에게 손을 대도 이상하지 않다고 나는 생각하고 있었어. 어떤 관계였는지는 상상이 가지?"

작위도 영지도 재산도 모두 아버지에게 이어받는 귀족의 적자와 언젠가는 생가를 떠나 스스로 살아가야 하는 차남 이하의 아들들은 태어나면서 정해진 대우 차이 때문에 나아가 관계가 틀어지는 일도 결코 드물지 않았다. 터울이 지는 동생들의 흠모를 받고 있는 빅터는 실감이 나지 않겠지만.

"그 기회가 그날 밤이었다는 건가요?"

"생각해봐. 그 방에는 비밀 통로로 이어지는 문이 있었어. 즉, 그 비밀만 알면 부모님 살해를 어떤 이야기로 마음대로 은폐할 수 있는 거야. 아버지가 총을 쥔 상태로 죽었지만 그 총을 아버지가 사용했는지는 알 수 없게 돼. 그거야말로 가십지의 기사처럼 뭐든 되는 거야."

그 방은 원래부터 밀실이 될 수 없다.

그것만으로도 사건의 양상은 완전히 바뀐다.

주어진 진실을 빅터는 열심히 이해하려고 하는 듯했다.

"하지만 비밀 통로의 존재는 경찰 신문에도 공표되지 않았어요. 선배는 그것을 수사진에 알리지 않았나요?"

"아니, 가르쳐줬어. 숙부도 집사도 저택의 구조에 대해서는 알고 있었다고 공술(供述)했을 거야. 부정하는 편이 훨씬 부자연스러우니까."

그날 밤 무도회는 후작 부부의 죽음을 숨긴 채 표면상으로는 아무 일 없이 종료되었다.

하지만 은밀하게 불려온 경찰은 상황을 알고 크게 곤혹스러워했다.

"빅터. 살인범이 비밀 통로를 안다는 걸 전제로 하면 그밖에는 어떤 조건이 필요하다고 생각해?"

"그건…… 그날 밤 저택에 있고, 후작 부부가 무도회를 빠져나온 시각 이후에 무도회장에서 이탈한 인물이라면 누구든지."

거기까지 말한 차에 빅터는 문득 말을 멈추었다.

"그래. 그 무도회에 모여 있던 사람들은 모두 범행이 가능했어. 우리 영국의 황태자 부부. 오스트리아 대공. 각국 대사. 그렇기 때문에 시체의 발견 현장은 '밀실'인 채로 있어야 했어. 이유는 알지?"

중요한 국제 회의를 앞둔 무도회가 한창일 때 무도회를 주최한 후작 부부가 살해되었다면 상황의 심각함은 헤아릴 수 없다.

"자칫하면 국제 문제로 발전할지도 몰라……."

"그 말대로야. 용의자라면 얼마든지 꼽을 수 있어. 그럼에도 불구하고 조사하는 것 자체가 허락되지 않는 인물이 용의선상에 올라 있다면 사건에 제삼자의 개입은 없었다고 수사는 중지될 거야. 물론 위에서 내려온 명령이지. 결과적으로 진범이 추궁받는 일도 없이 숙부는 자유로워져."

"그거야말로 숙부님의 노림수였다는 건가요?"

동의한 알프레드의 표정이 갑자기 심각해졌다.

"그날 밤, 나는 언젠가 그렇게 될 것을 예상할 수 있었어. 그래서 도망치는 길을 선택했어. 숙부가 다음에 노리는 건 나라는 걸 알고 있었으니까. 한번 선을 넘은 인간은 더 이상 망설이지 않는 법이야."

"하지만——."

빅터는 납득이 가지 않는 얼굴로 호소했다.

"숙부님이 선배에게까지 바로 손을 대면 형을 살해한 죄를 자백하는 거나 마찬가지예요. 선배라면 도망치지 않고 숙부님이 범인이라는 증거를 어떻게든 모을 수도 있지 않았을까요? 실종되면 자신에게 수상한 면이 있다고 인정하는 꼴이니 선배 자신의 입장이 나빠지는 것도 알고 있었겠죠?"

"사라가 걱정됐어."

"그녀가 말인가요?"

빅터가 망설이는 시선을 사라에게 향했다. 숙부가 작위를 얻는 데 계승권이 없는 딸의 존재는 딱히 방해가 되지 않으니 의아하게 생각했으리라.

도망치듯이 사라는 눈을 내리떴다.

"만약 숙부가 후견인으로 같은 저택에서 살기라도 한다면 사라에게 무슨 짓을 할지 알 수 없었어. 3년 전에도 이 애는 이미 충분히 예뻤으니까."

굳이 감정을 배제한 담담한 말투였다.

한 호흡 늦게 빅터의 얼굴에 충격의 빛이 퍼졌다.

"하지만 그건……. 숙부와 조카 사이잖아요."

"그런 상식이 통하는 상대가 아니야. 실제로 그날 밤 부모님이 죽은 현장에 입회한 내게 숙부는 속삭였어. 이로써 네 동생을 내가 마음대로 할 수 있겠어——라고. 그때 숙부의 눈은 확실히 웃고 있었어."

빅터는 할 말을 잃었다.

알프레드는 숨을 죽이고 고개를 숙이고 있는 동생을 걱정스럽게 살펴보았다.

"기분 나쁜 얘기를 해서 미안하다, 사라."

"아……. 아니야. 나는 괜찮아, 오빠."

그 말은 거짓이 아니었다. 사라는 옛날부터 숙부를 거북하게 여겼지만, 아직 어린아이였기 때문에 이쪽의 마음속을 꿰뚫어보는 듯, 가격을 매기는 듯한 숙부의 시선에 담긴 의미를 정확히 이해하지는 못했다. 그래서 지금도 떠올리는 것만으로 참기 힘들 정도의 실감이 나지는 않은 것이다.

애초에 사라는 자신의 외모가 알프레드가 칭찬할 만큼 예쁘다고는 전혀 생각하지 않았다. 오빠는 그저 동생을 기쁘게 하기 위해 그렇게 말하는 것에 지나지 않는다. 외모의 아름다움이라면 오빠 쪽이 훨씬 우월하다. 두 사람이 아주 비슷한 점이라면 윤기 있는 검은 머리 정도다.

여러모로 거북한 마음에 사라는 몸을 움츠렸다.

알프레드는 순간 애처로운 듯이 눈을 가늘게 떴지만, 다시 빅터에게 시선을 돌렸다.

"물론 숙부가 어떤 인간인지에 대해서 내 말만 믿으라고 하는 건 아냐. 하지만 숙부는 내가 소중히 여기는 것을 빼앗고 상처 입히고 무너뜨리기 위해서라면 어떤 짓을 해도 이상하지 않다고 나는 생각하고 있어."

"······그래서 그녀도?"

알프레드는 고개를 끄덕였다.

"숙부가 직접 손을 더럽히지 않아도 우리를 돌보는 사용인을 매수하면 언제 어디에서 목숨이 위험해져도 이상하지 않아. 식사에 조금씩 독을 넣는다면? 사고를 위장해 계단에서 밀어 떨어뜨린다면? 한밤에 침실로 들어가 치사량의 모르핀이라도 투여한다면? 저택에 머무르는 한 나 혼자서는 사라를 지킬 수 없는 거야. 그렇다면 내가 선택할 길은 하나밖에 없어."

그래서 알프레드는 사라를 데리고 저택에서 도망쳤다.

그 무도회 날 밤, 이미 자신의 방에서 쉬고 있던 사라에게 부모의 죽음을 알린 것은 알프레드였다. 그는 당황해하는 사라를 열심히 진정시키고 남몰래 도망 준비를 시켰다.

그리고 머무는 손님이 잠들어 조용해지고 경찰의 사정 청취도 일단락된 새벽.

두 사람은 최소한의 물건을 담은 가방 하나를 들고 저택을 빠져나왔다. 저택의 지하에서 부지 안의 수도원 터까지 이어지는 비밀 통로를 손을 잡고 빠져나간 것이다.

사라는 순순히 오빠를 따랐다.

주저할 이유는 없었다.

오빠만 곁에 있다면 사라는 예나 지금이나 어디서 살아도 상관없었으니까.

"우리는 철저하게 행방을 감출 필요가 있었어. 그래서

신분을 숨기고 성도 위장한 다음 서민 사회에 섞여 살기로 했어. 둘이 살아가는 데 충분한 자금은 있었지만, 하릴없이 시간을 보내는 것도 그렇다 싶어서. 그래서 둘이 책 대여점을 시작하기로 한 거야. 결과는 보는 대로고."

알프레드는 연극배우처럼 우아하게 한 팔을 펼쳐 보였다.

"나는 이 생활을 상상했던 것 이상으로 만끽하고 있어. 사라도 같은 마음으로 지내준다면 기쁘겠고."

물론 똑같아, 라며 사라는 미소 지었다.

서로를 향한 남매의 배려에 빅터도 겨우 긴장을 푸는 듯했다.

"그렇다면 한동안 에버빌에서 가게를 계속할 예정인가요?"

"그럴 생각이야. 이 마을은 런던에 가깝지만 상류 계급의 주민은 별로 없으니까. 애초에 사라는 사교계 데뷔도 하지 않았고 다른 가문과 적극적인 교분도 없었으니까 이 애의 얼굴 때문에 집안이 알려질 걱정은 거의 없지만."

"그래서 접객은 그녀가 담당하는 거군요. 그리고 여차할 때를 대비해 가게 안쪽에는 늘 호위 기사가 대기하고 있는 거고."

"그런 거지. 참고로 제본 도구에는 무기가 될 만한 게 많아. 날카롭고 뾰족한 송곳에 두꺼운 종이 다발을 싹둑 자르는 나이프. 그래그래, 프레스기로는 고문도 할 수 있겠어."

"……기억해둘게요."

등줄기에 한기를 느낀 듯이 빅터는 몸을 움츠렸다.

"덧붙여서, 가게의 수익에도 공헌해주면 기쁘겠는데 말이야."

"'천야일야'에 올 때마다 책을 빌려가라는 소린가요?"

"어라? 너야말로 사라가 애써 타준 맛있는 차를 매번 공짜로 마시고, 양심의 가책도 없나? 만약 그렇다면 나는 내 교육의 성과에 대해——."

"빌릴게요, 빌려갈게요. 기꺼이 빌려가겠습니다."

"기특하구나, 록허트."

그 순간 빅터는 움직임을 우뚝 멈추었다. 갑자기 치밀어 오른 예상 밖의 감정에 자신도 놀란 얼굴로 바로 눈을 내리떴다.

"하하⋯⋯. 그렇네요, 그 호칭. 이제 두 번 다시 들을 일이 없다고 생각했으니까요."

아무렇지 않게 머리를 쓸어 올리는 몸짓으로 눈가를 감추려 했다. 그 손끝이 달랠 길 없는 감정 그대로 희미하게 떨리고 있었다.

사라는 입을 다문 채 오빠의 옆얼굴로 가만히 시선을 보냈다.

"빅터 님과 오빠는 기숙학교에서 친구가 됐어?"

"응. 신입생으로 기숙사에 들어온 빅터를 내가 퍼그 보이로 지명했지. 그 뒤로 어울렸어."

유서 깊은 퍼블릭 스쿨에는 독자적인 문화가 존재한다고

한다.

신입생과 최상급생이 유사적인 주종 관계를 맺는 '퍼그 제도'도 그중 하나다.

하급생 퍼그가 상급생 퍼그 마스터가 명령하는 잡무를 처리하면서 사회 생활의 규칙을 배워가는 관례다.

요약하면 퍼그란 공식적으로 인정된 '심부름꾼'인 것이다.

그래서 심술궂은 선배의 담당이 되면 비참한 생활이 기다리는 경우도 있는 모양이다.

한편 편의적인 주종 관계에서 평생 변치 않는 단단한 유대가 생기는 경우도 많고, 예를 들어 나중에 국회의원이 된 퍼그 마스터가 과거의 퍼그를 비서로 쓰는 경우도 드물지 않다고 한다.

"오빠는 왜 빅터 님을 퍼그로 선택했어?"

"그건 비밀이야."

"안 가르쳐주는 거야?"

"모르는 게 약인 경우도 있으니까."

빅터가 불안한 듯이 눈살을 찌푸렸다.

"혹시…… 특별히 이유가 없었던 건 아니겠죠? 선배의 퍼그로 지명된 건 제게 명예였는데."

"어머, 진짜예요?"

"물론이야. 선배는 우수한 사람이 모인 학내에서도 각별했거든. 스스로는 결코 눈에 띄려 하지 않는데 어느새 누구나 선배의 말을 따르고 있어. 그렇게 만드는 품격이 선배에게는 있는 거야. 그래서 동경하는 학생들이 잔뜩 있었어."

"과장이야. 진짜로 믿지 마, 사라."

알프레드가 드물게 곤란한 얼굴을 하고 있었다.

사라는 왠지 유쾌한 기분이 들어서 빅터에게 속마음을 털어놓았다.

"학교 일을 오빠가 그런 식으로 이야기해준 적은 없었어요."

"선배로서는 굳이 얘기할 정도의 일은 아니었을 거야."

"좁은 세계의 치우친 기준으로 칭찬받아봐야 허무할 뿐이야."

"이거 봐, 이런 사람이라니까."

"생각났어, 빅터. 내가 널 퍼그로 지명한 이유는 네가 입이 무거워 보이는 소년이었기 때문이야."

"흐음. 왠지 사라에게는 알리고 싶지 않은 게 있는 것 같네요."

"그래, 오빠?"

"있을 리가 없지, 사라."

알프레드가 즉답한 그때, 가게의 벽시계가 울리기 시작했다.

오후 10시. 슬슬 가야 할까 말아야 할까, 빅터의 얼굴에 아쉬운 표정이 떠오른 것을 본 사라는 망설임 없이 스툴에서 내려왔다.

"저 차를 타올게요."

싱긋 미소 짓고 카운터를 떠났다. 기숙학교 시절부터 이어진 친구 사이이니 분명 쌓인 이야기도 있을 것이다. 부엌으로 향하면서 방금 직접 목격한 광경을 떠올렸다.

"성인 남자가 저렇게 울먹이다니."

의외의 반응이었다. 알프레드는 어릴 때부터 사라에게 우는 얼굴을 보여준 적이 없었기 때문이다. 사라에게 알프레드는 언제나 믿음직스럽고 온화한 오빠였다. 그 오빠도 남몰래 눈물을 흘린 적이 있을까. 사라에게는 숨기고 있던 얼굴이 있을까.

휴우, 하고 사라는 숨을 내쉬었다.

"빅터 님이 오고 나서 왠지 놀랄 일만 생기네."

하지만 그것은 아마 사라에게 환영할 만한 일이었다. 옛 친구와 재회를 마친 알프레드가 기뻐 보여서 사라도 기뻤다.

오빠가 행복하다면 나도 행복하다.

오빠의 행복이 나의 행복이다.

지금도 여전히 그렇게 느끼는 자신에게 사라는 무엇보다 안심했다.

"착한 애지?"

알프레드가 말했다. 그 시선은 사라가 떠난 문 쪽으로 향해 있었다.

"네. 그러네요, 정말로."

"나한테는 아까울 만큼?"

"……그런 말은 안 했잖아요. 하지만 솔직히 놀랐어요. 선배와 동생분이 이렇게나 사이가 좋았다니. 선배의 입에서 그녀에 대한 말은 거의 나오지 않았으니까요."

"사라에 대해서는 학교에서 그다지 화제로 삼고 싶지 않았어. 분명 다들 흥미를 가질 테니까."

"아아, 이해해요. 선배에게는 나쁜 벌레만 꼬였으니까요."

"이해해줘서 고마워. 그건 그렇고——."

알프레드는 빅터를 진지하게 바라보았다.

"이런 형태로 그리운 너와 재회하게 되다니 말이야. 너는 무슨 이유로 에버빌에 왔지?"

"이제 2년 가까이 됐는데, 아버님이 이 마을에 있는 오래된 저택을 샀어요. 그래서 저한테는 그다지 친숙하지 않은 마을이지만 최근에는 형제들이 계속 여기에 머물고 있어서 저도 방학은 여기서 보내기로 했지요."

"그렇군. 아버님은 여전히 정계에서 활약하고 계시겠네."

"글쎄요……. 자세한 건 저도 잘 몰라요. 꽤나 바빠서 모처럼 산 이쪽 집에도 거의 얼굴을 보이지 않으니까요. 아! 물론 선배 남매의 거처에 대해서는 아버님에게도 누구에게도 결코 말하지 않을 테니 안심하세요."

"응. 원래부터 그런 걱정은 안 했고, 그다지 신경질적으로 바뀌지도 않았어. 적어도 후작가에서 나고 자란 남매가 설마 이런 곳에서 책 대여점을 운영하고 있다고는 누구도 생각하지 않을 테니까."

빅터는 한숨 섞인 쓴웃음을 지었다.

"정말 그러네요. 아까 이 가게에서 선배의 목소리를 들었을 때는 그만 저도 환청에 시달리게 됐나 싶었어요."

알프레드의 눈동자가 장난스럽게 반짝였다.

"그러고 보니 그때의 넌 나를 계속 존경했던 선배라고 사라에게 설명했었지. 부끄러워하지도 않고 열정적인 말투로."

"그, 그건."

쩔쩔매는 빅터를 보고 알프레드가 다정하게 다그쳤다.

"네가 그렇게까지 나를 떠받드는지 몰랐어. 나를 믿어준다면 어떤 일이든 하겠다고 고백한 적도 있었지?"

그 한마디에 빅터는 정신을 차렸다.

자세를 바로하고 퍼그 마스터를 마주 보았다.

"그건 제 본심이에요. 선배."

빅터는 진지한 눈빛으로 말했다.

"그러니 잊지 마세요. 당신만 바란다면 저는 언제든지 당신의 도움이 되기를 주저하지 않아요."

망설임 없는 말의 파문이 조용한 가게에 스며들어갔다.

그것을 가만히 지켜보는 듯한 침묵 후.

"그래──기억해둘게."

한숨 같은 약속을 알프레드가 했다.

그 순간 빅터는 갑자기 숨 쉬기 편안해진 것을 느꼈다.

오랫동안 품었던 걱정이 지금 겨우 햇빛을 받아 녹은 듯했다.

"그런데 빅터."

기분을 일신한 듯이 알프레드가 밝게 말을 꺼냈다.

"지금 네게 질문하고 싶은 게 있는데."

"네, 뭔데요?"

"사라에 대한 거야. 너는 그 애를 어떻게 생각해?"

"어떻게……라뇨?"

왠지 모르게 즉답하기가 망설여져서 되물었다.

"너는 내가 가장 사랑하는 동생에게 조금도 느끼는 바가 없다는 거야?"

"어……. 아니, 그건 물론 아주 사랑스러운 동생분이라고 생각하는데요."

"사랑스럽다. 그렇군, 그 말대로야. 근데 그게 다야?"

"아, 저기, 저도 모르게 넋을 잃을 듯한 미인이고요."

"그 밖에는?"

"현명하고."

"그리고?"

"마음씨도 착하고."

"즉, 아주 매력적이라는 거지?"

"……아, 네. 그래요."

"사랑하는 사이가 되고 싶을 만큼?"

미모의 퍼그 마스터가 밝게 물었다.

"다, 당치도 않아요! 그런 바람은 제게는 너무 황송해서 도저히, 도저히."

"그렇지. 백만 년은 일러."

"……그렇겠죠. 하하."

메마른 웃음과 함께 빅터는 시선을 돌렸다. 이래서는 마치 재판에 회부된 피고인 같다. 고약한 유도 심문에 하마터면 속아 넘어갈 뻔했다. ……아니, 오히려 감쪽같이 넘어갔다고 해야 하나. 농락당했다는 자각이 있는데도 불구하고 일일이 당황하는 자신이 그립고도 한심했다.

"백만 년 뒤라……. 『타임머신』의 미래 세계보다 먼 시대로군."

빅터는 턱을 괴고 투덜거렸다.

"애초에 선배처럼 완벽한 오빠가 가까이 있으면 그리 간단히 연심이 생길 일도 없어요. 선배는 선배대로 남자는 다 썩은 늑대라든가 호색한이라든가 치우친 교육을 하고 있는 것 같고요."

"그런 적 없어. 너는 제대로 충견이라고 가르쳐줬잖아. 그러니까 사라는 앞으로도 계속 너와 안심하고 지낼 수 있을 거야."

"우와아……. 기뻐서 눈물이 나올 것 같네요."

"그거 잘됐네."

빅터는 마침내 힘이 빠져서 카운터에 푹 엎드렸다.

이윽고 돌아온 사라를 알프레드는 황홀한 미소로 맞이했다.

"신입생 때의 빅터는 이렇게 작아서 말이지. 늘 선배 선배, 하고 날 따라다녀서 마치 녹색 눈을 한 강아지 같았어."

그런 말을 하면서 스툴 정도 높이를 가리켰다.

빅터는 탄식했다. 아무리 그래도 열세 살이 된 소년의 키가 그럴 리가 있을까. 애초에 당시의 빅터는 학년에서 키가 큰 편이었다.

이 상태로는 있는 일 없는 일 포함해서 알프레드의 마음대로 각색된 빅터의 과거가 사라의 귀에 들어갈 것 같았다.

빅터는 살짝 우울해졌지만 굳이 항의는 하지 않았다. 알프레드가 꺼내는 몇 가지 일화에 놀라거나 웃으며 열심히 귀를 기울이고 있는 사라의 표정이 아주 행복해 보였기 때문이다. 몸을 맞댄 남매의 화목한 모습이 왠지 눈부셔서 빅터는 김이 피어오르는 찻잔으로 눈길을 떨어뜨렸다.

"괜히 걱정했네."

엷은 쓴웃음을 띠면서 사라가 따라준 홍차를 얌전히 맛보았다.

그리고 남매의 대화가 일단락된 것을 보고 빅터는 자리에서 일어났다.

"슬슬 가볼게요. 오늘 밤은 감사했습니다."

"벌써 가려고? 신경 안 써도 돼."

"아니요, 이제 집으로 물러나야죠. 이 이상 오래 머물러 봐야 제 입장이 나빠질 뿐이니까요."

빅터는 어깨를 으쓱거리고 사라에게 말을 걸었다.

"맛있는 차를 타줘서 고마워. 그리고 늦게까지 시시한 옛날얘기에도 어울려줬고."

"당치도 않아요. 아주 즐거웠어요. 다음에는 꼭 오빠와 둘이서 천천히 말씀 나누세요. 술이라도 마시면서. 어때, 오빠?"

"그래, 그것도 좋네. 브랜디는 마셔, 빅터?"

"네, 좋아해요."

"우유 없이는 커피조차 못 마셨던 네가 지금은 브랜디까지 즐기게 됐을 줄이야. 강아지의 성장은 빠르군."

"그러니까 그런 말 좀 그만 하시라니까요."

"후후. 아, 사라. 빅터를 밖에까지 바래다줄래? 뒷정리는 내가 할 테니까."

흔쾌히 승낙한 사라와 함께 빅터는 가게를 뒤로했다. 조용한 밤길에는 문의 유리창에 쳐진 커튼 안쪽에서 부드러운 불빛이 새어나오고 있었다.

두 사람은 다시 가게 앞에서 마주 보고 어느 쪽이 먼저라고 할 것 없이 쓴웃음을 띠었다.

"오빠가 한 말에 부디 기분 나빠하지 마세요. 빅터 님과의 재회가 기뻐서 분명 신이 났을 거예요."

"아아, 괜찮아. 오히려 옛날로 돌아간 것 같아서 그리웠어."

"오빠는 빅터 님께 옛날부터 저런 태도였나요?"

"아……. 하하하, 뭐 그렇지. 하지만 오늘 밤에는 선배의 의외의 일면도 알았어."

"의외의 일면이요?"

사라가 흥미롭다는 듯이 빅터를 바라보았다.

"응. 너랑 있을 때의 선배는 분위기가 꽤나 부드러워져. 저 사람이 저렇게 다정한 눈빛을 누군가에게 보내는 경우가 있구나 싶어서 좀 놀랐어."

"아."

놀란 듯이 사라가 눈을 크게 떴다.

밤바람에 흔들린 머리카락을 즉시 눌러 얼굴을 덮었다.

"……제게는 어릴 때부터 늘 다정한 오빠였어서요."

"그렇겠지. 그 사람에게 동생인 너는 정말 특별한 존재일 거야."

사라는 고개를 숙인 채 입을 다물었다.

이윽고 오도카니 중얼거렸다.

"하지만 저로는 안 돼요."

"응? 안 된다니 뭐가?"

"아. 아니요, 그……."

사라는 입을 다물더니 속삭이듯이 이야기하기 시작했다.

"오늘 밤 오빠는 정말 즐거워 보였어요. 그렇게 유쾌하게 웃는 오빠를 저는 본 적이 없어요. 오빠에게는 분명 당신 같은 사람이 필요해요."

사라는 고개를 들고 빅터에게 물었다.

"빅터 님은 셜록 홈즈를 아시나요?"

"물론이지. 홈즈라면 네 권이나 읽었어. 탐정 소설은 좋아하거든."

저도예요, 라며 사라는 미소 지었다.

"그렇다면 아시겠네요. 단편 『입술 삐뚤어진 남자』 속에서 홈즈도 왓슨 선생에게 말했어요. 대화할 상대가 있다는 것은 내게 그야말로 고마운 일이라고. 홈즈처럼 두뇌가 명철하고 어떤 일도 혼자서 처리할 수 있는 사람일지라도……. 아니, 그런 사람이기 때문에 편안하게 이야기를 나눌 수 있는 상대가 소중한 존재가 되는 것일지도 몰라요."

마지막에는 혼잣말처럼 사라는 중얼거렸다.

가스등의 불빛을 받는 눈동자가 어딘가 긴장한 빛을 내고 있었다.

"즉, 선배가 홈즈고 내가 왓슨 역이라는 거야?"

"아……. 저도 참, 멋대로 정해서 죄송해요! 불쾌하셨나요?"

"아아, 아냐! 그런 게 아니라. 오히려 동생인 네가 선배의 왓슨 역으로 인정해준다면 영광이야. 본인한테는 개 취급을 받고 있으니까."

"그러니까 그것이 오빠 나름대로 친애의 표현이에요."

"그렇다 해도 강아지 강아지를 연호하는 건 그만해줬으면 해."

빅터가 투덜거리자 사라가 즐거운 듯이 웃었다.

명랑한 그녀의 모습에 빅터도 뺨을 누그러뜨렸다.

"빅터 님. 억지로 책을 빌리지 않으셔도 되니까 앞으로도 가벼운 마음으로 와주시겠어요? 그렇게 해주시면 오빠가 기뻐할 거예요."

"응. 방해가 안 된다면 꼭 그러고 싶어. 꼬맹이들 산책에도 당분간 어울리게 됐으니까 그 김에 들를게."

"기분이 내키면 언제든지 오세요."

"너도, 언제든지 말이지."

"네?"

사라가 어리둥절해했다. 나이에 어울리는 순진함이 엿보여서 빅터는 그녀의 새로운 얼굴을 발견한 기분이 들었다. 동생을 맹목적으로 귀여워하는 알프레드의 심정을 잘 알 수 있었다.

"훌륭한 오라버니에게는 얘기하기 어려워도 나한테라면 털어놓을 수 있는 게 있을지도 모르니까. 의논 상대로는 믿음직스럽지 못할지도 모르지만, 불평을 듣는 것 정도는 할 수 있을 거야. 편안한 상대이기 때문에 얘기할 수 있는 것도 있잖아?"

"길가에서 주운 강아지에게 이야기하듯이 말인가요?"

"……그래그래, 그런 느낌.

"농담이에요."

사라는 키득 웃었다. 그리고 조심스럽게 말을 꺼냈다.

"저기……. 주제넘은 말씀을 드리는 것이겠지만, 만약 빅터 님도 의논하고 싶은 일이 있으면 부디 기탄없이 말씀 해주세요. 그…… 사랑에 관한 것이라든가요."

"어? 사랑?"

"방금 오빠가 가르쳐줬어요. 빅터 님은 옛날부터 여자아이에게 흥미가 없다고 공언했다고."

생각지도 못했던 정보에 빅터는 놀랐다.

"그런 말을 선배가?

"오빠의 거짓말이었나요?"

"아니, 거짓말은 아닌데."

그것은 기숙학교에 막 입학했을 시기의 발언이지 않았나…….

"오빠가 기숙학교를 졸업한 뒤에도 뜬소문 하나 없었다고 해요."

"화, 확실히 그럴지도 모르지만."

그것은 백작가의 적자라는 입장 상 조심해서 그런 건데…….

"그래서 만약 익숙하지 않은 사랑으로 고민하는 경우가 있으시다면 저로 괜찮다면 이야기 상대가 될게요. 저도 연인은 없지만 오빠처럼 놀리지는 않고, 사랑에 관한 소설이나 시라면 나름대로 알고 있으니 의논해주신다면 취향에 맞는 것을 빌려드릴 수 있을 거예요."

"저기⋯⋯. 네 마음은 아주 기쁘지만, 사랑에 관한 상담을 네게 하는 건 약간 문제가 있다고 할까, 살짝 저항감이 든다고 할까."

그때였다. 사라가 깜짝 놀라며 입가에 손을 댔다.

"설마 그런 거였나요?"

빅터는 움찔 뒷걸음질 쳤다.

"그, 그런 거라니?"

"그러니까 당신이 여자에게 흥미가 없는 것은 남자 쪽에 흥미가 있기 때문인 건가요?"

"⋯⋯⋯⋯뭐?"

"저, 저기, 전 당신이 그쪽 길을 추구하셔도 그것을 경찰에 신고하지 않아요. 맹세할게요!"

빅터는 비틀거렸다. 강렬한 현기증으로 시야가 흔들렸다.

확실히 현행법에 동성애적인 행위를 한 자는 범죄자로 수감되게 되어 있다. 유명한 극작가 오스카 와일드도 그 바람에 2년의 감옥 생활을 했고, 풀려난 현재도 사회적으로는 말살된 것이나 마찬가지의 상황일 정도다.

"부디 걱정하지 마세요, 빅터 님. 저는 그런 소설도 읽은 적이 있어서, 누군가가 누군가를 사랑하는 마음을 올바르지 않다고 결정했다고 해서 머리로 부정하고 싶지는 않아요."

"자, 잠깐만! 그건 큰 오해야, 사라."

"이제 와서 숨기지 않으셔도 괜찮아요."

"안 숨겼어, 안 숨겼다고!"

빅터는 이미 호수의 수렁 지옥에 목까지 가라앉은 기분이었다.

무해한 충견으로 인정받나 싶더니 다음에는 남색가 취급일 줄이야.

이것은 명백하게 알프레드의 책략이다. 이쪽이 긴장을 늦춘 사이에 이런 의혹이 언제 생겨도 이상하지 않은 선입관을 사라에게 교묘하게 심은 것이다.

이럴 바에야 개 취급 쪽이 훨씬 낫다.

"대체 무슨 견제야."

빅터의 눈이 먼 곳을 바라보는 눈빛이 되었다.

어느새 길에 고양이 한 마리가 서성이고 있었다. 뻔뻔스러운 생김새의 고양이였다.

고양이는 빅터를 곁눈질하더니 깔보듯이 야옹 하고 울었다.

이처럼 현실이란 만만하지 않은 법이다.

빅터는 깊게 한숨을 내쉬었다.

"……멍."

2

정오——점심 식사.

오후 2시──공원까지 산책.

오후 5시──귀가. 티타임.

이것이 록허트가 아이들의 오후 일과라고 한다.

'천야일야'에 찾아온 삼형제와 수다를 떠는 사이에 사라는 어느새 그들의 일상을 자세히 알게 되었다.

요즘 그들은 빈번하게 가게를 찾아왔다. 우선 아래쪽 두 명이 힘차게 뛰어 들어온다. 그 뒤로 살짝 멋쩍은 듯한 표정으로 빅터가 따라온다.

"이렇게 자주 찾아오면 폐가 되는 거 아닐까?"

오늘도 빅터는 작은 목소리로 그렇게 물었다.

"당치도 않아요. 이 시간대는 마침 손님도 그다지 오지 않으시니까 부디 마음껏 편히 계세요."

사라는 오히려 그들의 방문을 기다리고 있었다. 활발한 삼형제가 찾아오지 않은 채 날이 저물면 이제는 왠지 허전한 기분마저 들었다. 무리를 하게 만들고 싶지는 않아서 꼭 매일 오라고까지는 말할 수 없지만.

"아. 그러고 보니 새 움직이는 그림책을 들여놓았어요. 두 분 다 보시겠어요?"

카운터에 전시했던 신작 그림책을 사라는 라울과 엘리엇에게 내밀었다. 서커스의 공연들을 종이 손잡이로 움직여 보여주는 장치가 설치되어 있었다. 공들인 짜임새의 그림책이었다. 선물로 받는 경우도 많은데, 그들은 이런 그림책에 그다지 익숙하지 않은지 전부터 흥미로워했기 때문이다.

"우리가 첫 손님이야?"

"첫 손님이야?"

"그렇답니다."

형제는 부리나케 스툴에 기어 올라가 장난감 상자 같은 그림책으로 손을 뻗었다.

"아, 야! 함부로 다루다 망가뜨리지 마."

즉시 주의를 주는 빅터에게 그 자리를 맡기고 사라는 부엌으로 향했다.

재빨리 차 준비를 마치고 오전에 구운 초콜릿 쿠키를 곁들인 쟁반을 손에 들고 돌아가자 빅터가 말을 꺼냈다.

"오늘은 네게 보고할 게 있어. 어제 런던에 있는 아버님과 겨우 연락이 돼서 말이야. 마지의 처우가 결정됐어."

사라는 포트를 기울이던 손길을 멈추었다.

"……아버님은 어떻게 하셨나요?"

빅터가 밝게 고개를 끄덕였다.

"이대로 저택에 머물게 됐어. 늘 누군가가 곁에 붙어 있는 걸 조건으로 마지와 동생들이 지금까지와 마찬가지로 지내는 된다는 허가도 얻었어. 물론 언제까지 그럴 수 있을지는 알 수 없지만, 이대로 병이 악화돼도 최대한 우리 집에서 보살피게 될 거야. 그녀의 동생이 살아 있었다면 다른 선택지도 생각할 수 있었겠지만."

"그것 참 다행이네요."

마지의 앞날을 신경 썼던 사라는 가슴을 쓸어내렸다.

가까운 가족도 아닌 나이 든 사용인에게는 더할 나위 없을 대우이리라. 실제로 일을 할 수 없게 된 사용인에게는 엄혹한 현실이 기다리고 있는 경우도 많기 때문이다.

"응, 나도 안심했어. 마지는 꼬맹이들도 따르니 갑자기 멀어지는 처분을 내리는 건 누구에게나 좋지 않다고 역설한 보람이 있었어."

"그렇다면 빅터 님이 애를 쓰신 덕분이네요."

"내가 꼬맹이들에게 해줄 수 있는 일은 이런 것 정도밖에 없으니까."

빅터는 담담하게 중얼거리고는 제공된 홍차에 가만히 입을 댔다. 가볍게 한 입 마신 순간 단정한 뺨의 선이 부드럽게 풀어졌다.

"요 며칠 동안 다시 마지와 차분하게 얘기를 해봤는데……. 확실히 때때로 대화가 맞물리지 않는 경우가 있었어. 그런 때의 그녀는 네가 말했듯이 의식만 타임머신으로 어딘가 먼 시간을 헤매고 있는 것 같고, 그게 묘하게 편안한 상태이기도 해서 신기한 느낌이 들었어."

하지만, 하고 빅터의 눈에 후회의 빛이 스쳐 지나갔다.

"이런 상황이 되기 전부터 더 제대로 마지와 마주 봤으면 좋았겠다고도 생각해. 유모와 신세를 진 아이로서가 아니라 어른끼리 말이야."

마지의 사생활에 대해 아는 것은 그녀가 젊어서 남편을

잃은 뒤로 계속 유모 일에 매진해온 것 정도밖에 없다고 한다.

속삭이듯이 사라는 말했다.

"분명 지금부터도 늦지는 않았어요."

죽은 자와의 관계는 어떻게 할 수도 없지만 마지는 살아 있다.

살아 있는 한 다시 시작할 방법은 분명 있을 것이다.

"아아, 그렇지."

빅터는 동의했다. 그리고 쾌활한 상태로 말했다.

"맞아 맞아. 마지가 여기서 빌린 『켈트 요정 이야기』를 읽고 상당히 감격했어. 그리운 이야기가 몇 개나 실려 있었나 봐."

"어머, 정말이에요?"

사라는 얼굴을 확 빛냈다. 이 일을 하면서 가장 행복을 느끼는 순간이다.

"그래서 그 책을 1권도 구해서 마지에게 주려고 해. 하지만 이 가게의 책은 팔지 않지?"

"아……. 네. 특별한 사정이 없는 한 양도는 하지 않아요. 죄송합니다. 만약 괜찮으시다면 '천야일야'에서 출판사에 주문을 넣을까요? 거래에 얼마쯤 시간이 걸릴지도 모르지만 확실하게 받을 수 있을 거예요."

"괜찮겠어? 그렇다면 부탁할까. 가끔 얼굴을 비추다가 조만간 도착한 책을 받아갈게."

그리고 빅터는 가져온 『타임머신』을 사라에게 내밀었다.

"그리고 나는 이걸 반납하고 다음 책을 빌리고 싶은데…… 공상 과학 소설은 충분히 즐겼으니까 이번에는 다른 장르에 도전해보고 싶어. 그러니까 부디 네 의견을 참고하게 해줘."

"네, 바라신다면요. 어떤 책을 찾으시나요?"

책을 받으면서 사라가 묻자 빅터는 어째선지 목소리를 낮추었다.

"저기, 뭐라고 할까……. 그게 저기, 여자가 주인공인 이야기를 읽고 싶어."

"여자가 주인공인 이야기——인가요?"

사라는 빅터를 물끄러미 바라보았다.

머뭇대며 빅터가 시선을 방황했다.

사라의 머릿속에 떠오르는 것은 며칠 전 밤 가게 앞에서 나눈 대화였다. 그는 여자에게는 전혀 관심이 없는 것 아니었나.

"저기……. 하지만 흥미가 없는 책을 억지로 읽지 않으셔도 되는데요."

"흥미는 있어, 엄청나게!"

빅터는 카운터로 몸을 내밀었다가 갑자기 허둥댔다.

"아니, 엄청이라는 말에는 어폐가……. 즉 저기, 남들과 비슷하다는 뜻이야. 거기다 그 왜, 나는 계속 기숙사 생활을 했잖아. 덕분에 가족 이외의 여자와 일상적으로 어울릴 기회도 없었어. 그러니까 여자를 잘 알기 위해서 여자가 주인공인 소설을 읽는 것부터 시작해볼까 해서."

그렇군요, 하고 사라는 납득했다.

"그런 사정이셨군요."

"……응. 맞지는 않아도 견딜 수 있는 범주에 들어가기는 해."

우물우물 혼잣말을 하는 빅터에게 사라는 싱긋 웃었다.

"그러면 기꺼이 힘이 되어드릴게요."

무엇이든 처음이 중요하니 무슨 일이 있어도 그가 빠질 만한 책을 고르고 싶다.

"고마워. 네가 좋아하는 책이라도 상관없어."

"그 조건이라면 너무 많네요."

사라는 엷은 쓴웃음을 띠며 바쁘게 궁리했다.

주인공인 여자는 빅터와 나이가 그렇게 차이 나지 않는 편이 좋으리라.

공주님이 등장하는 동화보다는 평범한 여자의 일상이 생동감 있게 그려진 소설.

그리고 그런 작품을 읽지 않는 그라도 이야기로 즐길 수 있는 소설.

"……『작은 아씨들』은 어떨까?"

사라가 중얼거린 책 이름에 빅터가 반응했다.

"아. 그 책 알아. 누나가 어릴 때 몇 번이나 읽었을 거야."

"어머나, 누나분도 애독하셨군요!"

얼굴도 모르는 빅터의 누나에게 사라는 갑자기 친근감을 느꼈다.

사라에게도 『작은 아씨들』은 소녀 시절을 채색해준 소중한 책이기 때문이다.

"아마 미국의 남북 전쟁 시대 이야기였지?"

"네, 맞아요. 중류 가정에 태어난 네 자매의 검소하지만 풍족한 나날의 정경이 차분하게 쓰인 이야기예요."

아버지가 북군의 종군 목사로 출정해서 네 자매는 다정한 어머니를 떠받치며 웃거나 울면서 제각기 성장해간다.

장녀인 메그는 열여섯 살. 미인에 야무지지만 화려한 생활을 강하게 동경하고 있다.

차녀인 조는 열다섯 살. 남자아이처럼 활달한 독서가로, 성미가 급한 면도 있지만 가족을 위해 자신을 희생하는 힘도 가지고 있다.

삼녀인 베스는 열세 살. 남달리 내성적이지만 피아노를 잘치고, 배려심 넘치는 성격 때문에 모두에게 사랑받고 있다.

사녀인 에이미는 열두 살. 밝고 되바라진 어리광쟁이로, 그림에 재능이 있지만 주위에서 어린아이 취급하는 것을 참지 못하는 나이이기도 하다.

"등장인물이 아주 매력적이라서요. 정말 멋진 네 자매예요."

"누나 같은 사람이 네 명이나 있는 건가. 힘드네."

"……다른 책이 괜찮으실까요?"

"앗! 아니, 물론 그걸 빌릴게. 네 추천이니까. 저기, 어느 책장에 꽂혀 있어?"

"지금 제가 가져올게요."

며칠 전에 반납 받은 것을 기억하고 있으니 가게에 있을 터였다.

사라는 소녀용 책을 모아놓은 책장으로 향해 즐비하게 꽂힌 올컷의 저서에서 반가죽 크로스 장정의 『작은 아씨들』 1권을 찾고 빙긋 웃었다. 2권은 대출 중인 것이 또 기뻤다.

이 책은 알프레드가 장정을 만들었고, 크로스 부분에는 윌리엄 모리스 상회의 천을 붙였다. 연녹색의 색조가 부드러운 재스민 모양의 디자인은 사라가 고른 것이다.

사라가 통통 튀는 발걸음으로 카운터로 돌아오니 작업장에 있던 알프레드가 가게로 얼굴을 비친 차였다.

"어라, 오늘도 왔군, 록허트 군."

"네. 오늘도 왔어요, 스털링 선배."

뒤틀린 듯한 두 사람의 대화에도 이미 익숙해졌다.

"오빠도 참, 와줘서 기쁘다고 솔직히 말하면 되잖아."

알프레드가 사라가 든 책으로 눈길을 주었다.

"그 책은?"

"빅터 님에게 빌려드릴 거야. 여자가 주인공인 이야기를 읽어보고 싶다고 하셨거든. 그래서 『작은 아씨들』을 추천하기로 했어."

"흐음. 여자가 주인공인 이야기를 말이지."

알프레드가 묻는 듯한 시선을 빅터에게 향했다.

"아니 그게, 방학 중에 시간도 있으니 모처럼 독서의 폭을 넓혀보고 싶어서⋯⋯."

"오빠, 놀리지 마. 여자아이용 책이라고 해서 성인 남성이 읽지 말라는 법은 없잖아? 명작은 어떤 사람의 심금이든 울리는 법이라고 오빠도 말했잖아."

알프레드는 웃으며 사라를 돌아보았다.

"안 놀려, 사라. 『작은 아씨들』이라면 나도 아주 좋아하니까. 살아 있는 여자아이의 섬세한 감정이 이렇게 자연스럽게 녹아 있는 작품은 좀처럼 없어. 역시 여성 작가이기 때문에 가능했던 걸지도 몰라."

사라는 빅터를 위해 설명을 추가했다.

"저자는 루이자 메이 올컷이라는 여성으로, 『작은 아씨들』 시리즈는 자전적인 요소가 진한 작품이랍니다."

"그렇다면 그녀 자신이 네 자매 중 하나였다는 거야?"

"네. 언젠가 문장으로 출세하려는 데 골몰하는 차녀 조에게는 미스 올컷 본인이 투영되어 있다고 했어요."

"그렇다면 미스 올컷은 꿈을 실현한 거네. 대단해."

"그러네요 정말로."

1868년에 출판된 『작은 아씨들』은 상업적으로도 대성공을 거두어, 올컷은 1888년에 55세로 죽을 때까지 작가로서 올린 수입으로 부모와 자매를 부양했다고 한다. 가족을 사랑하는 그녀에게 그것은 무척이나 자랑스럽고 행복한 일이었으리라.

"아이에게도 안심하고 읽게 할 수 있는 배려를 가지고 쓴 작품이기 때문에 설교 같은 부분도 있지만, 하지만 분명 어느새 네 자매에게서 눈을 뗄 수 없게 되실 거예요."

"응, 읽는 게 기대돼. 수속을 부탁해도 될까?"

"네, 지금 바로 할게요."

빅터에게 대금을 받고 사라는 대출증으로 손을 뻗었다.

그리고 책의 제목을 적으려 했을 때 퍼뜩 깨달았다.

"저기, 그런데 누님께서 『작은 아씨들』을 애독하셨다면 저택에 같은 책이 있을 테니 굳이 빌리지 않으셔도……."

"아아, 괜찮아. 저택에 있다 해도 아마 누나 방 책장에 있을 테니까, 거절당하면서까지 빌리는 건 좀 내키지 않거든."

과연. 확실히 빅터의 나이에 여자아이용 소설을 빌려달라고 누나에게 부탁하는 것은 부끄러울지도 모른다. 게다가 전부터 여자에게는 흥미가 없다고 공언했던 그다. 대체 무슨 일인가 싶어서 누나가 캐물어도 이상하지 않다.

사라는 납득하고 다시 펜을 들었다.

그러자 빅터는 서가에 꽂힌 책을 눈으로 훑으면서 알프레드에게 물었다.

"이 가게에 진열된 책은 원래 스털링 저택의 도서실에 있었던 것은…… 아니죠?"

"저택을 떠날 때는 거의 몸만 빠져나왔어. 가게를 시작할 때 사라와 의논해서 사 모은 거야. 이 넓이로는 못 놓는 책도 있어서 정기적으로 바꾸고 있어."

사라도 고개를 들고 대화에 끼어들었다.

"그래서 2층 거실은 책으로 가득해요. 그리고 오빠의 침실도."

"내 방에 쌓여 있는 것은 개인적으로 흥미가 있어서 산 거지만."

"또 까다로운 걸 기뻐하며 읽고 있겠네요, 선배는. 기숙학교 시절에도 자유 시간에는 도서관에서 자주 지냈잖아요."

"그 도서관은 15세기의 인큐내뷸러[1]를 포함해 귀중한 서적을 잔뜩 소장하고 있었으니까. 아무리 있어도 질리지 않았어. 애초에 내가 도서관에 파묻힌 건 아무에게도 방해받지 않고 혼자 조용히 편안하게 있을 장소가 달리 없었다는 이유도 컸지만."

"그렇게 선배가 소란스러운 기숙사에서 도망친 탓에 저는 선배에게 볼일이 있는 상급생들한테 늘 연락을 부탁받는 사태에 이르렀지만요."

"덕분에 체력이 붙었잖아."

알프레드는 기죽지 않고 되받아쳤다.

---

1 유럽에서 금속활자가 발명된 이후 1500년까지 활판 인쇄술의 유년기에 출판되어 현존하는 활자본.

스무 개 정도 있는 학생 기숙사는 학교 부지 주위에 흩어져 있다고 한다.

각각의 기숙사에서 4, 50명의 학생들이 생활하며 수업을 위해 학사까지 통학했다. 학사에 인접한 성당이나 도서관은 아주 장엄한 곳이라고 사라는 오빠에게 들은 적이 있었다.

"기숙사에서 도서관까지는 상당히 멀었나요?"

"전속력으로 달려가도 10분은 걸릴 거야."

"어머, 힘드셨겠어요."

"특히 겨울에는 그랬지. 포석이 차가워져서 밟을 때마다 한기가 뼈까지 파고들었거든."

빅터는 얼굴을 찌푸렸지만, 이야기하는 말투는 생동감이 넘쳐서 그리운 것 같기도 했다.

그때 문득 그는 기억의 파편을 쫓는 듯한 눈빛으로 중얼거렸다.

"도서관이라 하면…… 선배가 졸업한 뒤에 이상한 일이 있었지."

"그랬어?"

"네. 수수께끼라고 할 정도는 아니지만 조금 묘하다고 할까, 인상에 남는 일이 있었어요."

"그거 마음에 걸리는군. 꼭 가르쳐줘."

알프레드가 사라의 옆 스툴에 앉았다.

빅터는 고개를 끄덕이고 순서에 따라 이야기하기 시작

했다.

"제가 최상급생이 되고 첫 여름에 접어든 무렵의 일이에
요. 퍼그에게 어떤 상담을 받았는데요. 학생 기숙사의 2인
실에서 같이 생활하는 친구의 상태가 아무래도 이상하다,
밤마다 기숙사를 빠져나가 도서관을 배회하는 것 같다고
했어요."

알프레드가 의외라는 듯이 눈썹을 치켜 올렸다.

"한밤중에 아무도 없는 도서관을?"

"네. 그 도서관의 창문은 자물쇠가 부서진 게 하나 있다
고 선배도 그랬죠? 그도 그걸 알고 있었는지, 창문으로 침
입하는 것을 제 퍼그가 뒤를 밟아 목격했다고 해요."

"참 대담하군. 나도 대출 수속이 귀찮아서 창문으로 관
내에 숨어 들어가 장서를 빌린 적이 있었지만, 밤중의 도
서관을 혼자 차지하는 것까지는 아무리 그래도 생각하지
못했어."

놀란 것은 사라였다.

"오빠도 참, 내가 모르는 곳에서 그런 규칙 위반을 했
었어?"

"가끔 그랬어. 도서관장은 친절하고 남을 잘 돌봐주는
사람이었지만, 대출 수속을 할 때 그 책에 대한 강의를 시
작하는 경우가 있었거든. 그에게 악의는 없고 도움이 되는
얘기인 것도 틀림없지만 그런 게 번거로울 때도 있잖아?"

"응……. 그러네."

그 마음이라면 모르는 바도 아니다. 그리고 자신이 읽는 것을 늘 타인이 파악하는 것은 비밀을 들키는 것 같아서 독서의 즐거움이 줄어드는 경우도 있을지도 모른다. 그래서 사라도 이용객 쪽에서 적극적으로 말을 걸지 않는 한 가게에서는 사무적인 대응을 하려고 노력하고 있는 것이다.

"선배는 그 관장이 상당히 마음에 들어했으니까요. 독서가에 머리가 좋고 상스러운 느낌이 없는 학생을 좋아한다고요, 그 선생님은."

"적어도 눈여겨본다는 인식은 있었지. 아직 젊은 선생님이었으니 스스럼없이 지적인 논쟁을 벌일 수 있을 만한 상대가 필요했던 것 아닐까."

"그럴지도 모르겠네요. 선배가 졸업한 뒤에는 관장과 아크라이트가 열심히 얘기하는 걸 자주 봤어요. 아크라이트를 기억하세요? 제 동급생이고 저와 사이가 좋았던 아크라이트예요."

"응, 기억해. 검은 머리에 푸른 눈을 하고 조용한 인상이었던 걔지?"

"네. 실제로 사귀어보니 꽤 즐거운 녀석이었지만요. 그래서 말이죠, 밤중에 기숙사를 빠져나간 그 하급생——존스라고 하는데요, 그는 사실 아크라이트의 퍼그였어요."

"……그렇군, 아크라이트의."

흥미가 생긴 얼굴로 알프레드는 빅터를 바라보았다.

"즉, 그 애는 독서가인 퍼그 마스터의 영향을 받아 심야 독서에 빠졌다는 건가."

"그게 아무래도 책을 읽던 게 아니었던 모양이에요."

"그럼 뭘 했던 건데?"

"……의식이라나요."

"의식?"

빅터가 목소리를 낮추었다.

"제 퍼그가 창밖에서 들여다본 것에 의하면, 책꽂이와 책꽂이 사이에 있는 가장 안쪽 통로의 바닥에 불을 켠 양초를 놓고 그것을 향해 절하는 행동을 반복했다고 해요. 마치 흑마술이나 뭔가의 악마를 소환하는 의식처럼."

알프레드와 사라는 다 같이 눈을 동그랗게 떴다.

아직 열서너 살의 소년이 한밤중에 혼자서 악마를 소환?

곤혹스러운 기색으로 알프레드가 중얼거렸다.

"확실히 이교 예배의 행위 같기는 하지만……."

"제 퍼그도 자초지종을 지켜본 게 아니고, 애초에 어둠 속에서 목격한 거라서 정확한 건 알 수 없어요. 다만 바닥에 웅크린 존스는 뭔가에 홀린 듯한 소름 끼치는 분위기여서 그 등에 말을 거는 것도 망설여졌다고 해요."

잠시 있자 존스는 주문을 다 외웠는지 천천히 고개를 들었다.

"그리고 양초의 촛대를 들고 주변 바닥을 잠옷인 가운의 자락으로 슥슥 닦았다고 해요. 즉──."

"바닥에 그려진 마법진이나 무언가를 지웠다는 거야?"

"그렇게 보였다고 해요."

이윽고 존스는 일어나 옆 책꽂이를 빤히 응시했다. 그리고 창문 쪽으로 걸어왔기 때문에 빅터의 퍼그는 즉시 몸을 숨겼다고 한다. 하지만 한동안 시간이 지나도 친구는 모습을 보이지 않았다. 그래서 과감히 창 안쪽을 들여다보니, 그는 옆 통로로 이동해 아까와 똑같은 것을 시작하고 있었다.

"제 퍼그——스탠리는 장난으로 거짓말을 하는 녀석이 아니에요. 제게 상담한 것도 친구를 걱정해서 그랬다는 걸 알 수 있었어요."

그래서 빅터는 그의 비밀 이야기를 차분히 들었다고 한다.

기숙사를 빠져나가는 존스를 본 것은 사흘 전.

그를 미행해 행선지가 도서관이라고 안 것이 이틀 전.

그가 도서관에서 무엇을 하는지 목격한 것은 어젯밤.

그리고 다른 데 정신이 팔린 듯한 존스의 모습은 나날이 심해지는 것 같기도 했다. 그래서 스탠리는 결심하고 자신의 퍼그 마스터에게 비밀을 털어놓기로 한 것이었다.

"존스가 그렇게 된 계기로 한 가지 짐작 가는 게 있다고 스탠리는 말했어요. 사흘 전 저녁, 존스가 퍼그 마스터인 아크라이트를 찾아 도서관까지 갔을 때의 일이라 해요."

"네가 상급생에게 부탁받고 나를 도서관까지 부르러 왔던 것처럼 말이야?"

"네. 그날은 우연히 스탠리도 동행했다고 하는데요."

관내의 책상에 아크라이트의 모습이 없었기 때문에 존스는 안쪽 책꽂이까지 찾으러 갔다고 한다. 스탠리는 그 모습을 입구 부근에서 바라보고 있었다고 한다.

"잠시 있자 아크라이트의 놀란 목소리가 났다고 해요. 갑자기 말을 걸어서 깜짝 놀랐을지도 몰라요. 아크라이트는 그리고 바로 아무것도 들지 않은 채 모습을 드러내더니 책상에 펼쳐져 있던 물품을 정리해 도서관을 나갔다고 해요. 하지만 그를 부르러 갔던 존스는 어째선지 몇 분이 지나도 돌아오지 않았어요. 그래서 스탠리는 존스를 찾으러 갔지요."

그러자 존스는 도서관의 가장 안쪽에 있는, 보통은 아무도 가까이 가지 않는 책꽂이의 옆에 서 있었다.

"스탠리가 말을 걸자 존스는 당황한 듯이 달려와서 퍼그 마스터에게 책 정리를 부탁받았다고 변명했다고 해요. 스탠리는 그게 애초에 묘한 일이라고 했죠."

"묘하다니?"

"저도 동감인데요, 아크라이트는 스스로 할 수 있는 일을 뭐든지 퍼그에게 시키는 사람이 아니에요. 그때는 긴급 호출도 아니었다고 하니 존스에게만 정리를 맡기는 건 이상해요."

"즉, 존스는 네 퍼그에게 거짓말을 했다고 생각하는 거야?"

"네. 스탠리의 생각은 이래요. 존스는 마스터가 책꽂이에 꽂은 책에 흥미를 가진 것이 아닐까. 존스는 마스터인 아크라이트를 경애하니 그건 충분히 있을 법해요. 그리고 그 책이——."

"마술에 관련된 책이었다는 거야?"

"그 도서관이라면 그런 종류의 오래된 책이 섞여 있어도 이상하지 않다고 생각 안 하세요? 아크라이트가 퍼그의 말을 듣고 놀란 건 그런 수상쩍은 책을 열심히 읽고 있었기 때문일지도 몰라요."

흐음, 하고 알프레드는 생각에 잠긴 듯이 팔짱을 꼈다.

"확실히 생각할 수 없는 건 아냐. 아그리파나 호엔하임, 존 디 등의 저작은 실제로 있으니까."

"호엔하임……. 연금술사 파라켈수스를 말하는 거지?"

사라가 확인하자 알프레드는 싱긋 미소 지었다.

"맞아, 사라. 모두 르네상스기에 쓰인 마술 연구서야."

"하지만…… 그런 서적의 내용이 잠깐 읽은 정도로 바로 실천에 옮길 수 있는 것일까?"

"진수까지는 이해하지 못해도 그림을 똑같이 옮겨 그리거나 기도 문구를 읊조리는 정도라면 누구든지 할 수 있지. 육망성이나 황도십이궁의 상징 등은 이미 익숙한 거고."

19세기도 끝이 다가온 지금, 신비한 사상에 대한 사람들의 관심은 높아져가고 있다고 한다. 마술이나 심령술 탐구를 목적으로 삼은 결사나 협회, 클럽 등이 잇달아 발족하고, 수많은 사람들이 그 활동이 참가하고 있다고 한다.

이제는 일부 지식인에 국한된 유행이 아니고 중류 가정의 휴일 거실에서 가볍게 강령회가 열리는 시대인 것이다.

빅터가 알프레드에게 물었다.

"역시 존스가 마술 흉내에 빠졌다고 생각하세요?"

"으음, 글쎄."

알프레드는 애매하게 고개를 갸웃거렸다.

"그런데 너는 퍼그 보이인 스탠리한테 상담을 받은 뒤 어떤 대처를 했지?"

"결국 제가 아크라이트에게 알리기로 했어요. 그러면 무조건 혼내지 않는다고 확신할 수 있었기 때문에 제가 섣불리 끼어드는 것보다 그편이 원만하게 수습된다고 생각했어요."

빅터는 마술에 대한 것은 언급하지 않고 이렇게 보고했다고 한다.

아무래도 네 퍼그는 책을 좋아하는 네게 감화되어 외출 금지인 시간에도 도서관에 다니고 있는 모양이다. 이대로 두면 머지않아 문제가 될 테니까 네가 넌지시 주의를 줄 수 없겠나.

"만약 마술 건에 대해 기억이 있다면 짚이는 바가 있을 테고, 아무것도 없다면 퍼그의 동향을 신경 쓸 테니까 뒷일은 아크라이트의 판단에 맡기기로 했죠."

알프레드가 조용히 고개를 끄덕였다.

"이견 없는 처리야. 그래서 아크라이트의 반응은?"

"처음에는 뜬금없다는 얼굴이었지만, 잠시 생각에 잠기더니 뭔가 짚이는 게 있었던 모습이었어요. 그래서 이 건은 자신이 어떻게든 할 테니까 비밀로 해달라고 해서 물론 승낙했지요."

그러자 존스는 그날 밤부터 기숙사를 빠져나가지 않게 되었다고 한다. 심각하게 생각에 잠긴 듯한 기색도 이후로는 완전히 사라졌다고 한다.

"한동안은 맥이 빠진 듯이 멍하니 있을 때도 많았지만 이윽고 기운을 되찾았다고 해요. 아크라이트와의 관계도 여전히 양호해 보였고요."

사건의 개요를 모두 말하고 빅터는 숨을 내쉬었다.

"그런고로 문제는 깨끗하게 정리됐어요. 하지만 그런 만큼 상세한 경과를 모르니 후련하지 않은 기분도 남아 있어요."

"그렇다 해도 사실 무슨 일이 있었는지 이제 와서 아크라이트에게 물어보는 것도 내키지 않고?"

"그런 거예요. 아아, 하지만 1년이 지나 졸업이 다가왔을 때 문득 생각나서 농담처럼 물어봤어요. 내 퍼그는 급우가 흑마술에 빠진 게 아닌가 걱정했었다고."

그러자 아크라이트는 밝게 웃었다고 한다.

"한바탕 웃더니 그는 말했어요. 확실히 그 도서관에는

마력이 깃들어 있을지도 모른다. 하지만 계절은 돌고 돈다. 그러니 이미 끝난 일이다——라고."

"——그래. 계절은 돌고 도는 법이라고 아크라이트가 대답했단 거지."

"네. 지나간 학생 생활을 그리워하는 듯한 표정이었어요."

"그다운 말이야."

알프레드가 어렴풋이 웃었다.

몇 박자 늦게 빅터는 눈을 깜빡였다.

"그답다니…… 아크라이트의 말을 완전히 이해했다는 듯한 말씀이시네요."

"대부분은 파악하지 않았나 싶어."

"오빠, 진짜야?"

"그 도서관은 내게도 친숙한 장소니까. 그러고 보니 수수께끼를 푸는 단서가 되는 에피소드가 마침 이 책에도 등장해."

알프레드의 손끝이 『작은 아씨들』의 표지를 톡톡 두드렸다.

"미국 네 자매의 1년을 그린 소설에요?"

빅터는 손가의 책을 물끄러미 바라보았다.

"그런 말을 들으면 진지하게 읽지 않고는 못 배기지."

"마침 잘 됐네. 구석구석 차분히 맛보면서 읽고, 그 참에 '도서관의 마술사'에 얽힌 수수께끼도 풀어보면 돼."

빅터는 갑자기 의욕을 배가시킨 듯했다.

"그럴게요. 내일 밤 또 들러도 될까요?"

"상관없어. 그러면 내일은 진저브레드를 구워 네 방문을 기다리기로 할까."

사라는 바로 오빠의 얼굴을 바라보았다.

"오빠의 특기인 진저브레드 말이지?"

"특별히 휩 크림도 곁들여주지."

사라는 기대로 가슴을 부풀리며 빅터에게 가르쳐주었다.

"오빠의 수제 진저브레드는 오트밀과 당밀이 듬뿍 들어간 요크셔풍이라 아주 맛있어요."

"응, 알아. 그건 진짜 손이 안 멈춘다니까."

"오빠의 진저브레드를 드신 적이 있으세요?"

"기숙사의 차 모임에서 선배가 구워준 적이 있었어. 보통 퍼그 마스터에게 차나 간단한 구움과자를 준비하는 건 퍼그의 역할인데 말이야. 상급생의 차 모임에 초대됐을 때는 이것저것 대접받았어."

"기숙사의 식사는 지독하거든. 지금이 기회라는 듯이 먹이를 주는 거야."

"오빠도 참, 또 그런 말 한다."

그때 문득 사라는 『작은 아씨들』의 어떤 에피소드가 떠올랐다.

"오빠. 나 그 장면이 좋아. 조가 이웃인 로리를 위해 요리를 준비하려 하다가 너무 긴장해서 실패한 것."

"나도야. 그 장면의 로리에게는 감탄하면서도 웃고 말

앉아. 소금이 듬뿍 들어간 딸기 디저트를 아무렇지 않은 얼굴로 먹어치운 뒤 공허한 눈빛으로 접시를 바라보고 있었지."

두 사람이 이야기에 열중하고 있는데 빅터가 천천히 일어났다.

"라울, 엘리엇. 가자."

"평소보다 일러, 형."

"일러, 형."

"형은 빨리 집에 가서 사라에게 빌린 책을 읽고 싶어."

"치."

"치."

뾰로통해진 동생들을 빅터가 우격다짐으로 재촉했다.

그리고 삼형제는 부산스럽게 떠났다.

활기찬 손님이 사라지자마자 가게는 갑자기 조용해졌다.

"······빅터 님은 『작은 아씨들』을 즐겁게 읽어주실까. 너무 기대해서 반대로 걱정이야."

"괜찮아. 뭐니 뭐니 해도 네가 추천한 책이니까."

알프레드는 느긋하게 단언하고 한쪽 눈을 찡긋했다.

"그러면 오기로라도 즐길 거야."

3

"재미있었어."

다음 날, 밤의 '천야일야'에 찾아온 빅터는 과감하게 말했다.

"뭐랄까⋯⋯. 스스로도 신기하지만, 마지막에는 다 읽는 게 아까운 마음이 들었어."

"어머, 그거 다행이에요!"

사라는 자신도 모르게 가슴에 손을 댔다.

"좀 강하게 추천해서 빅터 님이 받아들일 수 없는 내용이라면 어쩌나 싶어 불안해하고 있었거든요."

"아냐. 정말 네가 말한 대로였어. 이런 네 자매가 옆집에 살았다면 매일이 분명 즐거울 거라고 생각했어."

살짝 부끄러운 듯하지만 그래도 또렷하고 솔직한 목소리였다.

사라의 가슴에 금세 안도와 기쁨이 차올랐다. 정신을 차리고 보니 그녀는 카운터를 사이에 두고 마주 보는 빅터에게 열심히 털어놓고 있었다.

"저택에 살던 무렵의 저에게는 늘 가볍게 만날 수 있는 친구가 없었어요. 하지만 이 책을 읽는 동안만큼은 마치가 네 자매의 친구가 된 기분을 맛볼 수 있는 것이 아주 기뻐서요. 할 수 있다면 책의 세계로 뛰어들어 로리가 되고 싶을 정도였어요."

로리는 마치가의 옆에 있는 훌륭한 저택에서 할아버지와 사는 열다섯 살 소년이다. 부모님을 잃은 로리는 활기찬 네 자매와의 교류로 고독을 치유해간다.

"네가 로리가 되고 싶다고?"

빅터가 이상하다는 듯이 물었다.

사라도 그만 웃음을 터뜨리면서 설명했다.

"그야 로리의 방문이라면 네 자매는 언제든지 환영해주잖아요? 로리는 멋진 남자아이이니까 그것도 당연하지만요."

"으음. 나는 그 애는 그렇게 좋아할 수 없었어."

빅터의 감상은 의외였다. 밝고 다정하고 여차할 때는 아주 의지가 되는 로리는 어딘지 빅터와 인상이 겹치듯이 느껴졌기 때문이다.

"언동이 천박하고 결국은 할아버지의 힘이 없으면 아무것도 못하는 주제에 거만한 말만 하고……. 언제나 마치가를 방문하는 것도 네 자매가 관심을 가져주는 게 기뻐서 까부는 강아지 같잖아."

어딘가에서 들은 표현이다.

"강아지인가요?"

"아."

아뿔싸 하는 표정으로 빅터가 입을 다물었다.

"그건 전형적인 동족 혐오라는 거지."

그렇게 지적한 목소리의 주인은 알프레드였다.

사라가 고개를 돌리니 구움과자를 든 알프레드가 안쪽 문에서 이쪽으로 나오는 차였다. 약속한 진저브레드가 완성된 모양이다.

"안심해도 돼, 빅터. 나는 강아지 같은 로리도 마음에 드니까. 사라도 그렇지?"

"응. 조를 열렬하게 사랑하는데 그녀가 전혀 상대해주지 않는 면도 로리답고 우스워."

"맞아 맞아. 조의 안중에는 전혀 없는 면이 말이야."

싱글거리며 동의하고 알프레드는 쟁반을 카운터에 놓았다.

"자, 갓 구운 진저 브레드야."

"……와아, 냄새 좋다!"

살며시 피어오르는 진한 당밀의 달콤한 향기에 사라는 넋을 잃었다.

대강 자른 진갈색 진저 브레드에 매끈한 휩 크림의 흰색이 잘 비치고 있었다.

크림을 듬뿍 떠 진저 브레드에 얹어 입으로 가져가면 따끈따끈하고 촉촉한 케이크를 서늘하고 부드럽고 달콤한 크림이 감싼 맛이 발군이다.

"응, 이 맛이야 이 맛! 그립네."

기쁜 듯한 빅터의 표정에 사라의 기분도 한층 신났다.

한바탕 밤의 차를 즐기던 차에 알프레드가 말을 꺼냈다.

"그런데 '도서관의 마술사' 수수께끼는 풀었나, 빅터?"

큭, 하고 빅터의 목에 진저 브레드가 걸렸다.

황급히 홍차로 삼키고는 말하기 곤란하다는 듯이 자백했다.

"그게…… 저는 역시 모르겠어요. 『작은 아씨들』에 나오는, 수수께끼를 풀 단서가 될 에피소드라는 것도 짐작이 안 가서요."

사라도 어제부터 기억에 의지해『작은 아씨들』의 내용을 되짚어봤지만 알프레드가 말하는 단서가 어느 에피소드를 가리키는지 확 와 닿는 것이 없었다. 물론 네 자매가 마술에 열중하는 에피소드도 없을 터였다.

"나도 안 떠올랐어, 오빠."

"그래? 그러면 이건 어때? 겨울 강. 스케이트. 싸움 중인 조와 에이미."

"아! 그 장면이라면 확실히 기억하고 있어."

그것은『작은 아씨들』의 수많은 매력적인 에피소드 중에서도 가장 인상적인 것 중 하나다. 온갖 소동은 있었지만 변함없이 이어져갈 예정이었던 네 자매의 일상에 커다란 균열이 생긴 순간이기도 했다.

어느 겨울날의 일. 조는 로리와 근처 강까지 스케이트를 타러 나갔다.

조는 동생 에이미가 쫓아온 것을 알았지만, 그때 두 사람은 크게 싸웠기 때문에 굳이 아는 척을 하지 않았다.

이윽고 얼음의 상태를 조사한 로리가 위험하니 물가를 따라 스케이트를 타도록 경고했지만, 그 말은 아무래도 에이미의 귀에는 들리지 않은 듯했다.

그때 조의 마음에 깃든 작은 악마가 속삭였다.

──저 애가 주의를 듣든 말든 상관하지 마. 그런 건 스

스로 조심하면 돼.

조는 그대로 스케이트를 탔지만, 에이미는 물가에서 벗어나는 바람에 얼음이 깨져 차가운 강으로 떨어지고 만다.

그렇게 되자 겨우 조는 자신이 무슨 짓을 저질렀는지를 깨닫는다.

로리의 순간적인 기지로 결과적으로 에이미는 무사했다.

하지만 조의 충격——자기 자신에 대한 공포는 사라지지 않았다.

자신은 대체 무엇을 바란 것일까.

얇아진 얼음을 밟은 동생이 깜짝 놀라는 것이었을까.

하지만 만약 얼음이 깨지면 커다란 사태가 일어난다는 것은 뻔히 알고 있었다.

알고 있었는데 나는 내버려두었다. 아무것도 하지 않았다.

그것은 동생이 죽어도 상관없다고 생각한 것이 아닐까.

아니, 나는 그렇게 되기를 바라고 있었던 것이 아니었을까.

사람의 모습을 한 악마——그것이야말로 자신의 본성이 아닐까.

"그 에피소드는 상당히 인상적이었어요."

빅터가 손가의 『작은 아씨들』을 펼쳐 팔락팔락 페이지를 넘겼다.

"같은 일이 언제 내 가족에게 일어나도 이상하지 않기 때문에 한층 마음에 남았다고나 할까요."

알프레드가 깊이 동의했다.

"그래. 이 작품의 뛰어난 점은 말이야. 지극히 평범한, 그렇기 때문에 누구나 익숙하게 느낄 수 있는 사건 속에서 중요한 깨달음을 주는 데 있다고 생각해."

근처 강에서 하는 스케이트 놀이도, 형제 싸움도 흔한 일상의 광경이다.

놀이에 위험이 동반되는 것도, 화가 난 형제에게 차갑게 행동하는 것도.

그렇기 때문에 읽는 이는 생생하게 상상하지 않고는 못 배기는 것이다.

자신도 언젠가 조와 같은 짓을 하지는 않을까 하고.

혹은 이미 같은 죄를 저질렀을지도 모른다고.

"사람은 모두 경험에 따라 배워가는 존재이지만, 그 경험이 돌이킬 수 없는 것이 되는 불행도 현실에는 종종 있어. 이 책의 세계에서도 에이미는 자칫하면 익사했을지도 몰라. 물론 가공의 사건이기는 하지만, 여기까지 읽어 네 자매가 좋아진 사람이라면 조의 공포를 똑똑히 느낄 수 있을 거야. 자신이 실제로 체험한 것처럼."

"그러네요. 저는 에이미가 산 뒤 그렇게나 부딪치던 그녀들이 화해하는 것도 좋다고 생각했어요. 조는 동생을 잃을 뻔해서 겨우 그 존재의 소중함을 깨달은 거죠."

빅터의 눈빛이 조용히 지면을 쫓았다.

"경험한 적 있어?"

"……글쎄요. 조금은요."

"어린이를 위해 쓰인 책도 얕볼 수 없지?"

빅터가 옅게 웃었다.

"네. 미처 몰랐네요."

"감사할 거면 사라한테 해."

"아아, 그랬죠. 좋은 책을 알려줘서 고마워, 사라."

사라는 놀라서 황급히 고개를 가로저었다.

"감사 인사라뇨. 일인데요."

"……아아, 일이란 말이지."

메마른 목소리로 중얼거린 빅터는 바로 정신을 차린 듯했다.

"하지만 이 에피소드가 그 수수께끼와 무슨 관계가 있는 거지? 설마 그 도서관에서 사람의 목숨이 걸린 위험한 일이 일어났다고도 생각할 수 없고……. 아, 혹시 이용자를 위한 사다리가 부서진 것을 알았는데도 불구하고 일부러 묵살한 거 아닐까?"

과연. 확실히 그건 위험하다. 윗단의 책을 꺼내려고 할 때 사다리가 흔들리면 요란하게 떨어져 머리를 부딪치는 경우가 있을지도 모른다. 하지만 밤마다 도서관에 숨어들었던 신입생 존스의 행동과는 아무래도 이어지지 않는다.

"너는 정말 그렇다고 생각하니, 빅터?"

놀리듯이 알프레드가 되물었다.

빅터는 금세 기세가 죽었다.

"······아니요, 갑자기 생각났을 뿐이에요."

알프레드는 소리를 내지 않고 웃더니 찻잔을 들었다.

사라가 탄 홍차를 살짝 입에 머금고 지극히 행복하다는 듯이 미소 지었다.

"사람의 목숨이 달린 일은 말이지, 실제로 그 도서관에서 일어났어. 하지만 목숨이 달린 일도 여러 종류가 있잖아? 육체적인 죽음. 정신적인 죽음. 그리고 사회적인 죽음이라는 것도 있지."

사회적인 죽음. 그것은 예를 들어 명예를 잃는 것일까.

"우선 네 친구——독서가 아크라이트의 언동에 주목해볼까. 아크라이트가 도서관의 가장 안쪽 책꽂이에 있었을 때 퍼그인 존스가 부르러 왔어. 그때 아크라이트의 놀란 목소리가 났었지?"

"네."

"독서 중에 누군가 말을 걸어 깜짝 놀라는 경우는 있지만, 만약 아크라이트가 책을 읽는 것 이외의 행동을 하고 있었다면 어떨까. 보통은 누구도 다가오지 않을 구획에 그가 있었던 게 남의 눈을 피해 책 이외의 것을 읽기 위해서였다면."

오빠의 예상 밖 견해에 사라는 어리둥절해했다.

"책 이외라면······ 수업 노트나 일기나 편지 같은 거?"

"스탠리에 의하면 아크라이트는 빈손으로 책꽂이에서 돌아왔다고 해."

"그렇다면 편지였던 걸까?"

편지라면 주머니에 쑤셔 넣을 수 있지만 일기장은 그렇게도 할 수 없다.

"편지라. 하지만 혼자서 편지를 읽고 싶다면 기숙사로 돌아가는 게 자연스럽지 않나요? 최상급생은 모처럼 1인실을 배정받았으니까요."

"아크라이트는 분명 한시라도 빨리 그 편지를 읽고 싶었던 거야."

"하지만 배달된 편지를 아침 식사 시간에 나눠주는 관습은 바뀌지 않았어요. 그가 도서관에 있던 건 저녁의 자유 시간이었으니까……."

"그러니까 외부에서 받은 편지가 아니었다고 추측할 수 있지. 편지라는 건 우송되는 것만 있다고 할 수 없잖아?"

"즉, 학교의 누군가에게 받은 편지였다는 건가요?"

"응. 학교 부지는 광대하기는 하나 언제나 수많은 학생이 어슬렁대고 있으니까 어디나 남의 눈이 있다 해도 이상하지는 않아. 그래서 만약 상대와 편지를 주고받고 있다는 것이 알려지고 싶지 않을 때는 나름대로 수단을 취할 필요가 있어. 나는 그 책꽂이에 그에게 보내는 편지가 숨겨져 있었다고 생각해."

아, 하고 사라는 소리를 냈다.

"아크라이트 씨가 있었던 곳은 보통은 아무도 다가오지 않는 안쪽 책꽂이였어."

"그래. 어떤 책에 편지를 끼워 뒀는지만 사전에 암호로 정하면 알맞은 비밀의 장소가 될 거야."

확실히 그 방법이라면 상대와의 접점도 생기지 않는다. 안전하고 확실한 수단이라고 할 수 있다.

빅터가 생각을 정리하듯이 입을 열었다.

"그렇다면…… 아크라이트는 마술에 관한 책을 읽고 있었던 게 아니었던 건가. 그러면 아크라이트가 떠난 뒤 그 자리에 남은 존스는 대체 무슨 짓을 한 거지."

"아마 그는 아크라이트가 떨어뜨린 편지를 읽었을 거야."

"아크라이트가 떨어뜨린 편지?"

"아크라이트는 퍼그가 갑자기 말을 걸어서 놀랐다고 했어. 그런 그가 혼자서 바로 떠난 건 어색함을 느끼고 빨리 그 자리를 떠나고 싶었기 때문이라고 파악할 수도 있어. 당황했던 그가 편지 한 장 떨어뜨린 것을 깨닫지 못했다 해도 이상하지는 않다고 생각하지 않아?"

빅터가 카운터에서 몸을 내밀었다.

"그렇다면 그 편지의 내용이야말로 존스가 벌인 묘한 행동의 원인이었겠네요?"

"응. 존스가 밤늦게 도서관에 숨어들었던 것은 바닥에 떨어진 편지를 다시 찾기 위해서였다고 생각해. 양초 바로 옆에서 바닥에 머리를 문지르듯이 대고 있던 그는 책꽂이 밑의 좁고 어두운 틈을 필사적으로 응시하고 있었던 거야. 계절은 초여름이었다고 했으니까 도서관이 열려 있는 동안에 창문이 열린 적도 있어. 바람에 날아간 편지가 책꽂이 가장 밑단과 바닥 틈으로 들어갔을지도 모른다고 생각했겠지."

사라는 놀라 숨을 삼켰다. 수상한 의식 같았던 소년의 행동이 전혀 다른 의미를 가진 영상이 되어 선명하게 재현되었다.

"바닥에 양초를 놓은 것은 책꽂이 아래를 비추기 위해서 그런 거야?"

"그럴 거야. 등을 돌리고 있던 창문 쪽에서는 보이지 않았을지도 모르지만, 그는 촛대를 기울여 불의 위치를 더 낮춰보기도 했던 게 아닐까. 그때 떨어진 촛농을 치우기 위해서 바닥을 닦았던 거야."

그렇구나, 하고 사라는 납득했다.

하지만 문득 위화감도 들었다.

"하지만 오빠. 애초에 그는 어째서 일단 손에 넣은 편지를 아크라이트 씨에게 주려고 하지 않았던 거야? 그는 자신의 퍼그 마스터를 경애하고 있었잖아? 그렇다면 바로 쫓아가 편지를 건네는 것이 일반적이지 않을까? 그만 내용을 읽은 데는 양심의 가책을 받을지도 모르지만, 가만히 있으면 그냥 넘어갔을 텐데."

"편지에 적힌 내용이 존스에게 충격적이지 않았다면 그는 망설이지 않고 그렇게 했을 거야."

"충격적?"

"연애편지——였다면?"

사라는 깜짝 놀라 눈을 크게 떴다.

"하지만 기숙학교의 도서관에 편지를 숨기는 것은 학생 외에는 어려운 게……."

그렇게 입을 열다가 사라는 말을 끊었다. 바로 얼굴을 붉히고 양손으로 입가를 눌렀다.

이어서 빅터도 아연실색했다.

"비밀 연애……를 했단 건가요? 그 아크라이트가?"

"그는 외모가 단정하고 두뇌가 명석한 데다 성격도 온후하니까 그에게 끌리는 동성이 있었다 해도 이상하지는 않다고 생각하는데."

"그건 그럴지도 모르지만……."

곤란하네, 하고 빅터는 잿빛 섞인 금발에 손을 넣었다.

알프레드는 천천히 카운터에서 양손을 깍지 끼었다.

"아무튼 그런 관계를 풍기는 편지가 공공장소에 나와 있으면 큰일이 일어난다는 건 알겠지?"

소름이 끼친 듯이 빅터가 얼굴을 찌푸렸다.

"뭐, 드러나면 퇴학되어도 이상하지 않겠네요. 실제로 제가 재학 중일 때도 그런 일이 있었고요……."

"퇴학 처분을 받은 뒤의 인생에도 나쁜 평판은 따라다닐 거야."

즉, 그것이 알프레드가 암시한 사회적 죽음이리라.

평화로운 도서관에 사람의 목숨이 달린 것이 정말로 숨

겨져 있었던 것이다.

"하지만 그렇다면 더더욱 이해가 안 가지 않나요? 존스가 편지의 내용을 알고 방치했다면 그것은 마스터인 아크라이트를 함정에 빠뜨리는 짓을 한 것과 똑같은 짓을 한 게 돼요."

"——나 알았어."

정신을 차리고 보니 사라는 그렇게 중얼거리고 있었다.

"그가 어째서 편지를 그대로 뒀는지 알았어."

알프레드가 사라의 옆얼굴을 바라보고 가만히 재촉했다.

"가르쳐줄래, 사라?"

빅터도 말없이 사라의 말을 기다렸다.

두 사람의 시선을 받고 사라는 고개를 끄덕였다.

"그가 편지를 내버려둔 이유는 그가 퍼그 마스터를 정말로 좋아했기 때문이 아닐까. 그것이 사랑인지 아닌지는 본인도 몰랐을지도 모르지만, 마스터를 사모하는 그의 마음은 아주 진지한 것이어서……. 그래서 그 마스터에게 자신보다 훨씬 마음의 거리가 가까운 상대가 있다는 것, 그리고 그 상대가 자신과 동성이었던 것에 그는 분명 상처 받았을 거야."

사라는 열심히 말을 이었다.

"그는 상처 입고 슬프고 분명 질투도 느꼈을 거야. 그것은 지금까지 몰랐던 감정이라서 그는 냉정함을 잃었어. 순간적으로 편지를 두고 떠난 것은 그것을 만지고 싶지 않다는 마음이 들어서일지도 모르고, 조만간 마스터가 편지를 찾으러 돌아올지도 모른다고 생각했기 때문일지도 몰라. 하지만 만약 누군가의——그것도 악의 있는 제삼자의 눈에 띄면 커다란 사태가 일어난다는 것은 그 역시 알고 있었을 거야."

사라는 무릎에 놓은 양손을 꼭 쥐었다.

"그는 분명 혼자가 된 다음 생각했을 거야. 자신의 본심은 어디에 있는지. 편지를 잃어버렸다는 것을 안 마스터가 당황해도 상관없다. 자신이 혐오하는 관계는 표면화되어 무너져도 상관없다. 자신을 선택하지 않은 마스터는 어떻게 되어도 상관없다. 그런 잔혹하고 비열한 마음이 아주 조금도 없었다고 할 수 있을까, 하고."

사라는 고개를 들었다.

"그는 자신의 실수를 깨달았어. 그래서 필사적으로 편지를 찾았어. 나는 그렇게 생각해. 내가…… 틀렸을까?"

"——아니. 나도 똑같이 생각했어."

알프레드는 동생을 사랑스럽고 자랑스럽게 바라보았다.

"너는 뭐든지 아는구나, 사라."

"말도 안 돼."

사라는 몸을 움츠렸다.

뭐든지 알다니, 말도 안 된다.

사라에게 세상은 알 수 없는 일투성이다.

그러자 알프레드가 말하기 시작했다.

"그의 마음에 싹튼 악은 누구의 마음에나 숨어 있는 것일 거야. 오히려 감수성이 강한 사람일수록 그런 감정에 시달리는 것일지도 몰라. 누구에게도 마음이 움직이지 않는 사람이라면 현실 그대로가 아니라는 사실에 괴로워할 일도 없으니까."

사라는 생각했다.

착한 사람인 것.

착한 사람으로 지내려 하는 것은 그래서 정말 어렵다.

"『작은 아씨들』의 조도 애정이 깊은 점에서는 자매들 중 으뜸일지도 몰라. 그렇기 때문에 그 격한 감정을 어머니가 제대로 이해하는 것도 그 작품의 구원이 되지."

"그건 저도 생각했어요."

바로 빅터가 동의했다.

"언 강에 에이미가 빠진 사건 뒤 조를 엄하게 혼내도 이상하지 않은데 어머니는 그러지 않았죠. 절망하는 조에게 자신에게도 같은 격한 감정이 있었고, 그것을 억누르는 데 40년이나 걸렸다고 반대로 고백해요."

"게다가 그게 언제나 상냥하고 결점 하나 없어 보이는 어머니의 진짜 모습이었기 때문에 조의 마음에 한층 와 닿았을 거야."

"좀처럼 할 수 있는 일이 아니네요."

완벽한 존재였던 부모가 자신과 다르지 않은 일개 인간이라는 사실을 알았을 때 아이는 한 걸음 어른에 가까워

지리라. 그 경험이 환멸과 이어지는 경우도 많을지도 모르지만.

"뭐, 그건 이야기니까. 이렇게 됐으면 좋겠다고 생각하는 세계가 있다면 현실을 거기에 가까이 하는 노력을 자신이 해가면 되는 거야."

"그게 독자의 책임인가요?"

"어떤 책이든 읽는 게 다가 아니니까."

"──그러네요. 명심할게요."

빅터는 입가를 끌어올렸지만 바로 진지한 표정으로 되돌아왔다.

"그런데 좀 이해가 가지 않는 부분이 있는데, 아크라이트가 떨어뜨린 편지는 결국 어떻게 된 건가요? 편지가 표면화되지 않은 것을 봤을 때 편지는 제삼자의 손에 들어가지 않은 거죠? 아크라이트에게 전혀 초조해하는 기색이 없으니 편지는 그가 주웠다고 생각해서 존스는 오히려 안심할 수 있었을 것 같은데요."

"존스의 행동을 생각하면 아마 이런 사정이 있었던 게 아닐까."

그렇게 말하고 알프레드는 순서에 따라 설명했다.

"아크라이트가 편지를 떨어뜨린 날, 존스가 밤에 도서관에 숨어들었을 때에는 이미 편지가 사라져 있었어. 한편 아크라이트가 그 뒤로 도서관에 오지 않은 것도 존스는 알고 있었을 거야. 그리고 다음 날이 돼도 아크라이트의 모습에 이상한 구석은 없어. 그렇다면 아크라이트는 편지의 분실을 알아차리지 못한 게 돼. 존스는 생각했어. 그렇다면 편지는 누군가가 주웠거나 도서관의 어딘가에 아직 떨어져 있을 거다——라고."

빅터가 안쓰럽다는 듯이 얼굴을 찌푸렸다.

"존스는 깜짝 놀랐겠네요. 편지를 잃어버렸다는 것을 아크라이트가 모르면 그가 찾으려고 할 리도 없으니……. 그래서 자신이 어떻게든 해야 한다고 생각한 거군요."

"응. 편지를 훔쳤다가 잃어버리고 방치한 것을 존스는 되도록 숨기고 싶었어. 동경하는 상대에게 경멸당하는 것만큼 괴로운 일은 없으니 말이야. 다행히 편지가 소동이 된 낌새는 없었으니까 도서관을 철저히 찾으면 분명 발견할 수 있다고 기대했을 거야."

"밤을 선택한 건 남의 시선을 염려했기 때문인가요?"

"그렇겠지. 애초에 도서관에는 당사자인 아크라이트가 있는 경우가 많으니까 마주치는 것도 피하고 싶지 않았을까."

"그런가……. 응? 하지만 떨어뜨린 편지는 결국 어떻게 된 거죠?"

"물론 누가 주워갔지. 존스가 편지를 내버려두고 나서 그날 도서관이 폐관할 때까지 몇 시간 동안."

빅터는 정신이 멍해졌다.

"주워갔다……. 누가요?"

"편지의 발신인이야."

아무렇지 않게 알프레드가 핵심을 말했다.

"있잖아. 도서관을 닫을 때 관내를 돌아다녀도 부자연스럽지 않은 인물이. 아크라이트가 편지를 제대로 받았는지 확인하기 위해서 그는 안쪽 책꽂이까지 발걸음을 옮겼다가 그곳에 떨어져 있던 편지를 발견했던 거야."

사라는 눈을 크게 뜨고 중얼거렸다.

"……도서관의, 관장님?"

"역시 사라는 놀라네."

"네에?!"

빅터는 몸을 젖히다 스툴에서 떨어질 뻔했다.

"이런. 괜찮나, 빅터?"

"괘, 괜찮기는…… 한데요."

위험하던 차에 빅터는 카운터에 매달렸다.

"아니……. 하지만 도서관장이 사랑의 상대였다니, 그런 일이…… 진짜로요?"

"애초에 네가 말했잖아. 내가 졸업한 뒤 아크라이트는 관장의 마음에 든 것 같다고."

"으……. 그렇지만 저는 그런 뜻으로 말한 게 아닌데."

당황하는 후배를 알프레드는 우습다는 듯이 바라보았다.

그리고 잠시 있다 온화한 목소리로 말을 꺼냈다.

"계절은 반복된다. 그러니 이미 끝난 일이라고 졸업을 앞둔 아크라이트는 네게 말한 거야. 그 도서관에는 마력이 깃들어 있을지도 모른다고도."

사라는 깜짝 놀랐다.

그 술회는 그 자신의 사랑에 대한 심경을 말한 것이었을까.

사라는 이 세상의 무엇이든 알고 있는 듯한 오빠의 옆얼굴을 응시했다.

"그렇다면…… 계절이 바뀐 것과 함께 아크라이트 씨의 사랑도 끝을 고한 거야?"

"아마도. 하지만 그 계절이란 현실의 사계절이 아니라 그의 마음속 계절을 가리켰던 게 아닐까해. 인생에서 소년 시절은 흔히 봄에 비유되잖아?"

인생의 봄이 떠나고 그 계절의 사랑도 역시 과거의 것이 되었다는 뜻일까.

"존경할 수 있는 연장자에게 특별한 기대를 받는 것, 그리고 매력적인 연소자에게 한결같이 연모를 받는 것은 양쪽에 행복으로 가득한 관계였을 테니 말이야. 아크라이트와 관장의 관계도 분명 그렇게 시작되지 않았을까. 하지만 인간은 성장하는 존재야. 그 변화를 둘 중 어느 쪽이 인정하지 못하면 꿈을 꾸는 듯한 사랑에서 언젠가 깨어나겠지."

"꿈에서 깨어나?"

사라는 가슴이 철렁했다. 막힘없는 알프레드의 말은 숙련된 부검의의 손길을 방불케 했다. 살아 있는 인간의 마음을 슥 갈라 그 구조를 무서울 만큼 냉정하게 분석하는 것이다.

빅터가 이해가 가지 않는 얼굴로 확인했다.

"즉, 떠나간 건 아크라이트 쪽이었다는 건가요?"

"관장은 말이지, 소년을 좋아해. 예를 들어 왜, 그『이상한 나라의 앨리스』의 작자인 루이스 캐롤은 나이도 차지 않은 소녀를 편애했다고 하잖아? 딱 그런 것처럼 그 사람의 흥미의 대상은 특정 나이대의 소년이었던 거야. 아마 그것을 안 아크라이트 쪽이 의식적으로 멀어지지 않았을까 해. 언제까지 아이 취급을 받으면 답답해서 견딜 수 없으니 말이야."

"아아, 그렇군요……."

빅터가 견딜 수 없다는 표정 그대로 어떻게든 고개를 끄덕였다.

그리고 문득 의아한 듯한 시선을 알프레드에게 보냈다.

"그런데 선배, 그런 것까지 용케 파악하고 계시네요."

"내 실제 체험을 바탕으로 고찰한 거니까."

"……네?"

"그러니까 어제도 말했잖아? 재학 중에 나도 관장에게 적잖이 총애를 받았다는 인식은 있다고."

"아."

오빠가 한 말의 의미를 이해한 순간, 사라의 시야가 어두워졌다.

천천히 기울어지는 그녀의 몸을 알프레드가 즉시 부축했다.

"이런, 사라! 정신 차려!"

"오빠가, 오빠가, 그럴 수가…….."

"아니야, 사라. 놀라게 해서 미안해."

알프레드는 동요하는 사라의 시선을 붙잡고 열심히 위로했다.

"먼저 제대로 설명했어야 했어. 네가 걱정하는 일은 아무것도 없었어. 네게 말하기 망설여지는 짓은 나는 무엇 하나 하지 않았고, 당하지도 않았으니까."

"……정말?"

"맹세할게."

하지만, 하고 빅터가 주저하며 끼어들었다.

"선배가 도서관장에게서 특별한 환심을 얻은 건 사실이죠?"

"내가 자만하는 게 아니라면 그럴 거야. 나도 처음에는 단순히 우수한 학생이라고 평가해주는 게 기뻤어. 그 나이 대는 어른에게 대등한 인간으로 취급받는 걸 아주 기쁘게 생각하잖아?"

"……네, 그건 알아요."

"실제로 박식한 관장에게 배울 건 많았어. 그와의 지적인 교류는 내게 자극적이었지. 그의 언동에 조금 지나치게 열기가 담겨 있다는 것을 느끼게 된 건 상당히 시간이 지난 다음이었어. 나도 그 무렵에는 아직 인생 경험이 부족한 어린아이였으니까."

"선배의 인생에 미숙한 시절이 있다는 것을 저는 전혀 믿을 수 없는데요."

제정신이 든 눈빛을 보내는 빅터에게 알프레드는 입가를 슬쩍 끌어올려 보였다.

"뭐, 거기에는 약간의 호기심도 거들어서 굳이 순수한 척을 가장해 결과를 엿보던 부분도 없는 건 아니었지."

"약간의?"

빅터가 눈을 번쩍 떴다.

"명백하게 호기심 왕성의 범위를 넘었잖아요!"

"호기심은 고양이도 죽일 수 있다야?"

"그래요!"

"그런 함축적인 속담은 당시에는 과문해서 몰랐어."

"또 그런 시치미 떼는 말을."

빅터가 진저리를 쳐도 알프레드는 꿈쩍도 하지 않았다.

"어쨌든 변화가 부족한 기숙 생활에서는 흥미를 끄는 체험이었어. 그 도서관에는 마력이 깃들어 있을지도 모른다고 아크라이트도 말했잖아? 확실히 지식의 전당인 그 공간에는 바깥 세계에서 이단으로 취급될 것도 훨씬 저항 없이 받아들여질 것 같은 기분이 들어."

몇백 년에 걸친 책의 역사는 덧칠된 이단의 기록이라고도 할 수 있다.

새로운 종교. 새로운 과학. 시대와 함께 이단은 정통으로, 정통은 이단으로 바뀌고 잊힌 역사는 책 안에서만 조용히 숨 쉬고 있다.

그런 수많은 책에 둘러싸여 있으면 바깥 세계의 상식이 하잘 것 없는 것으로 느껴져도 이상하지는 않을지도 모른다.

사라 역시 만약 동경하는 여성이 자신에게 보내는 특별한 편지를 책에 숨겨놓는다면 가슴이 두근거릴 것 같은 기분이 들었다.

그런 상상을 몰래 해보다가 사라는 어떤 생각에 이르렀다.

"오빠. 혹시 도서관 안쪽 책꽂이에 편지를 숨기는 과정도 오빠가 체험한 일이었어?"

"응. 그래서 아크라이트가 안쪽 책꽂이에 있었다고 들었을 때 설마 했어. 관장이 이번에는 아크라이트를 상대로 식상하게 같은 방법을 썼나 해서."

알프레드는 간단히 자백했다.

빅터가 질린 표정으로 중얼거렸다.

"식상하다니……. 왠지 신랄하네요."

"나 역시 책에 끼워 편지를 주고받는 방식 자체는 세련돼서 나쁘지 않다고 생각해. 하지만 아무리 로맨틱하다고 해서 같은 방법을 아무렇지 않게 반복하는 그 행위야말로 관장의 가치관을 상징하고 있으니 말이야. 그래서 나는 이른

단계에서 그와의 관계를 정리했어."

"무슨 뜻이에요?"

"시간이 지나면서 나는 느꼈어. 관장은 다른 누구도 아닌 내게 빠진 게 아니라 나 같은 소년을 좋아하는 데 지나지 않다고 말이야. 그래서 왠지 흥이 깨졌어."

"거기에 차이가 있나요?"

"나와 아크라이트의 공통점을 꼽아봐."

"독서가에 머리가 좋고 거친 느낌이 없는 학생——인가요?"

망설이는 기색으로 빅터가 어제와 같은 말을 했다.

사라는 알아차렸다.

"……검은 머리에 파란 눈이야."

"아, 그러고 보니!"

검은 머리에 파란 눈. 또한 온화한 성격에 단정한 외모. 그것이 두 사람에게 공통된 특징이다.

"즉, 빅터."

알프레드가 천천히 퍼그 보이에게 웃음을 지었다.

"관장이 네게 눈독을 들이지 않은 건 네가 독서를 싫어하고 머리가 나쁘고 덜렁대는 느낌이 드는 학생이어서가 아니라 머리와 눈의 색이 그의 취향과 맞지 않는다는 이유가 커서 그래. 안심했어?"

"……아니, 저는 아무래도 좋아요."

"네가 자신감을 잃은 것 같아서."

"저는 아무것도 안 잃었어요."

빅터는 흠흠 하고 헛기침을 했다.

"그래서 선배는 관장과 거리를 두기로 한 건가요?"

"지적인 관심을 공유한 학생과 교사라는 흔한 사이로 돌아갔지. 졸업 때까지 나름대로 양호한 관계는 유지했어. 하지만 나는 처음부터 그의 취향에 진심으로 어울릴 마음은 없었기 때문에 그가 눈을 뜰 수 있는 말을 전했어."

"무슨 말을요?"

"저는 아버지를 닮았기 때문에 눈이 조만간 회색으로 바뀔 겁니다——라고."

사라는 오빠의 눈을 바라보았다. 청금석 같은 진한 파랑. 그의 아버지와 아주 비슷한 색이다.

"……엉터리로 가르쳐준 거야, 오빠?"

"거짓말도 방편이니까. 그리고 거짓말이라는 것을 알아도 상관없어. 그편이 내 의도를 더 잘 이해할 수 있는 법이잖아?"

"……나쁜 남자네."

턱을 괴고 빅터가 탄식했다.

알프레드는 쓴웃음을 지었다.

"물론 아크라이트라면 그런 방식은 선택하지 않았을 거야. 언젠가는 끝나는 관계라는 것을 예감했다 해도 그에게는 소중한 시간이었을 테니까."

"그래서 아크라이트 씨는 계절이 반복된다고 말하기만

한 거네."

"사람과 사람의 관계에는 여러 가지 형태가 있는 법이지."

바깥세상과 떨어진 특이한 환경에서 자란 관계였다고 해서 그것이 악한 것이거나 무가치한 것은 되지 않으리라.

하지만 사람은 변한다. 상실되는 관계도 있다.

계절은 바뀌고 인생은 계속되는 것이다.

문득 빅터가 눈을 들었다.

"그렇다면 이제 끝났다는 아크라이트의 말은 존스의 사랑도 가리키고 있었던 건가요?"

"아마도. 존스의 기묘한 행동을 너에게서 안 아크라이트는 바로 상황을 깨달았을 거야. 그리고 떨어뜨린 편지에 대해서 단 둘이 이야기를 나누지 않았을까."

서로 어디까지 확실히 말했는지는 알 수 없다. 그래도 분명 아크라이트는 존스의 심정을 남김없이 이해했을 터다. 그를 연모하는 후배의 모습은 마치 그 자신을 거울로 보는 듯했을 테니까.

"아크라이트니까 존스를 용서해줬겠지."

"존스에게는 여러 의미로 괴로운 경험이 됐을지도 모르겠지만."

"하지만——분명 잊지는 않을 거야."

사라는 혼잣말처럼 중얼거렸다.

"그는 분명 계속 기억할 거야. 아크라이트 씨를 진지하게 연모했던 자신의 마음까지는 후회하지 않았다고 생각하니까."

존스의 봄날의 사랑은 꽃이 피기 시작하지도 못하고 끝났을지도 모른다.

하지만 그 추억은 색조를 바꾸면서 그의 마음에 계속 남을 터다.

추억을 칠한 일기의 잉크가 차츰 세피아 색으로 변화하듯이.

그때 젊음도 역시 그립고 사랑스럽게 느껴지게 되는 법이라는 것을 사라는 상상조차 할 수 없었지만.

"응, 나도 그렇게 생각해."

사라의 생각에 자상하게 알프레드가 동의했다.

그리고 허공을 향해 장난스럽게 눈빛을 던졌다.

"나도 지금 와서 보면 관장에게 조금 어른스럽지 않은 행동을 했다고 생각하지 않는 것도 아니야. 그는 그 나름대로 진지한 마음을 내게 향하고 있었으니까."

"맞아 맞아, 선배는 너무 차가워요. 자비 깊은 얼굴이면서 하는 짓은 가차 없다니까요."

"잘못 본 거 같아?"

빅터는 고개를 가로저었다.

"——아니요, 이제 와서 새삼스럽게요."

"내 퍼그 보이는 믿음직해서 좋네."

"그러지 않으면 해낼 수 없어요, 당신의 퍼그는."

"확실히 아크라이트는 우수한 인재라고 생각하지만 내

퍼그에는 어울리지 않았을지도 몰라."

"저와 달리 그 녀석은 섬세하니까요."

어머, 하고 사라는 소리를 냈다.

"하지만 빅터 님 역시 아주 섬세하다고 생각해요. 책의 감상을 말씀하시는 것을 보면 확실히 알 수 있어요."

빅터가 득의양양하게 알프레드에게 고개를 돌렸다.

"그렇다는데요, 선배?"

"사라는 상냥한 애니까."

"전 결코 빈말을 할 생각은——."

당황하는 사라의 항의를 막고 알프레드는 미소를 지었다.

"그러니까 기억해둬, 사라. 그런 상냥한 네가 곁에 있어 주는 한 내 마음은 늘 여름이야."

사라는 즉시 대답하지 못했다. 오빠의 당당한 애정 표현 에 사라는 때때로 어떻게 반응해야 좋을지 곤란하다. 남의 시선이 있는 곳에서는 더욱 그렇다.

"……오빠에게 늘 여름은 왠지 어울리지 않는 느낌이 들어."

"나도 동감이야."

"뭐야 둘 다."

의외라는 듯이 알프레드가 한쪽 눈썹을 들었다.

"마치 나는 냉혹하고 비정한 눈의 여왕이라 극한의 겨울 이야말로 어울린다고 생각하기라도 하는 듯한 말투잖아."

"애초에 머릿속이 늘 여름인 사람은 스스로 그런 말을 하지 않아요."

"아아, 그렇군. 공부가 됐어."

"그러니까 그런 말도──."

빅터가 말을 끊었다. 진지하게 상대해보아야 소용없다는 것을 깨달은 듯했다.

큭큭 웃으면서 알프레드가 일어섰다.

"두 번째 차는 내가 따라줄게. 둘이 『작은 아씨들』의 감상이라도 얘기하고 있어. 네 섬세한 면을 사라에게 마음껏 보여주는 거야, 록허트."

"……왠지 가시가 돋혀 있네."

알프레드의 등을 전송하면서 빅터가 투덜댔다.

"뭐, 선배한테 갑자기 섬세하다는 취급을 받아도 기분이 나쁠 뿐이지만."

"하지만 정말로 빅터 님은 감수성이 풍부하세요. 그렇지 않으면 책 등장인물이 가진 마음의 사정에 그렇게 자연스럽게 접근할 리가 없는 걸요. 『작은 아씨들』의 네 자매는 성격도 사정도 빅터 님과 전혀 다른데요."

빅터는 희미하게 뺨을 붉혔다.

그리고 부끄러움을 숨기듯이 빠르게 설명했다.

"나한테도 형제가 있으니까 형제들의 심경을 상상하기 쉬웠을 뿐이야. 그 왜, 나도 마치가와 마찬가지로 사남매 잖아?"

그러고 보니, 하고 사라는 떠올렸다.

"누나가 한 분 계시다고 하셨죠."

"응. 두 살 차이에 이름은 그레이스라고 해."

그 이름을 입에 담은 순간 빅터는 왠지 모르게 뾰로통한 얼굴이 되었다. 그렇다 해도 사이가 나쁜 것이 아니라 대등하게 맞설 수 없는 상대라서 불편한 분위기였다. 나이가 비슷한 그들의 관계성을 살짝 파악한 것 같아서 사라는 흐뭇한 기분이 들었다.

"장녀로 계시다면『작은 아씨들』의 메그와 비슷한 면이 있으신가요?"

"으음. 꽤 다른데. 미인에 야무진 면은 비슷할지도 모르지만 누나 쪽은 사교계에도 전혀 흥미가 없는 것 같고. 애초에 메그 같은 정숙한 느낌이 없어. 전혀. 조금도. 성격만이라면 오히려 차녀 조와 비슷하려나."

"정말인가요? 저 마치가의 네 자매 중에서는 조가 제일 좋아요."

"어, 그래?"

"의외였나요?"

"뭐랄까……. 너는 삼녀인 베스와 비슷한 느낌이 들어서 그녀에게 공감한다고 생각했는데."

그런가요, 하고 사라는 이상하게 느꼈다.

사라는 오히려 감정이 격한 조에게 자기 자신을 겹쳐 보고 있었다.

"베스는 천사 같은 여자아이이니까 물론 저도 좋아하지

만……. 하지만 마음이 끌리고 잊을 수 없는 장면은 조와 얽힌 것이 많아요."

"얼음이 깨진 강에 에이미가 떨어진 그 에피소드라든가?"

"네. 하지만 가장 좋아하는 이야기는 달리 있어요."

"그거라면 꼭 듣고 싶어."

빅터는 부리나케 손에 있는 『작은 아씨들』을 사라에게 내밀었다.

"이야기 후반, 네 자매의 아버지가 전장에서 부상을 입었다는 소식을 알리는 전보가 도착해서 어머니가 워싱턴의 병원으로 가기 위한 준비를 하고 있는 무렵인데요."

사라는 조용한 손짓으로 책의 페이지를 넘겼다.

"어떻게든 부모님의 힘이 되고 싶다고 생각한 조는 가족에게 말없이 자신의 머리카락을 팔아 돈으로 바꿔요. 조는 풍성한 머리카락을 잃고 사실은 괴로워 견딜 수 없지만 가족에게 신경 쓰게 하지 않도록 필사적으로 밝게 행동하고……."

"아아, 응! 그때의 조는 아주 인상에 남아 있어. 평소에는 남자아이처럼 시원시원한데 밤에 혼자서 소리를 죽이고 우는 게 왠지 애처로워서 말이야. 정말 착한 애라고 생각했어."

사라는 고개를 끄덕였다.

"그리고 그녀의 머리카락이 그다지 인기가 없는 색이라 기대했던 만큼 비싸게 팔리지 않는다는 사실을 알았을 때

얼마나 충격을 받았을지."

소녀가 혼자 바닥에 몸을 날려 모르는 가게 주인을 상대로 머리카락을 팔고 싶다고 호소하는 용기. 그리고 점주가 매수를 망설이는 이유가 자신의 머리카락에 상품으로서 가치가 없기 때문이라는 사실을 알았을 때의 심정을 떠올릴 때마다 사라는 가슴이 짓눌리는 마음이 들었다. 그도 그럴 것이, 그 머리카락은 외모에 자신이 없는 조가 유일하게 자랑하던 아름다운 머리카락이었기 때문이다.

"조의 원통함이 아주 남의 일이라고는 생각할 수 없어서요. 제 머리도 분명 금발처럼 비싸게는 팔리지 않을 테니까요."

"그럴 리가!"

갑자기 빅터가 커다란 소리를 질렀다.

"흑발 역시 인기는 있어. 아……아니, 그게 아니라. 인기가 적다고 해서 흑발이 금발보다 매력이 없는 건 아니라고 생각해. 금전적인 가치는 또 다른 문제이고 말이야."

어째선지 횡설수설하는 빅터를 사라는 멍하니 바라보았다. 그리고 수긍했다. 아무래도 빅터는 비싸게 팔리지 않는다고 해서 흑발을 언짢게 생각할 일은 없다며 사라를 위로하려 하고 있는 모양이다. 동정심이 있는 사람이다.

사라는 미소 지었다.

"감사합니다. 하지만 걱정하지 마세요. 저는 이 머리를 언짢게 생각한 적은 없으니까요. 오히려 오빠와 닮은 점이 아주 기뻐요."

"아아, 그렇구나. 그러네. 그럼 다행이야."

부끄러운 듯이 빅터는 금회색 머리카락에 손을 댔다.

사라는 눈가로 자신의 어깨에 늘어져 있는 흑발을 보았다.

오빠와 똑같은 윤기 넘치는 흑발. 사라가 자신의 외모 중에서 사랑스럽게 생각하는 유일한 것이다. 하지만 만약 이 흑발이 오빠에게 도움이 된다면 사라는 언제든지 기꺼이 자를 생각이 있었다. 오빠는 결코 자신이 그런 짓을 하게 두지 않겠지만.

사라는 화제를 바꾸었다.

"네 자매 외에 빅터 님의 인상에 남은 등장인물은 있으셨나요?"

"음……. 글쎄. 브룩 선생님의 호감도는 상당히 높았어."

"로리의 가정교사인 존 브룩 선생님 말이군요."

"그는 훌륭한 사람이야. 가난하게 태어나 고생한 탓인지 생각도 착실하고. 이웃집의 메그에게 보이는 호의 역시 경솔하게 털어놓아 상대를 곤란하게 만들지도 않고. 아무튼 언동이 착실하고 로리처럼 시시한 장난도 안 치고."

사라는 왠지 우스워졌다. 도련님으로 자란 로리에 대한 엄격한 평가와는 상당히 달랐다.

"로리는 아직 어린아이이니까 그렇게 비교하면 가여워요. 그리고 로맨틱한 면은 둘 다 비슷하지 않나요? 저기, 브룩 선생님이 간직한 사랑의 비밀을 로리가 몰래 조에게 털어놓는 것도 그렇고요."

"그러고 보니 그 장면은 걸작이었어."

"저도 아주 좋아해요."

브룩 선생이 메그가 떨어뜨린 장갑을 소중히 주머니에 넣어두고 있는 것을 안 로리는 간직한 그 비밀을 잽싸게 조에게 알렸다.

"로리는 조가 기뻐할 줄 알았는데, 그녀는 이렇게 딱 잘라 말하죠."

사라와 빅터는 시선을 힐끗 주고받고 입을 모아 말했다.

"『재수 없어!』"

참지 못하고 두 사람은 웃음을 터뜨렸다.

"조는 너무한다니까. 브룩 선생님이 불쌍해."

"시시하다든가 저질이라든가 엄청 심하게 말하죠."

사라는 책의 그 장면을 찾아서 로리와 조의 대화를 골라 읽었다.

"하지만 조의 반응은 정말 좋아하는 메그를 타인에게 빼앗기고 싶지 않다는 마음의 표현이기도 해요. 결코 브룩 선생님 개인을 싫어한 것이 아니라요. 그래서 귀엽다든가 정말로 메그를 사랑한다는 말을 전했을 때 오히려 애달픈 기분이 들어요."

여성으로서 꽃을 피워나가려 하는 언니.

남자아이 같은 동생에게서 멀어져가는 언니.

그런 메그를 보며 조는 혼자서 괴로움을 곱씹을 수밖에

없었다.

조는 애초에 성인 여성이 되어 더 이상 말괄량이로 있을 수 없게 되고 싶지 않았던 것이다.

하지만 새끼 고양이가 장난치듯이 사랑하고 사랑받으며 채워져 있던 아이들 시절에는 끝이 다가와 있었다. 따듯한 둥지에서 자란 병아리들은 이윽고 넓은 하늘로 날아가야 한다.

계절은 반복되고 둘도 없는 인연 역시 천천히 형태를 바꾸어간다.

그것을 지금의 조는 아직 견디기 힘들었다. 그래서 사라는 네 자매 중 누구보다 조에게 호의를 가질 수밖에 없었다.

"선배도 분명 같은 심경일 거야."

사라는 깜짝 놀라 시선을 들었다.

"네?"

"그러니까 너에 대해서 말이야. 네 마음을 빼앗아갈 상대는 선배에게는 분명 모두 용서하기 힘든 적으로 보일 거야."

"그럴, 까요?"

"그럴 거야."

빅터가 자신만만하게 단언했다.

"하지만 저는 누구에게도 마음을 빼앗기지 않았어요."

빅터의 눈빛에 어딘지 모르게 피로감이 물들었다.

"……응. 선배 같은 완벽한 오빠가 있으면 남자 대부분이 변변치 않게 느껴지는 건 당연하다고 생각해."

사라는 정신을 차리고 황급히 부정했다.

"아, 아니에요! 그런 의미가 아니라. 그저 내일 자신의 삶이 어떻게 될지도 알 수 없어서 그런 일에는 그다지 마음이 쏠리지 않는다고 할까……."

더듬거리는 사라의 변명에 이번에는 빅터 쪽이 당황했다.

"아……. 그런가. 그렇겠네. 미안. 내가 바보였어. 너희 상황을 생각도 안 했네."

"사과하지 않으셔도 돼요. 분명 빅터 님이 생각하신 것 이상으로 저는 지금의 생활을 즐기고 있으니까요."

사라는 되도록 부드러운 목소리로 전했다.

"어릴 때부터 부모님은 저를 거의 돌봐주지 않으셨어요. 그래서 오빠가 저택에 없을 때의 저는 가정교사와 유모와 손에 꼽을 정도의 사용인 이외에 말을 주고받는 상대가 없었어요. 제가 책의 세계에 빠진 것은 그 외로움을 달래기 위해서이기도 하답니다."

펼쳐져 있던 『작은 아씨들』을 사라는 가만히 덮었다.

"하지만 지금은 그 책을 통해 여러 사람들과 알 수 있어요. 그것이 제게는 정말 기뻐요."

'천야일야'를 방문하는 손님의 대부분은 사라 남매의 본래 신분으로는 관련될 일이 없을 터였던 사람들이다.

책을 살 돈도 읽을 시간도 놓을 장소도 한정되어 있다.

그래도 책을 읽고 싶다. 책의 세계로 여행을 하고 싶다.

그런 여행객들이 책꽂이에서 이것이다 싶은 한 권을 빼내 허겁지겁 카운터로 내밀 때, 그들의 기대가 전염되듯이 사라의 가슴도 남몰래 고동친다.

잠들어 있던 책의 문을 그야말로 누군가가 두드린 것이다.

문을 열면 그곳에는 일기일회의 소우주가 기다리고 있다.

읽는 사람에 따라 모습을 바꾸는 만화경 같은 세계가.

그래서 책을 빌린 손님을 전송하면서 사라는 언제나 마음속으로 속삭인다.

──부디 좋은 여행을 하시기를.

당신의 여행이 상상을 넘는 멋진 체험이 되도록.

그렇지 않더라도 또 다음 여행을 가고 싶다고 생각해주도록.

책과의 관계는 아주 개인적인 것이니까 다 읽은 책에 대해 이쪽에서 감상을 묻는 일은 없지만, 사라의 바람은 언제나 변하지 않았다.

상대가 어떤 사람이든.

"록허트가의 여러분이 와주신 다음부터는 더 즐거워졌어요."

빅터는 가슴이 뭉클해진 듯이 사라를 바라보았다. 그리고 천천히 말했다.

"네가 정말 그렇게 생각해준다면 나도 기뻐."

"저는 오빠처럼 거짓말을 잘하지 못해서요."

"아아, 그렇구나."

희미한 쓴웃음이 빅터의 볼에 피어올랐다.

공범 같은 그 표정에 사라의 마음은 신기하게 편안해졌다.

그녀는 오도카니 중얼거렸다.

"여름이."

"응?"

"여름이 끝날 때까지는 이 마을에 계실 예정이신가요?"

"응, 그럴 생각이야. 방학이 끝나는 가을이 지금부터 우울해서 못 견디겠어."

탄식하는 그에게 사라는 미소를 지어 보였다.

"하지만 아직 훨씬 뒷일이니까요."

빅터는 아주 잠시 사라의 눈동자로 시선을 고정시켰다.

그리고 부끄러운 듯한 미소를 입가에 띠었다.

"──그러네. 여름은 이제부터니 말이야."

제 3 화
말세의 아라비아 야화

LONDON
ALF
LAYLAH
WA
LAYLAH

1

'천야일야 Alf Laylah wa Laylah'에는 오빠의 이름과 같은 철자가 포함되어 있다.

그것이 비밀의 암호 같아서 사라는 기뻤다.

하지만, 하고 그녀는 남몰래 생각한다.

자신의 이름이 라일라라면 더욱 좋았을 텐데.

듣자하니 유럽의 각지에서도 친숙한 라일라나 레일라라는 이름은 아랍어의 라일라——즉, '밤'에서 유래되었다고 한다.

밤의 아가씨. 환상적이고 넋을 잃을 듯한 울림을 가진 그 이름에 비하면 사라는 무미건조해서 시시하다.

한 번 그런 터무니없는 불만을 오빠에게 털어놓은 적이 있다.

그러자 오빠는 복에 겨운 소리 하지 마, 라고 웃으면서 나무랐다.

"사라의 이름은 헤브라이어로 '왕녀'를 의미하니까 훨씬 높잖아. 너는 우리의 아담한 천년 왕국을 다스리는 왕녀가 되는 거야."

과연. 그런 것이라면 나쁘지 않을지도 모른다.

둘만의 천년 왕국을 시작한 지 이제 곧 3년.

조용하고 평온한 생활은 아주 조금 변했다.

"맛있는 플랩 잭을 줘서 정말 고마워, 사라. 그럼 또 다음 주에 올게."

"언제든지 오세요. 가시는 길 조심하시고요."

사라는 단골인 부인을 웃으며 배웅했다. 둥근 등이 천천히 길 저편으로 사라져갔다. 그것을 지켜본 다음에도 사라는 한동안 가게 앞에 서 있었다.

"빅터 님 형제분들은 오늘도 안 오시네……."

벽시계의 바늘은 이미 오후 3시를 가리키고 있었다. 록허트가의 삼형제가 가게에 얼굴을 비칠 때는 대개 이 시간에는 찾아올 터였다. 요 며칠은 모습을 보이지 않았으니 오늘쯤 가게에 오지 않을까 해서 오트밀에 건포도와 아몬드를 듬뿍 넣은 플랩 잭을 구워봤는데.

사라는 자신도 모르게 한숨을 내쉬고 그런 자신에게 쓴웃음을 지었다. 어느새 삼형제의 존재가 완전히 일상에 녹아든 듯했다. 기다리는 데는 익숙할 터인데, 이쪽에서는 연락을 할 수 없는 자신의 입장이 아주 조금 안타까웠다.

사라는 발걸음을 빙글 돌려 카운터에 쌓여 있는 책을 팔에 안았다. 손님이 없는 동안 반납본을 책꽂이에 꽂아놓자.

"으음, 오스틴의 『오만과 편견』은 여기고, 디킨스의 『두 도시 이야기』는 여기. 베른의 『지구 속 여행』은 여기고, 헌의 『일본의 모습』은……."

사라가 기행문 책장으로 발걸음을 옮겼을 때였다. 귀에 익숙한 소리가 창밖에서 다가왔다. 탁탁탁탁 하고 가볍게 포석을 차는 두 개의 발소리.

"아."

사라가 얼굴을 들자 몸 전체로 문에 뛰어들 듯이 라울이 가게로 달려 들어왔다. 똑같이 밀짚모자를 쓴 막내 엘리엇이 바로 뒤를 이었다.

"안녕!"

"안녕!"

"어서 오세요. 라울 도련님, 엘리엇 도련님."

사라는 그들을 맞이하기 위해 카운터 쪽으로 걸어갔다. 하지만 마지막 방문자의 모습을 본 순간 자신도 모르게 발걸음을 멈추었다.

"빅터 님. 대체 무슨 일이세요?"

"아아……. 안녕, 사라."

공허한 웃음을 사라에게 보낸 빅터는 지독한 낯빛을 하고 있었다. 그리고 비틀거리듯이 가게 안으로 들어오더니 카운터에 축 기댔다.

사라는 깜짝 놀라 그에게 달려갔다.

"어디 몸이 안 좋으신가요?"

"괜찮아. 단순한 숙취야."

"형은 과음해서 머리가 아프대!"

"머리가 빙글빙글 돌고 지끈거린대!"

"어머나."

"얘들아, 부탁이니까 좀 조용히 해줘."

"네!"

"네!"

"으으……. 머리가 울려."

심각한 병이 아니라는 것을 알기 때문인지 동생들은 비눗방울이 터지듯이 웃고 있었다.

사라도 안심하고 표정을 풀었다. 숙취라면 분명 바로 회복될 것이다.

차 준비를 마친 사라가 가게로 돌아오니 엘리엇이 환성을 질렀다.

"플랩 잭이다!"

작은 신사들은 앞 다투어 손을 뻗으며 금세 얼굴에 웃음꽃을 피웠다.

빅터 쪽은 밀크 없는 홍차를 조용히 홀짝이고 있었다. 평소라면 기꺼이 과자로도 손을 뻗겠지만 숙취 탓에 식욕이 없는 모양이다.

"오늘은 저택에서 쉬는 편이 낫지 않으셨을까요?"

오후 산책에 따라가는 것은 원래 유모들의 업무이니까 하루 정도는 대신하게 해도 지장이 없을 터다.

"아니, 내가 밖에 나가고 싶었으니까 괜찮아. 그리고 일어났을 때에 비하면 훨씬 좋아졌어. 그건 그렇고…… 맛있어 보이는 플랩 잭이네."

열심히 구움과자를 먹는 동생들을 빅터는 부러운 듯이 바라보았다.

"아까 손님께도 칭찬 받았어요."

건포도의 달콤새콤함과 아몬드의 구수함의 배합이 절묘하고 묵직한 씹는 맛이 참을 수 없다며 호평이었다.

"오빠가 만든 것에는 맛이 뒤떨어질지도 모르지만요."

애초에 빅터 형제가 가게에 오리라고 생각했기 때문에 뭔가 자신이 할 수 있는 대접을 하고 싶었다——는 설명은 가슴 속에 담아두었다. 이쪽이 그들을 기다리고 있었다고 말해 부담을 주고 싶지는 않았다.

"네가 직접 만든 거야? 그렇다면 더 먹고 싶어."

빅터는 용기 내 플랩 잭을 한 장 집었지만, 역시 입에 가져갈 마음까지는 들지 않았는지 미안하다는 듯이 손을 내려놓았다.

"저기…… 괜찮으시다면 몇 개 가져가시겠어요?"

빅터가 고개를 퍼뜩 들었다.

"괜찮겠어?"

"그렇게 하신다면 저도 기쁠 거예요."

"그러면 꼭 부탁할게. 나만 못 먹는 것도 너무 아까우니까."

사라는 미소 지었다.

"그러면 포장할게요."

"아. 이 책 나 반납할게!"

카운터에서 물러난 사라를 멈추게 한 것은 차남인 라울이었다. 손수건으로 입과 손을 닦고 가져온 책을 정중하게 내밀었다.

사라도 예의 바르게 양손으로 책을 받았다.

"네. 이용해주서 감사합니다."

라울이 반납한 것은 어린이용으로 편집된 『천야일야 이야기』의 선집 중 한 권이다.

요즘 라울은 가게에 올 때마다 새로운 책을 빌려간다. 한 권에 한 이야기 형식의 책을 잇달아 독파해 권수를 채워가는 달성감을 맛보고 있는 모양이다.

그 감각은 사라도 잘 안다. 저택의 도서실에 수납된 무한해 보이는 서적을 읽는 허가를 받았을 때는 기쁨으로 가슴이 떨렸고, 한 책꽂이의 책을 모두 읽었을 때는 마치 위업을 달성한 듯한 심경이 들었다.

책의 상태를 대충 확인하고 사라는 고개를 끄덕였다.

"파손된 곳도 접힌 곳도 없는 듯하네요. 소중히 다루어주셔서 정말 감사합니다."

"······책은 소중히 다뤄야 한다고 마지가 늘 그랬거든."

라울이 볼을 붉히더니 갑자기 빅터에게 얼굴을 향했다.

"형. 새로 빌릴 책 찾아와도 돼?"

"그래. 마음에 드는 걸 골라와."

"나도."

다리를 버둥대는 엘리엇을 빅터가 내려주었다.

두 사람은 손을 잡고 어린이용 책을 모아놓은 책장 쪽으로 달려갔다.

그 등을 전송하면서 빅터가 소리 없는 웃음을 띠었다.

"이 상태라면 라울은 상당한 독서가가 되겠어."

"너무 독서에 빠져서 일과 쪽을 소홀히 할 것 같기도 하지만요……."

"그 걱정이라면 괜찮아. 최근의 라울은 잘 못 했던 글짓기 연습도 귀찮아하지 않게 된 모양이야. 더 어려운 책도 술술 읽게 되고 싶어서래. 그러니까 감사 인사를 해야 하는 건 오히려 이쪽이야."

"인사라니. 이 가게에 오신 것은 아주 사소한 계기에 불과한 것을요."

"그 계기가 인생에서는 상당히 중요한 거야."

잘 안다는 얼굴로 빅터는 차를 마셨다.

그때 삼형제의 방문을 봤는지 알프레드가 문에서 상반신을 내밀었다.

"여, 빅터. 얼굴이 지독하군."

"덕분에요. 숙취예요."

어제는 대학 친구의 권유를 받고 밤늦게까지 런던에서 밤새 술을 마셨다고 빅터는 설명했다.

"뭔가 심각한 고민 상담이라도 받았던 건가?"

알프레드가 당연하다는 듯이 물은 순간, 빅터가 움직임을 멈추었다. 잠시 후 한숨 섞인 쓴웃음을 내보였다.

"……여전히 뭐든지 꿰뚫어보시네요."

"네 행동 양식을 봤을 때 다음 날 지독한 숙취에 시달릴

만큼 폭음하는 일 자체가 이미 의외였거든. 우정에 뜨거운 성격의 네가 무슨 일이 있어도 어울리지 않고는 못 배길 만한 이유가 있지 않을까 추측한 거야. 실연한 친구의 홧술 상대를 한 건 아닌 것 같군."

"그랬다면 얼마나 좋았을까요."

빅터는 아주 곤란한 듯이 흐린 눈빛을 보냈다.

"실은…… 그와 저의 공통된 친구가 사건에 휘말렸을지도 모른다고 친구가 털어놓았어요. 그것이 아무래도 저 혼자서는 판단을 내리기가 망설여지는 이야기여서요. 그래서 그 건에 대해 선배의 의견을 들어보자고 생각했어요. 그렇다 해도――."

빅터는 가게 입구 쪽을 힐끗 살폈다.

"여기서 얘기할 만한 내용도 아니지만요."

"그렇군."

알프레드는 잠시 생각에 잠긴 후 이윽고 길 잃은 어린양을 위로하듯이 고개를 끄덕였다.

"그런 거라면 오늘 밤 우리 집에 와서 저녁 식사를 하는 게 어때? 어차피 아침부터 제대로 된 식사도 못했겠지? 위에 부드러운 아이리시스튜라도 준비해둘게. 이야기는 그때 하는 게 어때?"

빅터의 눈에 바로 밝은 기운이 되살아났다. 아무래도 그의 안색이 깨끗하지 못했던 것은 다른 일로 근심이 있기 때문이기도 한 듯했다.

"괜찮나요? 게다가 저녁까지."

"물론 기꺼이 대접하지."

극상의 미소를 지으며 알프레드는 말을 이었다.

"알아? 터키에는 '한 잔의 커피에도 40년의 추억'이라는 속담이 있어. 즉, 한 접시의 아이리시스튜에는 백년의 은혜가 살아 있으니까 잊으면 험한 꼴을 당할 거야."

"그건 좀 아닌 것 같은데요."

2

아이리시스튜는 아일랜드의 전통 가정 요리다.

양고기 목살, 감자, 양파, 당근, 순무 등을 제각기 약한 불에 끓이며 소금과 후추와 허브로 맛을 내는 순박한 요리이지만, 양고기와 야채의 단맛이 녹은 부드러운 맛은 여러 번 먹어도 전혀 질리지 않는다.

사라는 어릴 때부터 먹어 친숙한 맛도 아닌데 그리움을 느끼는 것을 늘 신기하게 생각했다.

"정말 양고기와 야채를 냄비에 끓이기만 한 건가요? 그래서 이렇게 맛있어지다니 믿기 힘드네요."

눅진눅진한 스튜를 힘차게 먹어치우며 빅터가 신음했다.

평소와 비슷한 저녁 식사는 빅터가 참가한 것만으로 갑자기 활기를 띠었다.

이렇게 있으면 아무래도 다 같이 식탁을 둘러싸고 있는

느낌이 든다.

왠지 가족 같다. 문득 그런 생각이 들어서 사라는 허둥댔다.

오빠와 둘이서 하는 식사를 쓸쓸하다고 느낀 적은 한 번도 없었지만, 이렇게 화기애애한 식사를 한 경험이 사라에게는 거의 없었기 때문이다.

"당근이 이렇게 맛있다니……. 기숙사 식사에 나왔던 것과 같은 야채라고는 도저히 생각할 수 없잖아."

"과장이야. 오늘 밤에는 우연히 배가 고파서 그렇게 느꼈을 뿐이겠지."

"아니요. 배가 고픈 정도를 따진다면 기숙학교 시절 쪽이 훨씬 배가 비어 있었어요. 그래도 나오는 요리의 맛은 최악이었어요. 그렇다고 남기면 굶어죽으니까 어쩔 수 없이 배에 채웠던 거죠. 애초에 그래봤자 배가 찰 정도의 양도 없었지만요."

기숙학교에서 나오는 식사의 내용이 양도 질도 지독하다는 것은 사라도 들은 적이 있다. 양가의 자녀가 모이는 명문교에서, 게다가 한창 자랄 나이인데 그런 식사를 받고 문제가 되지 않았다는 것을 기묘하게 느꼈는데, 이미 전통처럼 된 모양이다. 검소한 식사와 엄격한 규율로 응석부리던 육체와 정신을 단련시켜주는 교육 방침인 것이다.

알프레드가 쓴웃음을 지었다.

"5년 동안 기숙학교 생활에 견디면 전 세계의 어디에서도 살아갈 수 있다는 말이 있을 정도니 말이야."

"맞아요. 군대보다 가혹하고 감옥보다 조금 낫다──는 생활이니까요. 배가 너무 고파서 잠이 안 와 밤에 끝없이 먹을 것을 생각하는 편이 훨씬 면학과 인격 형성에 지장이 있다고 생각해요."

"확실히 그래. 공복으로 잠이 안 왔던 밤의 한심한 기분은 나도 잊을 수 없어. 소등 규칙이 있으니까 책을 읽어 정신을 다잡을 수도 없었고."

"오빠도 그런 경험을 한 적이 있었어?"

"아무리 그래도 공복은 정신력으로 버틸 수 있는 게 아니었으니까. 기숙사 생활에서 그 비참함을 맛본 적이 없는 학생은 한 명도 없을 거야."

빅터도 고개를 깊이 끄덕였다.

"실제로 당시의 친구들이 모이면 대개는 그 화제가 나오니 말이죠. 기숙사의 수프는 고기 조각과 야채 부스러기가 떠 있는 물이었다든가, 주말의 외출 시간에 사러 달려간 미트 파이 이상으로 맛있는 것은 이 세상에 없다든가. 어제 역시──."

빅터의 목소리가 딱 끊겼다. 이어질 말을 찾지 못한 채 그는 괴로운 듯이 고개를 숙였다.

알프레드가 가만히 스푼을 놓았다.

"식사도 대충 했으니 슬슬 네 얘기를 들어볼까."

"커피는 내가 타올게."

사라는 일어나 가스레인지로 향했다. 주전자를 불에 올리고 드립식 커피포트를 준비했다.

되도록 소리를 내지 않도록 움직이면서 등으로 기척을 살피고 있는데, 이윽고 결심한 듯이 빅터가 말을 꺼냈다.

"어젯밤 상담하고 싶은 일이 있다는 용건의 전보로 저를 런던으로 불러낸 것은 팀 콜린스라는 친구였어요. 제가 옥스퍼드에 입학하고 나서 안 사람이라 선배는 모르실 텐데요."

콜린스는 이름 없는 가문에서 태어난 가난한 학생이지만 빅터는 상관하지 않고 친구로 어울리고 있었다고 한다.

"그 콜린스와 제 공통된 친구가 라이오넬 래드퍼드예요."

"아아, 그라면 잘 기억하고 있어. 네 동급생인 래드퍼드 남작가의 삼남이지? 덩치가 크고 머리와 눈이 개암나무 색인."

"네, 그 말대로예요. 그 이후로 한층 커져서 풋볼 대항 시합에서는 늘 활약하고 있어요."

"그래. 분명 인망도 있었을 거야. 귀족에게 흔히 있는 뒤틀린 면도 없는, 믿음을 줄 수 있는 소년이었어."

잠시 침묵 후 빅터는 중얼거렸다.

"선배가 그렇게 평가한 것을 알면 그 녀석도 분명 기뻐할 거예요."

사라는 손의 움직임을 멈추었다. 빅터의 말투에서 위화감을 느꼈기 때문이다.

같은 것을 알프레드도 역시 파악한 듯했다.

"빅터. 설마 래드퍼드는……."

"죽었어요. 저번 주에 그랬다고 해요."

사라는 숨을 삼켰다. 빅터의 모습에서 상담의 내용이 심각하다는 것은 예상하고 있었지만, 설마 그 친구가 이미 죽었을 줄이야.

알프레드기 신중하게 물었다.

"너를 런던으로 부른 친구——콜린스는 래드퍼드가 사건에 휘말렸을지도 모른다고 전했다고 했지? 래드퍼드는 대체 왜 죽었다고 했지?"

순간 망설이고 나서 빅터는 말했다.

"병사예요. 그렇다 해도 의사에게 가서 치료받던 것이 아니라 심장이 갑자기 멈춰 죽었다고 해요. 런던의 하숙방에서 의자에 앉은 채로 숨이 끊어진 것을 콜린스가 발견했다고 해요."

사라는 어깨를 움찔 떨었다.

그 병사가 사건일지도 모른다.

그렇다는 것은 즉——.

"병사로 보인 타살이었을지도 모른다고 의심하고 있는 건가?"

그렇게 물은 알프레드의 목소리가 아득히 멀리서 들린 듯했다.

불에 올린 주전자가 법석을 떨고 있는데 손을 들 수 없었다.

자기 나름대로 타협했을 사건의 기억이 눈사태처럼 밀려와 의식이 삼켜질 뻔했다.

사라는 어떻게든 불을 끄고 손가의 작업에 집중했다.

동요를 드러내면 오빠가 신경을 쓸 것이다.

사라가 다시 자리에 앉는 것을 기다렸다 빅터는 말을 꺼냈다.

"명백한 증거가 있다——그런 것은 아니에요. 물론 그렇다면 살인 사건으로 수사가 진행될 테니까요. 즉, 검시를 한 의사에 의하면 래드퍼드의 위는 비었고, 독극물 같은 것을 흡수한 흔적도 전혀 없었다고 해요. 하지만 외상이 있는 것도 아니고 내장에 미치는 손상이나 질환이 발견되지도 않았어요. 건강한 심장이 갑자기 움직임을 멈췄다고밖에 생각할 수 없는 죽은 모습이었다는 거예요. 그야말로 마술에라도 걸린 듯이."

"마술……."

며칠 전 알프레드가 밝힌 수수께끼가 사라의 머릿속에 되살아났다. 심야의 도서관에서 마술에 홀린 듯이 보이던 소년에게는 전혀 다른 목적이 있었다.

"다만 래드퍼드는 죽기 며칠 전부터 두통을 호소했다고 해요."

"두통? 가슴 통증이 아니라?"

"네. 그 때문인지 그가 진통제인 아편 팅크를 복용했다는 것은 검시에서도 드러났다고 해요. 그렇다 해도 그것은 결코 심장이 멈출 만한 양이 아니고, 중독사 증상은 전혀 보이지 않았다고 하지만요."

"그렇군."

"하지만 콜린스는 래드퍼드의 두통은 거짓이 아닐까 의심했다고 해요. 확실히 몸 상태는 나쁜 듯했지만 의사를 부르라고 권해도 자면 금방 낫는다는 이유를 대고 침실에 틀어박혀 있었기 때문에 병이라기보다는 걱정거리가 있다고 느꼈다고 합니다. 아, 깜빡했는데 둘은 이번 여름방학 들어서 런던의 같은 하숙에서 살고 있어요."

알프레드가 수상쩍은 듯이 고개를 갸웃거렸다.

"래드퍼드라면 메이페어[1]에 타운하우스를 가지고 있잖아? 그런데 그는 일부러 하숙 생활을 한 건가?"

"네. 이번 여름에는 가족 이외에도 숙부 일가와 손님도 머물러서 집이 비좁았기 때문에 사양했다고 해요. 굳이 따지자면 낯을 가리는 성격이어서 사교적으로 어울리는 것을 피하고 싶은 마음도 있었던 듯해요. 그래서 콜린스에게 제안해 베이커 가에 공동으로 하숙을 빌리기로 한 거예요."

친숙한 거리의 이름을 듣고 사라는 고개를 들었다.

"홈즈와 왓슨처럼 말인가요?"

그야말로 그러네, 하고 빅터는 몸을 내밀었다.

---

1 런던 하이드 파크 동쪽의 고급 주택지.

"콜린스는 옛날부터 홈즈를 애독해서 언젠가 그런 생활을 해보고 싶다고 자주 말했어. 래드퍼드도 그것을 알고 있으니까 콜린스에게 제안한 거겠지. 콜린스에게 베이커 가의 하숙을 혼자서 빌릴 만한 재력은 없으니까. 콜린스는 흔쾌히 승낙한 모양이야."

콜린스에게 그것은 바라 마지않던 생활이었으리라.

아주 좋아하는 이야기의 세계를 현실에 재현해보고 싶다는 꿈이 이루어진 것이다.

방학이 되고 나서 콜린스는 학비를 벌기 위해 시티[1]의 출판사에 단기 고용되어 일을 해 바쁘기 때문에 래드퍼드가 런던에 머무는 사촌형제와 함께 베이커 가를 돌아다니며 알맞은 빈집을 찾았다고 한다.

"하숙으로 정한 것은 거실 하나의 안에 각각의 침실이 있는 꼭대기층 집으로, 두 사람의 공동생활은 꽤나 잘 풀리고 있었다고 하던데."

래드퍼드는 늘 콜린스의 귀가를 기다려서 둘이 함께 저녁을 먹었다고 한다. 그러던 것이 어느 날 밤, 일을 마친 콜린스가 하숙에 돌아오니 드물게 래드퍼드가 부재중이었다. 특별히 전언은 없었지만 가족에게 찾아갔을지도 모른다며 콜린스는 그다지 신경 쓰지 않고 먼저 쉬었다고 한다.

래드퍼드가 두통을 호소한 것은 그다음 날 아침이다. 아

---

1 런던의 중심부에 위치한 번화가. 관공서, 은행 등이 모여 있다.

무래도 밤늦게 귀가한 듯한데, 외출한 곳에서 오랜만에 재회한 친구와 술을 마셨다고 말하기만 할 뿐 자세한 사정에 대해서는 말을 하지 않았다.

그 며칠 후——지금으로부터 정확히 일주일 전에 래드퍼드는 타계했다.

건강했을 아들의 돌연사에 가족도 동요해서 신문에는 아직 사망을 알리는 개인 광고를 싣지 않았다고 한다.

아들의 죽음을 공개하지 않는 유족의 심경은 사라도 이해할 것 같았다.

나쁜 꿈 같은 사건이 활자로 실리면 그것은 움직일 수 없는 현실이 된다.

사라는 가만히 물었다.

"래드퍼드 씨도 셜록 홈즈를 좋아하셨나요?"

"아니. 실은 그는 기숙학교 시절부터 줄곧 읽기를 피했을 정도였어. 사람이 죽는 소설은 고역이라는 이유로."

"그런……가요."

사라는 잠에서 깬 기분이 들었다.

지금까지 셀 수 없을 만큼 책을 읽어온 사라는 이야기는 이야기로 받아들이는 방법이 몸에 배어 있다. 하지만 가공의 사건이라고는 하나 살인 사건을 추리 게임으로 즐기는 감각에 익숙하지 않은 사람도 있을지도 모른다.

"그 래드퍼드도 요즘은 콜린스의 영향으로 홈즈에 도전하고 있다고 했어. 홈즈에는 사람이 죽지 않은 단편도 잔뜩 있으니까 우선 그런 작품부터 말이지. 그랬더니 의외로 즐길 수 있다는 것을 알고 콜린스에게『네 사람의 서명』을 빌려 읽고 있던 차였다고 했어."

『네 사람의 서명』은 홈즈의 2편에 해당하는 장편이다. 작중에서 사람은 죽지만 왓슨의 로맨스도 실려 있어서 모험활극처럼 즐길 수 있는 작품이다.

"문제는 그 책에 있어."

진지한 눈빛으로 빅터는 설명했다.

"래드퍼드가 죽어서 콜린스는 빌려줬던『네 사람의 서명』을 자기 방으로 가지고 돌아왔다고 하는데, 그 책에는 그야말로 이제부터 범인의 자백이 시작되는 장에 책갈피 대신 트럼프가 끼워져 있었다고 해."

사라는 몇 번이나 읽었던『네 사람의 서명』의 구성을 떠올렸다.

"닥터 왓슨이 미스 모스턴에게 사랑의 고백을 한 직후지요?"

프러포즈의 결과 왓슨의 사랑은 이루어진다. 거기서부터는 사랑의 계기가 된 과거의 인연을 범인이 이야기하는 이른바 진짜 해결편에 해당하는 부분이다.

"그래. 그야말로 '범인'을 떠올리게 하는 페이지에 트럼프가 끼워져 있었어. 거기에 뭔가 중요한 의도가 있지 않나 콜린스는 의심하고 있지."

천천히 알프레드가 물었다.

"트럼프는 어떤 종류였지?"

"클로버 에이스예요."

알프레드가 입가에 손을 댔다.

"……그런가. 스페이드 에이스라면 죽음을 암시하는 메시지라고 생각할 수도 있다고 생각했는데."

스페이드 에이스는 트럼프에서 최강의 카드로 취급받는 경우가 많다.

한편 전통적으로 '죽음의 카드'로도 취급받아왔다.

"래드퍼드가 어떤 메시지를 남기려 했다고 생각하세요?"

"글쎄. 순간적으로 책갈피로 근처에 있던 트럼프를 쓴 것 자체는 그다지 부자연스럽지 않아. 그 트럼프는 평소부터 그가 사용하던 것이었나?"

"아무래도 아닌 듯해요. 콜린스는 자살의 가능성도 생각해 유서 같은 것이 남아 있지 않은지 래드퍼드의 방을 조사해봤다고 하는데요, 클로버 에이스 외에 다른 트럼프는 한 장도 못 봤다고 하네요."

"유서는?"

빅터는 고개를 가로저었다.

"다만 콜린스가 래드퍼드의 유체를 발견했을 때, 그의 방에는 어딘가의 가게에서 사 온 듯한 타르트가 남아 있었다고 해요."

"타르트?"

"그것도 봉지에 몇 개나 들어 있었다고 해요. 저도 그건 묘하다고 생각했어요. 기숙학교 시절에는 아까 말했듯이 음식 이야기만 하기 때문에 친구의 취향도 자연히 알게 되는데, 래드퍼드는 옛날부터 단 것을 질색했어요. 아무리 배가 고파도……. 역시, 그렇다면 당연히 단 구움과자만 사온다고 생각할 수 없어요."

확실히 그럴지도 모른다. 런던의 길거리에는 온갖 노점이 늘어서 있어서 푼돈만 있으면 배를 채우는 데 곤란할 일은 없기 때문이다. 일부러 잘 먹지 못하는 음식을 잔뜩 사오는 것은 기묘하다.

문득 생각이 떠올라서 사라는 물었다.

"같이 사는 콜린스 씨에게 선물로 사왔을 가능성은 없나요?"

"만약 그럴 생각이었다면 봉지째로 거실의 테이블에 놓지 않았을까. 자신의 침실에 도착하려면 우선 거실을 지나가야 하니까."

"아……. 그러네요."

즉, 하고 알프레드가 확인했다.

"콜린스가 출근하고 나서 귀가할 때까지 두 사람의 하숙집을 방문한 인물이 있었을 가능성이 있다는 건가?"

"네. 참고로 같은 하숙집 사람들과 교분은 그다지 없었고, 그들 중에 래드퍼드를 찾아온 사람은 없었다고 해요. 물론 당사자가 거짓말을 했을 가능성도 생각할 수 있지만……. 다만 방문자가 있다고 해서 래드퍼드를 죽이고 사

라진 범인일지도 모른다고 생각하기에는 적합하지 않은
게 있어요."

"둘의 방이 잠겨 있기라도 했다는 건가?"

빅터는 눈을 크게 뜨고 고개를 끄덕였다.

"그야말로 그 말대로예요. 각각의 침실에 자물쇠는 걸려
있지 않았지만, 거실에서 하숙집 복도로 나가는 문은 잠겨
있었다고 해요. 그리고 래드퍼드의 열쇠는 그 자신의 침실
에 있었어요. 즉, 그가 죽었다는 것은——."

"커다란 밀실이었다는 거로군."

명백한 밀실.

그 방에서 한 청년이 죽었다.

몸에 상처는 없고 독을 마신 흔적도 없다.

불행한 돌연사였다고 보는 것이 상식적인 판단이리라.

하지만 사라는 정체 모를 불안을 느꼈다. 묘한 기시감이
어른거리고 가슴의 수런거림이 늘어가는 것은 부모님의
사건에 사로잡혀 있는 탓일까.

황당무계하다고 생각하며 사라는 말을 꺼내보았다.

"방의 어딘가에 비밀의 문이 숨겨져 있는 것은 아니겠
지요?"

"너희 저택처럼 역사 있는 성이 아니니까."

하지만 마음은 이해한다는 듯이 빅터는 옅게 웃었다.

"바깥으로 이어져 있는 길이라면 창문과 난로인데, 어느
방 창문에든 고리는 걸려 있었고 거실의 난로에는 봄부터

먼지가 쌓여 있었던 모양이야."

그러자 알프레드가 입가를 누그러뜨렸다.

"그렇다면 설령 원숭이의 동료라도 침입하기는 어렵겠군."

"오빠! 그 말은 하면 안 되는 말이야."

사라는 놀라 황급히 나무랐다. 알프레드의 발언은 어느 소설의 핵심을 찌른 것이었기 때문이다.

"괜찮아. 빅터도 그 소설은 다 읽었으니까. 그렇지?"

"세계에서 가장 유명한 그 탐정 소설 말이죠?"

빅터는 입가를 끌어올렸다.

"그러고 보니 읽은 계기는 선배의 추천이었어요. 그립네."

"그 소설에서는 난로에 피해자의 유체가 들어가 있었지."

"맞아요. 게다가 당초에는 밀실 살인이라고밖에 생각할 수 없는 상황으로."

"차라리 그만큼 요란한 흔적이 있으면 알기 쉽겠는데. 래드퍼드의 유체를 확인했을 때 그 방에는 달라진 점이 없었다고 하나?"

"래드퍼드가 앉아 있던 팔걸이의자가 평소 위치보다 나와 있었다고 했어요."

"어떻게?"

"평소라면 벽 쪽에 있는 것이 살짝 방 중앙으로 나와 있었다고 해요. 그리고 그의 발치에는 물에 전체가 젖은 물병이 쓰러져 있었고, 융단도 흠뻑 젖어 있었다고도 했고요."

그의 곁에는 사이드 테이블이 있고 그곳에는 텅 빈 유리 컵과 아편 팅크가 든 작은 병, 그리고 타르트가 든 종이봉투도 놓여 있었다고 한다.

무거운 물병을 들어 컵에 물을 따르려 할 때 갑작스러운 심장 발작의 피해를 입었다……고도 생각할 수 있을까.

"그리고 또 하나. 래드퍼드의 방의 창문은 덧문도 커튼도 닫혀 있었다고 해요. 그의 두통이 진짜라면 더더욱 이해할 수 없지만 말이에요."

"덧문도 커튼도라……. 그는 잠옷 차림이 아니었겠지?"

"네. 평소처럼 실내복을 걸치고 있었다고 해요. 참고로 그의 사망 추정 시각은 대략 점심 이후로, 아침 식사 쟁반을 치우러 온 하숙집 여주인과도 오전 10시 무렵에 얼굴을 맞댄 적이 있으니 그 시간에 살아 있었던 건 확실해요. 식사는 아침이니 그 이후의 그가 어디서 무엇을 했는지는 알 수 없지만요."

몸 상태 때문인지 아침에는 거의 손을 대지 않았다고 한다.

"방 입구는 평소에 어떻게 하지?"

"두 사람 중 누군가가 있을 때는 잠그지 않는 경우가 많다고 해요. 하지만 두통을 호소한 이후로 래드퍼드는 문을 잠그게 되었다고 하더군요."

"그리고 그의 유체가 발견됐을 때도 문은 잠겨 있었단 말이지."

"네. 불러도 대답이 없어서 콜린스는 평소에 가지고 다니는 자신의 열쇠로 문을 열었다고 해요."

"……그렇군."

알프레드는 심각한 얼굴로 침묵했다.

사라는 숨을 죽이고 생각에 잠긴 오빠를 지켜보았다.

하지만 잠시 있다 알프레드는 미안하다는 듯이 고개를 가로저었다.

"미안하지만 네 얘기를 들은 것만으로는 결론을 내릴 수 없을 것 같군. 그가 방을 어둡게 한 것은 네 생각대로 두통을 완화하기 위해서일지도 모르고, 타르트 건도 단순히 방문객의 선물이라고 생각할 수 있을 거야."

"……그러네요. 크림 타르트에 그가 전혀 입을 대지 않은 것도 받은 것이 취향이 아니었기 때문일지도 몰라요."

"어……. 크림 타르트?"

사라는 순간적으로 되물었다.

"응. 만약을 위해 콜린스는 근처에서 잡은 고양이에게 크림 타르트를 한 입 먹여봤다고 하는데, 갑자기 고통스러워한 적도 없었다고 해. 타르트의 특징으로 가게를 밝힐 수도 있을지도 모르지만——."

사라의 손가에 놓인 컵이 달그락 소리를 냈다.

크림 타르트.

클로버 에이스.

그 소설과 완전히 똑같다.

기시감의 정체를 겨우 파악했다.

"오빠."

시선이 마주치고 알프레드가 고개를 끄덕였다.

"응. 신경 쓰이는 일치기는 해."

"둘 다 갑자기 왜 그래요?"

빅터가 불안한 듯이 사라 남매를 들여다보았다.

"너도 콜린스도 눈치채지 못한 듯한데, 지금 네가 말한 단서는 어떤 소설의 중요한 모티브와 맞아떨어져. 사라, 그 책은 지금 가게에 있니?"

"아⋯⋯. 응. 요전에 책꽂이에 돌아왔고 대출 수속은 하지 않았어."

"그러면 내가 가져오지. 그 김에 트럼프도. 자세한 설명은 네게 맡겨도 될까?"

"알았어, 오빠."

알프레드가 일어나 가게 쪽으로 갔다.

"대체 어떻게 된 거야?"

곤혹스러워하는 빅터에게 사라는 물었다.

"『신 아라비아 야화』라는 소설을 빅터 님은 읽은 적 있으신가요?"

"⋯⋯아니. 없을 거야."

"그렇다면 『보물섬』이나 『지킬 박사와 하이드』는 혹시 아시나요?"

"아아, 그거라면 둘 다 읽었어. 작가는 스티븐슨이지?"

"네. 『신 아라비아 야화』도 그 스티븐슨의 작품이에요."

해양 모험 소설인『보물섬』을 1883년에 출판함으로써 일약 유명해진 로버트 루이스 스티븐슨이 그 직전에 잡지에 연재했던 성인용 소설이『신 아라비아 야화』다. 지명도에서는『보물섬』에 떨어지지만, 매력적인 점에서는 결코 뒤지지 않는다고 사라는 생각하고 있었다.

　"『신 아라비아 야화』란 새로운『천야일야 이야기』——즉, 현대풍 아라비안나이트라는 의미예요. 어릴 때부터『천야일야 이야기』를 애독했던 스티븐슨은 그 취향을 답습해 런던을 무대로 한 연작 단편을 한 작품으로 모았어요."

　"무대는 런던이야? 아라비안나이트인데?"

　"네. 스티븐슨이 시도한 것은 현대 세계를 무대로 한 아라비안나이트 같은 이야기를 창조하는 것이었어요. 그래서 원래 아라비안나이트에는 황금 도시 바그다드가 자주 등장하지만, 일찍이 영화를 누리던 바그다드를 대신하는 현대의 도시라고 하면——."

　"마도 런던이야말로 어울린다——는 건가."

　빅터의 눈동자가 반짝 빛을 반사했다.

　"그렇군. 왠지 재미있을 것 같아."

　"실제로 아주 재미있어요. 단 두 권——단편 12화로 끝나는 것이 아쉬워서 연재를 더 계속해주면 좋겠다고 생각할 만큼요."

　기억을 더듬으며 사라는 대략적인 내용을 소개했다.

"원래 『천야일야 이야기』에는 칼리프[1]인 하룬 알 라시드와 복심인 측근 마스루르가 몰래 바그다드로 나간다——는 설정의 에피소드가 몇 개나 있는데요, 그 배역을 스티븐슨은 자신의 작품에 살렸어요."

"비슷한 이인조가 주역이 되었다는 거야?

"네. 이쪽의 주인공은 보헤미아의 플로리젤 왕자와 그 부하이자 친우이기도 한 제랄딘 대령이에요. 그들이 정체를 숨기고 현대의 런던에서 활약하는 모험담——이라는 것이 이 연작의 취지예요."

"보헤미아 왕자라. 그러고 보니 셜록 홈즈의 첫 단편도 보헤미아 왕자의 연애 스캔들에 얽힌 사건이었지."

"『보헤미아 왕국 스캔들』이로군."

바로 대답한 것은 돌아온 알프레드였다. 그리고 지금 가게의 책꽂이에서 빼온 듯한 『신 아라비아 야화』를 빅터에게 내밀었다. 뒤표지에 금으로 각인된 'New Arabian Nights'의 글자를 빅터가 흥미롭게 바라보았다.

자리에 앉으면서 알프레드가 말했다.

"아마 스티븐슨은 플로리젤 왕자의 모델로 우리 영국의 앨버트 에드워드 황태자[2]를 본 땄을 거야. 하지만 아무리 그래도 폐하를 그대로 등장시킬 수는 없어. 그렇다고 해서 독일이나 러시아의 황태자도 현실의 국제 관계에서 봤

1 이슬람 국가의 지도자를 일컫는 말.
2 빅토리아 여왕의 아들. 1901년부터 1910년까지 에드워드 7세로 재위했다.

을 때 이야기를 즐기는 데 방해가 돼. 그런 점에서 보헤미아 왕자라면 적당히 상상을 첨가할 여지가 있으니 편했겠지."

"그렇군요. 그래서 홈즈에서도 보헤미아 왕자가 제재가 된 거군요."

"추문을 수습하는 데 필사적인 왕자——라는 아름답지 않은 취급이었지만 말이야."

"확실히 실화가 바탕이 되었다고 생각하면 본인이 가엽네요."

빅터는 쓴웃음을 지었다. 그리고 진지한 눈빛을 사라에게 향했다.

"그래서 이 소설과 래드퍼드의 사건은 어떻게 관계가 있는 거지?"

사라는 고개를 끄덕이고 순서대로 말을 꺼냈다.

"첫 이야기는『크림 타르트를 가진 젊은이 이야기』라고 하는데요……."

어느 3월의 밤.

몰래 런던의 거리를 돌아다니던 플로리젤 왕자와 제랄딘 대령은 서민이 모인 술집에서 기묘한 청년과 만난다. 청년은 어찌된 영문인지 가지고 있는 대량의 크림 타르트를 처음 만난 손님들에게 권하며 돌아다녔다.

이상한 행동에 흥미를 가진 왕자는 청년에게 저녁을 권해 사정을 물었다.

"그러자 청년은 왕자에게 이야기했어요. 바보 같은 인생의 마지막에 최고로 바보 같은 짓을 해보고 싶었다고."

빅터가 눈살을 찌푸렸다.

"인생의 끝? 그건 즉——."

"네. 청년은 자신의 인생에 절망해 이 세상을 떠나기를 바라고 있었어요. 죽을 결심을 한 그는 남은 돈을 모두 써서 '자살 클럽'으로 향하던 차였답니다."

"'자살 클럽'이라고?"

"자살 희망자가 모이는 비밀 클럽이에요."

이 세상에 작별을 고하고 싶다. 하지만 스스로 그렇게 할 만한 용기는 없다. 혹은 사회적인 지위가 있기 때문에 불명예스러운 자살을 하면 가족에게도 폐를 끼친다. 그런 인물을 위해 이 클럽은 발족했다고 한다.

"클럽은 물론 비밀 엄수예요. 입회금은 40파운드이고, 회원의 소개가 없으면 입회는 할 수 없어요."

"40파운드라. 상당히 거금이네."

"그러니까 어디까지나 신사를 위한 유희적인 클럽의 일종이에요. 그렇기 때문에 그들의 활동이 이상하다는 것이 한층 두드러진다고 할까요."

알프레드가 손에 든 트럼프를 내보였다.

"여기서 실제로 해보지. 그편이 이해가 빠를 테니까."

2층의 거실에서 가져온 트럼프 한 패를 그는 우아한 손놀림으로 내놓아갔다.

"'자살 클럽'의 모든 것을 관리하는 건 정체불명의 회장이야. 여기서는 편의적으로 내가 그 역을 맡지. 회장은 카드를 배분할 뿐 게임에는 참가하지 않지만, 지금은 인원이 적으니까 나도 회원 중 한 명을 겸하기로 해."

그리고 다 내놓은 카드를 한 장씩 뒤집은 채로 배분했다.

"이건 대체 무슨 게임인가요?"

"'죽음을 받는 자'와 '죽음을 주는 자'를 정하기 위한 게임이야. 자살 클럽의 회원들은 이렇게 서로의 자살을 돕는 거야."

빅터의 안색이 변했다.

"……비유적인 의미가 아니라요?"

"물론. 그야말로 목숨을 건 진검 승부지. 규칙은 아주 단순해. 스페이드 에이스를 받으면 '희생자'가 돼. 클로버 에이스를 받으면 '집행인'이 되고. '희생자'는 다행히도 완벽한 사고사의 기회를 얻을 수 있는 거지."

"그게 행운인가요?"

"애초에 죽음을 바라고 클럽에 입회했으니 말이야. 타인을 죽일 죄를 범하지 않고 자신이 죽을 수 있다면 오히려 행운이잖아? 자, 시작하지. 카드를 넘겨."

세 사람은 제각기 말없이 카드를 뒤집었다.

알프레드는 하트 3. 빅터는 클로버 퀸. 사라는 다이아 7.

"그럼 다음 한 바퀴를 돌리지."

다시 알프레드가 카드를 배분했다. 세 사람이 동시에 손을 뻗었다.

뒤집혀진 카드에는 이번에도 클럽과 스페이드 에이스가 없었다.

그 다음에도. 역시 그 다음에도.

다섯 바퀴에 이르러 스페이드 에이스가 나왔다. 알프레드의 패였다.

"이로써 나는 '희생자'가 됐어. 즉, 나를 죽일 죽음의 대사제는 너희 둘 중 어느 쪽일까."

사라와 빅터는 자신도 모르게 시선을 교환했다. 단순한 놀이라는 것을 알고 있어도 묘하게 가슴 안쪽이 차가워지는 듯한, 침착할 수 없는 기분이 들었다.

알프레드가 두 사람에게 한 장씩 카드를 내밀었다.

어느새 아무도 한마디도 말을 하지 않게 되었다.

두 사람은 카드를 뒤집었다. 클로버 에이스는 아니었다.

알프레드가 손을 움직였다. 두 사람의 시선이 그 움직임을 쫓았다.

희미하게 옷이 스치는 소리. 손끝에 맺히는 땀.

진홍과 칠흑의 표시가 떠올라 흘러가고, 겹쳐진 잔상이 현기증을 일으켰다.

그리고 반복되는 과정이 영원하게 느껴졌을 때——.

빅터는 손에 든 카드를 휙 내던졌다.

"저예요."

"알프레드가 입가를 끌어올렸다.

"축하해, 빅터. 이로써 정정당당히 오랫동안 쌓인 원한을 풀 수 있게 됐어."

농담 같은 그 말투 덕분에 보이지 않는 실에 농락당하는 듯한 공기가 싹 풀렸다.

"그런 자각이 있으면 원한 살 만한 언동은 자제해주세요."

빅터가 지지 않고 되받아치는 것을 들으면서 사라는 남몰래 숨을 토했다.

그리고 겨우 그녀는 자신의 몸이 얼마나 굳어 있었는지를 알 수 있었다.

"아무튼 이로써 '자살 클럽'의 취지는 체득할 수 있었지?"

카드를 회수하면서 알프레드가 이야기했다.

"이 클럽은 회원이 서로의 자살에 손을 빌려주는 상호부조의 조직임과 동시에 최고의 스릴을 맛볼 수 있는 도취의 관(館)이기도 해."

도취의 관. 그것은 소설에 등장한 클럽의 회원이 실제로 한 말이었다.

인간의 가장 강한 감정은 공포이고, 삶의 기쁨을 강렬하게 맛보기 위해서는 공포를 가지고 놀아야 한다고 그 회원은 호언장담한다. 즉, 그는 죽음을 바라는 것이 아니라 극상의 스릴을 체험하기 위해 목숨을 건 유희에 참가한 것이다.

"스티븐슨의 소설에서는 악랄한 회장을 플로리젤 왕자가 뒤쫓는 전개가 되지만, 일상에 지친 읽는 이가 이 악마적인 게임에 매력을 느끼고 모방해도 이상하지는 않다고 나는 생각해."

"소설과 같은 '자살 클럽'이 실재할지도 모른다는 건가요?"

"나름대로 재산이나 인맥이 있는 사람이라면 하지 못할 일도 아니니까. 소설처럼 클럽을 제대로 운영하려면 상당한 머리와 카리스마도 필요하겠지만."

"하지만 지루함을 달래기 위해 목숨을 건 살인 게임을 하다니."

"물론 상상에 지나지 않아. 하지만 그런 류의 자극을 좋아할 만한 지인이 나는 몇 명이나 떠올라. 너 역시 마찬가지 아니야?"

"그건…… 확실히."

빅터는 중얼거리고 입을 다물었다. 그리고 커피 잔으로 눈길을 떨어뜨렸다. 마침 거기에 위험한 자극을 원하는 지인의 모습이 비치기라도 한 듯이.

잠시 후 빅터는 튕겨 오르듯이 고개를 들었다.

"설마 래드퍼드는 그 살인 게임의 희생자가 된 건가요?"

알프레드는 한마디씩 천천히 나열했다.

"크림 타르트. 클로버 에이스. 이만한 공통점으로『신 아라비아 야화』와의 관련을 단정 짓는 건 아무리 그래도 경솔한 생각일지도 몰라. 하지만 건강했던 래드퍼드의 돌연사와 그 직전에 심각하게 고민하는 듯한 모습을 봤을 때 가능성은 버릴 수 없다고 생각해. 무엇보다 '자살 클럽'이

회원에게 주는 것은 자살로도 타살로도 보이지 않는 죽음이니까."

어떤 회원은 약국에서 잘못 내준 독을 마시고 죽었다.

어떤 회원은 트래펄가 광장의 난간에서 떨어져 죽었다.

어떤 죽음의 형태를 취할지 생각하는 것은 회장이다. 어떤 회원은 이 대담한 살인 유희를 주최하는 회장을 인간에게 도움이 되는 예술적인 일을 해온 남자라고 찬양하기까지 했다.

"래드퍼드의 이해하기 힘든 죽음도 죽음을 가지고 노는 짓을 즐기는 사람의 창의적인 결과일지도 몰라. 크림 타르트를 방에 남긴 것은 그런 사람이 살짝 치기를 발휘한 것이라고 생각하면 오히려 납득도 가."

"그런 장난치는 마음이라니…… . 웃음이 안 나와요."

빅터는 얼굴을 찌푸리더니 곤란하다는 듯이 고개를 가로저었다.

"애초에 래드퍼드가 그런 놀이에 참가하다니, 저는 도저히 믿을 수 없어요. 사람이 죽는 게 싫다는 이유로 탐정 소설조차 읽은 적도 없는 녀석이라고요."

"네 주장은 옳아. 다만 스티븐슨이 창작한 '자살 클럽'에서는 새로운 회원이 클럽의 진짜 규칙을 알았을 때는 이미 빠져나갈 수 없게끔 만드는 서약을 해."

"그거라면…… 친구에게 권유를 받거나 뭔가로 가볍게 참가하는 것이 계기일지도 모른다는 말씀인가요?"

"끈질기게 권유를 계속하는 지인을 거절하기 어려운 상황은 대부분의 인간이 경험하는 것 아닐까. 특히 래드퍼드는 의리가 두터운 성격으로 보였으니 말이야."

"하지만 그래서는 명백하게 단순한 살인 행위예요. 처음부터 납득하지 않고 참가했다면 아직 본인의 책임이라고 할 수도 없는 거잖아요."

믿기 어렵다는 듯이 빅터는 이마를 눌렀다.

그리고 퍼뜩 정신을 차렸다.

"잠깐만요. 래드퍼드가 책에 끼워뒀던 트럼프 패는 클로버 에이스였어요. 소설을 모방했다면 그는 '희생자'가 아니라 '집행자'가 될 터예요. 그런데 어째서 그가⋯⋯."

"제재──였을지도 몰라. 사람이 죽는 소설을 읽는 것조차 꺼려했던 래드퍼드가 자신의 손으로 사람을 죽이는 짓을 저지를 수 있다고는 생각하기 어려우니까."

"그렇다면 래드퍼드는 살인의 의무에 따르지 않아서 자신이 죽게 되었다는 건가요?"

"무섭다고 자신의 역할을 방기하는 회원을 내버려두면 게임 자체가 성립되지 않게 되잖아? 규칙을 지키지 않는 자에게는 죽음을 내리는 것이 그들의 서약일지도 몰라."

자신이 죽고 싶지 않으면 우연히 카드가 결정한 상대를 죽일 수밖에 없다면.

그것은 '죽음을 받은 자'가 되는 것보다 훨씬 두려운 일이지 않을까.

방금 전에 장난삼아 한 게임에서도 사라는 오빠에게 '죽음을 내리는 자'가 되는 카드를 뽑고 싶지는 않다고 바라 마지 않았다.

만약 궁극의 자극적인 체험으로 살인 유희가 이 현실에서 독립해 처음부터 죽음을 바라지도 않는 사람이 희생되었다면.

사라는 매달리듯이 알프레드에게 눈길을 돌렸다.

"오빠. 우리가 뭔가 할 수 있는 일은 없을까."

시간이 멈춘 듯한 침묵이 퍼져갔다.

컵 바닥의 커피에서는 이미 김이 피어오르지 않고 있었다.

단단히 입을 다물고 있던 알프레드는 이윽고 조용히 숨을 들이쉬었다.

"아무튼…… 우선 래드퍼드의 죽음의 상황을 자세히 알지 못하면 판단할 방법이 없어. 우리가 생각한『신 아라비아 야화』와의 관련은 모두 망상일지도 모르니까."

지극히 냉정하게 결론을 내리고 빅터에게 물었다.

"너는 그들의 하숙집을 직접 확인한 적 없지?"

"네. 제가 콜린스와 만난 건 그의 직장 근처 펍이었어요. 래드퍼드가 죽고 나서는 하숙집에서 편안히 지낼 수 없어져서 되도록 밖에서 시간을 때우고 있다고 했어요."

"당연하겠지. 하지만 바로 이사 갈 생각도 없는 건가?"

"네. 요전에 래드퍼드의 사촌이 유족의 의향을 전하러 와서 진정되면 개인 물건을 가져갈 테니 방은 한동안 그대로 두기를 바란다고 부탁했대요."

　여름방학이 끝날 때까지 집세도 선불로 낸다는 고마운 조건이었기 때문에 콜린스도 거절할 이유는 없었다고 한다.

"그 트럼프를 콜린스는 유족에게도 이야기했나?"

"아니요. 털어놓은 상대는 저뿐이라고 해요. 래드퍼드가 자연사로 죽은 게 아니라면 그야말로 자신이 의심을 받을 거라고 불안해하고 있었어요."

　안쓰럽다는 듯이 빅터는 눈살을 찌푸렸다.

"실제로 콜린스는 래드퍼드의 사촌에게 어딘가 수상한 취급을 받은 것 같아요. 아주 최근까지 건강했던 피붙이가 갑자기 죽었으니까 같은 집에서 살던 상대를 나무라고 싶어지는 마음도 이해 못 하는 바는 아니지만요."

"하지만 너는 콜린스가 억울하다고 믿고 있는 거지?"

"그건――물론이에요. 홈즈에게 빠져 있던 그 녀석이 농담으로라도 왓슨이라고 불리던 친구를 죽일 리가 없어요. 일부러 제게 의논한 것도 범인의 행동이 전혀 이해가 가지 않고, 그리고 래드퍼드가 죽은 오후에 콜린스가 계속 직장에 있었던 건 증명할 수 있다고 하니까――."

"응, 미안했어. 만약을 위해 물어봤을 뿐이야. 베이커 가의 하숙집은 그에게 성지 같은 곳일 테니까."

　그 꿈의 성이 친구가 죽은 장소도 되어버린 것이다. 콜린스에게는 잊고 싶어도 잊을 수 없는 괴로운 기억이 되리라.

"래드퍼드의 방이 그가 죽었을 때 그대로라면 지금부터라도 뭔가 단서를 발견할 수 있을지도 몰라.

알프레드가 중얼거리자 빅터는 기대를 담아 몸을 내밀었다.

"콜린스에게 부탁하면 분명 기꺼이 방을 조사하게 해줄 거예요. 모레――토요일 오후라면 콜린스의 일도 반나절 쉬니 이런저런 이야기도 들을 수 있을 텐데……. 선배가 베이커 가까지 가는 건 무리겠죠. 역시."

알프레드는 미안하다는 듯이 고개를 끄덕였다.

"나도 그러고 싶지만…… 지금 입장을 생각하면 대낮에 당당히 런던을 돌아다니는 짓은 되도록 피하고 싶어."

"그렇……겠죠."

"미안해."

"아니요, 괜찮아요."

빅터는 황급히 고개를 가로저었다.

"저야말로 무리한 부탁을 드려서 선배들 남매에게 폐를 끼치면 저를 용서할 수 없을 거예요. 이렇게 오랫동안 상담에 응해주신 것만 해도 감사합니다."

단호하게 말하고 테이블의 『신 아라비아 야화』를 들었다.

"일단 이 책을 읽어본 다음 시작해볼게요. 그편이 사건의 진상에 다가가기 쉬워진다고 생각하니까요. 사라, 대출 수속을 부탁해도 될까?"

"아……. 네, 물론이죠."

사라는 바로 책을 받았지만 희미한 안타까움을 느꼈다. 자신은 이 책의 내용을 잘 알고 있는데 아무런 힘이 되지 못하다니.

"나는 안 될까?"

정신을 차리고 보니 사라는 그렇게 중얼거리고 있었다. 두 사람의 시선이 이쪽으로 집중되었다.

"저기, 그러니까…… 오빠 대신 내가 베이커 가까지 함께 가는 것은 어떻겠냐고 생각했어. 내 얼굴을 아는 사람은 런던에는 아무도 없고, 있다 해도 옛날과는 많이 달라졌으니까 분명 못 알아볼 거야. 나라면『신 아라비아 야화』도 읽었고 오빠의 사고방식에도 익숙하니까 오빠가 알고 싶다고 생각하는 것도 놓치지 않고 전할 수 있지 않을까."

알프레드가 드물게 할 말을 잃었다.

"물론…… 네 기억력이나 관찰력은 나도 믿어. 하지만 그러면 너와 빅터가 오랫동안 단 둘이 행동하게 되잖아?"

"안 돼?"

"아……. 그런 짓은 절대 안 해!"

바로 소리를 지른 빅터를 알프레드가 힐끗 쳐다봐 꼼짝 못 하게 했다.

"미안하지만 너는 발언을 삼가주지 않겠어? 지금은 사라와 얘기하고 있으니까."

"……네."

몸을 움츠리는 빅터.

알프레드는 사라에게 다시 몸을 돌렸다.

"알았니, 사라. 확실히 빅터는 아무리 썩어도 이 나의 퍼그 보이이고 신사적인 행동에서 일탈하는 일은 영원히 있을 수 없지만, 애초에 미혼인 아가씨가 가족도 아닌 남자와 행동을 같이 하는 것은 탐탁지 않아. 애초에 하숙에서 너희를 맞이한 콜린스에게는 두 사람의 관계를 어떻게 설명할 거지?"

"남매인 척을 하는 건?"

"말도 안 돼."

"그렇다면 사촌동생은?"

"나를 웃기고 싶은 거니?"

"……차라리 약혼자는 어떤지."

빅터의 중얼거림을 알프레드는 묵살했다.

사라는 생각에 잠겼다. 걱정거리가 많은 오빠도 인정하지 않을 수 없는 설득력 있는 관계는 없을까. 잠시 있다 명안이 번뜩 떠올랐다.

"그러면 퍼그가 낫겠어!"

방이 고요해졌다.

"……미안해, 사라. 순간 귀가 어두워져서 잘 못 들었어."

"퍼그가 되면 된다고 했어. 내가 빅터 님의 퍼그 보이가 되는 거야. 빅터 님의 퍼그라면 열여섯 살 정도에 해당하잖아? 지금의 나라면 몸집 작은 열여섯 살 남자아이로 통하지 않을까?"

콜린스는 빅터가 대학에서 알게 된 친구이니까 사라가 가짜 퍼그 보이라는 것은 모를 것이다. 그리고 사라는 날씬한 체형이기 때문에 몸을 압박하는 속옷 등으로 궁리하면 어떻게든 성별을 속일 수도 있을 터였다.

"빅터 님과 사이 좋은 래드퍼드 씨에게는 나도 기숙학교에서 신세를 졌다고 하면 내가 동행해도 당연히 납득해줄 거야."

이견을 내놓을 수 없는 설명이었다.

돌처럼 입을 다문 오빠를 사라는 숨을 죽이고 바라보았다.

이윽고 알프레드는 느릿하게 말을 꺼냈다.

"가짜로 남자 행세를 하면 그 머리는 어떻게 할 셈이니?"

"묶어서 모자로 누르면 분명 길다는 건 모를 거야."

"남장용 옷 역시 네게 딱 맞는 걸 빈틈없이 조달할 수 있을까? 내 옷은 네게는 너무 커서 빌려줄 수 없어."

"그건……."

끈질긴 저항에 사라는 입을 다물었다. 일부러 남자 옷을 사다니 바보 같아, 라고 말하면 반론은 할 수 없다.

그때 빅터가 조심스레 손을 들었다.

"제 헌옷이라도 괜찮다면 저희 집에 있는데요. 견습 풋맨의 외출복으로 쓸 수 있도록 제가 옛날에 입던 것을 정리해 보내놨을 거예요."

"정말이요? 그거라면 꼭 빌리고 싶어요!"

"물론 상관없어. 즉, 그…… 선배의 허가만 받을 수 있다면."

두 사람은 조심스레 알프레드에게 눈길을 돌렸다.

"……그렇군. 이미 준비는 끝났다는 건가."

알프레드는 드디어 숨을 내쉬고 의자 등받이에 기댔다.

"알았어. 모레 오후는 둘이 같이 런던에 다녀와. 탐정 소설의 주역은 이인조로 행동하는 게 철칙이니까."

항복했다는 듯이 알프레드는 쓴웃음을 지었다.

사라는 바로 반색했다.

"탐정 소설뿐만이 아니야, 오빠. 『신 아라비아 야화』에서도 플로리젤 왕자와 제랄딘 대령 이인조가 '자살 클럽'의 회장을 쫓기 위해 활약하는 것을 잊지 마."

알프레드가 한쪽 눈썹을 올렸다.

"아아, 진짜네. 그렇다면 사라가 왕자고 빅터가 대령인가."

"내가 왕자야? 반대 아닐까?"

사라가 고개를 갸웃거리자 알프레드는 빅터에게 시선을 던졌다.

"반대인가?"

"아니요……. 그녀가 왕자인 게 정답이라고 생각해요."

"좋아."

알프레드는 깊이 고개를 끄덕이고 연극 같은 말투로 명령을 내렸다.

"그러면 왕자의 호위를 모쪼록 잘 부탁하네, 록허트

대령."

빅터는 순간 진지한 눈으로 알프레드를 마주 바라보
았다.

그리고 밝게 웃으면서 왼쪽 가슴에 손을 댔다.

"──알겠습니다, 유어 마제스티(your majesty)."

그날 밤.

열두 시 종이 하늘을 지나가고 잠시 후.

사라가 침실에서 복도를 들여다보니 거실의 불빛이 새어
나오고 있었다.

발소리를 죽여 어두운 복도를 걸어가 가만히 문 저편으
로 말을 걸었다.

"오빠? 아직 안 자?"

"──사라니?"

놀란 목소리가 나고 바로 알프레드가 얼굴을 내밀었다.

"이런 시간에 무슨 일이야?"

잡지를 한 손에 든 오빠는 낮과 똑같은 차림새였다.

사라는 가운에 걸친 숄을 여미었다.

"응……. 잠이 좀 안 와서."

"차라도 타줄까?"

"아, 괜찮아. 신경 쓰지 마. 그럴 생각이 아니었어."

알프레드는 미소 지었다.

"내가 마시고 싶어서 그래. 마침 목도 마른 차였으니까 너도 어울려주지 않을래?"

사라에게 실내로 들어오라고 재촉하고 알프레드는 알코올램프로 차를 탈 준비를 척척 시작했다.

"잠이 안 오는 건 빅터의 상담 내용이 신경 쓰였기 때문이니?"

"……맞아. 만약 래드퍼드 씨가 병사가 아니라면 대체 어떻게 죽었을지 이래저래 생각하다보니."

사라는 긴 의자 구석에 앉아 쿠션을 껴안았다.

"나도 마찬가지야. 그래서 수수께끼를 쫓을 단서가 될 만한 문헌을 찾고 있었어."

"어떤 책?"

"책이라기보다 주로 잡지야. 과학 잡지나 의학 잡지."

그렇구나. 긴 의자 주변 책상에는 어딘가에서 꺼내왔는지 낯선 전문 잡지가 탑처럼 쌓여 있었다.

"래드퍼드 씨의 사인은 전문가가 아니면 알 수 없는 독일지도 모른다고 오빠는 생각해?"

"어디까지나 가능성을 찾고 있을 뿐이야. 하지만 왠지 모르게 그런 독이 쓰인 것은 어울리지 않는다는 느낌도 들어."

"어울리지 않아?"

알프레드는 고개를 끄덕이고 흔들리는 램프의 모습으로 눈길을 떨어뜨렸다.

"이런 사고방식은 불경할지도 모르지만. 만약 '자살 클럽'을 모방한 살인 게임이 실제로 실시되고 있고 크림 타르트를 마치 암호처럼 살인 현장이 놓아두는 것을 생각하는 인물이 단순한 독살로 만족할까 생각했어."

"너무 단순한 걸까."

죽음의 놀이 형태로는 부족하다고 할 수 있을까.

"그렇지. 오히려 더……. 그래, 예를 들어 상상을 초월하는 공포를 맛보게 해서 심장을 멈추게 하는 진상 쪽이 훨씬 납득할 수 있을 것 같은 기분이 들어."

사라는 잠시 생각에 잠겼다.

"포의 소설의 등장인물 같은 일을 당하면 너무 무서운 나머지 심장 발작을 일으켜도 이상하지는 않을지도 몰라."

"『성급한 매장』 말이니?"

"그리고 『고자질하는 심장』도."

"아아, 틀림없어."

두 사람은 시선을 맞추고 작게 웃었다. 서로의 머리에 과거에 읽었던 이야기의 같은 장면이 떠오르는 것은 언제든지 기쁜 법이다.

"애초에 심장에 무슨 병이 있는 사람이 상대라면 그런 방법도 상당히 현실성이 있다고 생각하는데 말이야."

심장 발작으로 쓰러진 적이 있는 사람을 흥분시켜서는 안 된다는 주의라면 오히려 일상에 넘쳐나는 광경이라고 할 수 있으리라.

"하지만 래드퍼드 씨는 건강 체질이었잖아."

"그건 의사의 견해를 믿을 수밖에 없으니 말이야. 어차피 이 일에는 뭔가 예사롭지 않은 진상이 숨어 있는 듯한 예감이 들어."

알프레드는 혼잣말처럼 중얼거리고 사라의 옆에 앉았다.

잠시 기다리자 따듯한 홍차를 두 컵에 쪼르륵 따랐다.

차분한 그 손놀림을 눈으로 쫓으면서 사라는 입을 열었다.

"오빠."

"뭐니?"

"빅터 님의 고민에 협력하는 것, 사실은 내키지 않았어?"

알프레드는 곤란한 듯이 웃었다.

"그렇지 않아. 다만 정체를 알 수 없는 상황인 만큼 성가신 일이 일어날 가능성은 부정할 수 없으니까 신중해지고 싶다고 생각했을 뿐이야."

"내 고집에 질렸어?"

자신의 입장도 신경 쓰지 않고 주제넘게 나섰다는 자각은 있었다.

하지만 빅터의 친구가 병사가 아니라면 그의 목숨을 빼앗은 범인이 활개 치며 돌아다니고 있다는 뜻이 된다. 사라 남매 부모님의 사건과 마찬가지로.

그래서 남의 일처럼 넘기고 싶지 않았다. 이번에야말로.

"오빠가 진심으로 반대한다면 난——."

"아니. 오히려 나는 기뻐, 사라. 네가 직접 소원을 입에 담았으니까."

사라는 희미하게 눈을 크게 떴다.

비취색 홍채가 빛을 반사했다.

"나는 네 고집을 듣고 싶었어. 나는 언제나 너를 내 마음 대로 하고 있었으니까. 여기 생활도 그래."

컵에 눈길을 떨어뜨린 채 사라는 중얼거렸다.

"하지만 나는 지금 생활이 아주 좋아."

"네가 행복하다면 나도 행복해."

부드러운 음성이었다. 사라는 참지 못하고 울고 싶은 기분이 들었다.

"나는 오빠처럼 거짓말을 잘 못 하니까."

"이런, 꽤 잘하는데?"

알프레드가 유쾌한 듯이 웃었다.

사라는 김을 피우는 컵에 얼굴을 묻었다.

지금의 삶이 좋다. 그 이상의 마음을 사라는 전할 수 없었다.

저택에서 보내는 매일보다 훨씬 즐겁다. 그래서 언제까지나 이렇게 지내고 싶다.

하지만 이 생활은 부모님의 참혹한 죽음이 초래한 결과에 지나지 않는다.

그래서 지금의 행복을 느낄 때마다 사라의 죄의식도 역시 깊어졌다.

저택에서 살 무렵 사라는 숨을 죽이듯이 매일을 살았다.

어쩌면 사건의 전조를 눈치챘을지도 모르는데 사라는 차

가운 현실에서 눈을 돌리고 아무것도 하지 않았다. 아무것도 하지 않은 것이다.

언젠가 발밑의 얼음이 깨지는 것을 예감하지만 침묵을 결정하듯이.

"기분은 진정됐니?"

알프레드의 말을 듣고 사라는 정신을 차렸다.

부드러운 눈빛이 바로 곁에서 이쪽을 들여다보고 있었다.

"심각한 얼굴을 하고 있던데, 무슨 일이니?"

사라의 뺨에 흘러내린 머리카락을 알프레드의 손끝이 가만히 귀로 넘겼다.

"……아무것도 아니야."

사라는 바로 얼버무렸다.

"밀실이었다는 래드퍼드 씨의 방에 침입할 방법이 없나 이것저것 생각하고 있었어. 하지만 시시한 것밖에 떠오르지 않았어."

"그러니? 참고하기 위해 꼭 가르쳐주겠어?"

"정말 시시한 거야."

사라는 할 수 없이 아까 침실에서 곰곰이 생각하던 것을 꺼냈다.

"하숙집의 난로에 봄부터 먼지가 쌓여 있었다면 원숭이 동료가 연통에서 내려온 것도 아니라고 오빠는 그랬지?"

"응, 그랬지."

"하지만 작은 원숭이라면 가능할 거야. 연통 위에서 끈을 신중하게 내린 다음 그것을 따라 내려주면 돼. 그리고 마지막으로 방의 바닥 쪽으로 옮겨가면 난로에 발자국은 남지 않잖아?"

"아아, 그렇군!"

사라는 어깨를 으쓱거리고 컵으로 입을 가져갔다.

"단순히 그것뿐이야. 황당무계한 가설밖에 없으니까 수수께끼를 해결하는 데 전혀 도움이 안 돼."

"아니야. 의외로 그렇지 않을지도 몰라."

"……어?"

멍하니 앉아 있는 사라에게 알프레드는 고개를 깊이 끄덕여 보였다.

3

맑게 갠 초여름의 하늘에 높다란 기적이 울려 퍼졌다.

날카로운 증기 소리가 재촉하듯이 차체를 흔들었고, 천천히 창 저편의 경치가 움직이기 시작했다.

역사를 빠져나가 새로운 테라스 하우스[1] 주택가가 흘러 지나가자 이윽고 전체에 보리밭이나 목초지가 펼쳐졌다. 천천히 물결치는 녹색 바다를 사라는 얼굴을 빛내며 바라보았다.

목에 연지색 에스콧타이를 매고 긴 프록코트를 걸친 그

---

[1] 18~19세기 영국 도시 주택의 한 형태. 여러 개의 주택이 연속해서 붙어 있다.

녀를 빅터도 역시 흥미롭게 지켜보고 있었다.

널따란 일등객실의 좌석에 두 사람은 마주 보고 앉아 있었다.

"혹시 기차에 타는 건 오랜만이야, 사라?"

"이번 봄에 에버빌로 이사 올 때 이후로 처음이에요."

"그러면 런던으로 나가는 것도?"

"네. 하지만 그때는 기차를 계속 탔을 뿐이라 길을 걷는 것은 훨씬 옛날 일이 되지만요."

대답을 하면서도 사라의 시선은 유리창 밖에 고정되어 있었다.

너무 빠진 나머지 창에 눌린 모자가 벗겨져 데굴데굴 바닥에 굴러다녔다.

"아……. 죄송해요!"

빅터는 주운 검은 볼러 해트[1]를 내밀면서 쓴웃음을 지었다.

"네 남장이 상상 이상으로 그럴 듯한 데는 놀랐지만, 모자가 벗겨지면 아무리 그래도 단박에 여자인 걸 알 수 있어."

조심할게요, 하고 사라는 고지식하게 입가를 오므렸다. 고심해서 야무지게 정리한 머리에 신중하게 모자를 다시 썼다.

"차라리 자르는 게 나았을 것 같아요."

"『작은 아씨들』의 조처럼 말이야?"

1　머리 부분이 둥글고 폭이 좁은 챙이 양옆으로 살짝 올라가 있는 펠트 모자.

사라는 고개를 끄덕였다.

"머리라면 잘라도 다시 자라고, 만약 이 흑발이 오빠에게 도움이 되는 일이 있다면 언제 팔아도 상관없다고 생각하고 있어서요."

"하지만 선배는 네가 그런 짓은 하게 절대로 내버려두지 않을 거야."

"네. 그래서 저는 조가 부럽기도 해요."

"부러워? 어째서?"

순진하게 빅터가 되물었다.

"조의 헌신은 괴로운 면도 있었지만, 그래도 그녀가 변통한 돈은 가족을 위한 것이었어요. 상대에게 일방적으로 받는 것이 아니라 그렇게 자신도 도움이 될 수 있는 것은 행복한 일이라고 생각해서요. 그래서 저는, 저도……."

사라의 목소리는 그녀의 바람을 명확한 말로 자아내지 못한 채 가라앉아 갔다.

그런 그녀를 놀란 듯이 바라보던 빅터의 표정이 차츰 진지한 것으로 바뀌어갔다. 이윽고 그는 조용히 물었다.

"너는 그렇게나 선배에게 도움이 되고 싶다고 생각하는 거야?"

사라는 고개를 끄덕이고 깍지를 낀 손끝에 힘을 실었다.

잠시 망설이다 결심하고 고개를 들었다.

"빅터 님도 저희에게 얽힌 사정을 오빠에게 듣고 아셨잖아요? 저희가 저택에서 도망쳐 몸을 숨기고 있는 것은 모두 저를 위해서예요. 대여점 일 역시 제 마음을 달래기 위해서 필요하다고 생각해 오빠가 제안한 것으로…… 오빠는 늘 자신이 하고 싶은 일에 저를 어울리게 하고 있는 것처럼 가장하고 있지만, 하지만 실제로는 아니에요."

도망 생활을 시작한지 얼마 되지 않은 무렵에는 영지에서 떨어진 마을을 전전하면서 눈에 띄지 않는 숙소에 묵기를 반복하고 있었다. 사건의 보도가 시들해질 때까지는 몸을 숨길 필요가 있었기 때문이다.

사라가 할 수 있는 일이라면 알프레드가 마을의 고서점에서 골라와 준 책을 숙소의 방에서 오로지 읽는 것 정도였다. 그 책도 다음 마을로 향할 때는 짐이 되므로 버려야 했다.

그때 사라가 서운해하는 모습을 보고 알프레드는 얼마 있다 대여점을 시작하는 것을 생각했다. 오빠 외에 친한 사람도 없고 진짜 이름을 밝히지도 못하는 동생이 최대한 사람다운 나날을 보낼 수 있도록 배려해준 것이다.

그래서 그것만으로 사라는 충분히 만족해야 했다.

지금이 아무리 즐거워도, 아무리 몸에 익은 생활이라도 그것은 소꿉놀이 같은 일상으로 교묘하게 은폐된 도망 생활에 불과하다.

그래서 지금 두 사람의 생활을 아무리 잃고 싶지 않다고 생각해도 사라는 그것을 말로 꺼낼 수 없었다. 사라의 진짜 고집은 오빠의 바람과 다르기 때문에 그렇다면 사라는 자신의 바람보다 오빠의 바람 쪽을 고를 것이다.

오빠의 행복은 자신의 행복. 그것도 역시 사라에게는 진실이기 때문에.

"하지만 선배는 너와 보내는 지금 생활을 진심으로 즐거워하고 있을 거야. 기숙사에서 살던 때보다 훨씬. 선배의 퍼그였던 내가 하는 말이니까 믿어도 좋아."

사라의 마음을 꿰뚫어보듯이 빅터가 웃음 지었다.

"하지만…… 저만 없으면 오빠는 이미 숙부와 결착을 지었을지도 모른다고 생각해요. 처음부터 오빠 혼자였다면 약간의 위험도 불사하고 숙부를 뒤쫓을 수 있지 않았을까 하고——."

"그렇다면."

빅터가 가로막았다.

사라의 생각을 튕겨내는 듯한 쾌활한 음성이었다.

"선배가 지금도 살아 있는 건 분명 네 덕분이야."

"……네?"

"그야 네가 있으면 선배에게 최우선 사항은 무엇보다 소중한 너를 보호하는 것이 돼. 그러기 위해서 선배는 무슨 일이 있어도 살아남아야 해. 그러니까 당연히 무모한 행동역시 할 수 없게 돼. 즉, 틀림없이 너야말로 그 사람의 생명줄을 대신하고 있는 거야."

"제가 오빠의 생명줄."

"그래."

강한 음성에 고동이 두근 하고 뛰었다.

"저는…… 그렇게 생각해본 적이 없어요."

멍하니 중얼거렸다. 계속 주위에 끼어 있던 안개가 걷히자 전혀 모르는 장소에 도착해 있는 듯한 기분이었다.

"그럼 앞으로는 그렇게 생각하면 돼."

사라는 순간 눈부신 빛에 눈이 부신 듯이 눈 안쪽이 아픈 기분이 들었다.

이 밝음으로, 이 유연함으로 그는 얼마나 많은 사람의 마음을 구해왔을까.

알프레드가 어째서 빅터를 자신의 퍼그로 지명했는지 사라는 겨우 진정한 의미로 이해한 것 같았다.

그런 사라의 얼굴을 빅터가 들여다보았다.

"응. 아까보다는 기운이 돌아온 것 같네. 퍼그 보이가 남에게 배운 지혜도 결코 얕볼 수 없겠어."

부끄러움을 숨기듯이 그는 농담처럼 웃었다.

사라도 거기에 이끌려 미소 지었다.

"네. 하지만 오늘은 제가 빅터 님의 퍼그 보이이니까요."

"그랬지. 지금 협의를 해둘까."

"기숙학교에서는 서로를 성으로 부르죠?"

"기본적으로는."

"그러면 빅터 님은 록허트 선배라고 부르면 되나요?"

"응. 너는 어떻게 할까. 지금의 너는 사라 스탠포드라고 하고 있지?"

"네. 스털링이라는 성을 그대로 쓸 수는 없어서요."

그래서 현재 사라 남매는 표면적으로 스탠포드 남매다.

"그럼 스탠포드라고 부를게. 호칭을 생략해서 미안하지만."

"아니에요. 오히려 아주 친밀한 느낌이 들어서 두근거려요."

"친밀함을 느끼면 두근거려?"

"그러지 않으세요?"

"나도 그래."

"익숙해지기 위해서 연습 좀 해보지 않으실래요?"

"물론 좋아."

으흠, 하고 사라는 헛기침을 했다.

"오늘은 날씨가 좋네요, 록허트 선배."

"런던을 산책하기에는 최적의 날씨야, 스탠포드."

"하이드 파크를 산책하면 기분이 좋을 것 같아요, 록허트 선배."

"하지만 모자가 바람에 날아가지 않도록 조심해야 해, 스탠포드."

사라는 볼에 양손을 대고 한숨을 내쉬었다.

"저 왠지 두근거리기 시작했어요."

"나는 왠지 근질거리기 시작했어."

낯간지러움을 얼버무리듯이 빅터는 차창 너머를 바라보

았다.

녹색 융단 대신 이어지는 집들이나 연기를 토하는 공장이 숫자를 늘려가고 있었다.

슬슬 런던 시가지의 중심지에 가까워진 듯했다.

그때 빅터의 입가에 웃음이 스쳐 지나갔다.

"뭔가 재미있는 경치라도 보셨나요?"

"아니. 잠시 홈즈의 『보헤미아 왕국 스캔들』이 떠올라서."

"보헤미아요……?"

그 단편은 한때 대화 주제로 나온 적이 있었다. 『신 아라비아 야화』에서 보헤미아의 플로리젤 왕자가 활약하듯이 『보헤미아 왕국스캔들』에서도 보헤미아 왕자가 등장해 추문을 수습하는 임무를 홈즈에게 의뢰한다.

"보헤미아 왕자의 추문의 상대는 그 아이린 애들러였지?"

"네. 홈즈를 앞지른 유일한 여성으로, 그가 특별한 감정을 담아 '그 여성'이라고 부르는 아이린이에요."

"그 팜므 파탈이 어떻게 홈즈를 앞질렀는지 기억해?"

"그것은 청년의 모습으로 분장해 몰래 베이커 가를 방문해——."

빅터는 장난스럽게 한쪽 눈썹을 올렸다.

"오늘의 너와 완전히 똑같아."

"아……. 정말이네요!"

사라는 눈동자를 반짝였다. 남장한 아이린은 베이커 가에서 홈즈에게 "안녕하세요, 홈즈 씨" 하고 말을 걸었지만, 그는 그녀의 정체를 간파하지 못했다.

소설의 세계와 현실의 뜻밖의 일치에 사라의 가슴은 한층 고동쳤다.

"그러면 저는 애들러라고 이름을 지으면 어떨까요?"

"너를 '팜므 파탈'이라는 이름으로 부르라는 거야?"

"너무 노골적인가요?"

빅터는 한 박자 쉬고 천장을 올려다보았다.

"확실히 그건 여러모로 너무 노골적이네."

쾌활한 기적이 귀에 날아 들어왔다.

이제 곧 도착 시간이다.

채링크로스 역에서는 상자형 사륜마차를 타고 베이커 가로 향했다.

런던에는 고대부터 도시의 중심을 차지하고 있는 '시티'라고 불리는 지구가 있다. 은행이나 법원이나 출판사 등이 북적거리는 1마일 사방 정도 되는 지구로, 대영 제국의 경제를 지탱하고 있다고 해도 과언이 아니었다.

그 시티를 중심으로 런던의 시가지는 크게 좌우로 양분할 수 있다.

관공서나 부유층의 대저택이 집중되어 있는 웨스트 엔드.

공장이나 서민의 주택지, 빈민가도 펼쳐진 이스트 엔드.

베이커 가는 웨스트엔드의 메릴본 지구의 남북으로 뻗은 약 1마일의 가도다. 곧게 이어지는 널찍한 가도의 좌우에는 4, 5층 높이의 플랫[1]이 즐비하게 늘어서 있어서 장관을 연출한다.

15분 정도 마차에 몸을 흔들리자 두 사람은 목적지인 플랫에 도착했다.

길거리는 상상했던 것보다 활기찼다. 리젠트 파크와 하이드 파크를 잇는 길 때문인지 지팡이나 양산을 든 화려한 옷차림의 신사 숙녀의 모습도 많이 볼 수 있었다.

친숙한 헬멧을 쓴 스코틀랜드 야드[2]의 순경이 느긋하게 보도를 순찰하고 있는 곳답게 치안은 나쁘지 않은 듯했다. 그렇다면 반대로 옷차림만 제대로 갖추면 통행인에 녹아들기 쉽고, 플랫에 숨어들어도 수상하게 보이지 않고 넘어간다고 말할 수 있다.

사라 일행도 방문 벨을 누르지 않고 플랫으로 발을 들여놓았지만 길거리를 지나는 사람들이 신경 쓰는 기색은 전혀 없었다.

두 사람은 현관으로 들어가 바로 계단을 올라갔다. 방문 예정은 전보로 연락했기 때문에 콜린스는 방에서 기다리고 있을 터였다.

발을 옮기면서 빅터가 중얼거렸다.

"계단에는 융단이 깔려 있는 건가."

---

1 영국에서 저소득층을 위한 공동주택을 일컫는 말.
2 Scotland Yard. 영국 런던 경찰국의 별칭. 창설 당시 경찰국의 위치가 옛 스코틀랜드 국왕의 궁전터에 있었기 때문이라고 한다.

"발소리는 거의 나지 않네요."

"이래서는 하숙집 사람이 방문객의 기척을 알아채는 건 어렵겠어."

각각의 층에 하숙집 문이 두 개씩. 쥐 죽은 듯이 조용한 계단의 벽에는 작은 풍경화가 걸려 있었고, 층계참의 창가에는 꽃이 꽂혀 있었다. 청소도 구석구석 되어 있는 듯해서 살기 좋다는 것을 엿볼 수 있었다.

가장 위층인 5층까지 올라오니 그 앞에는 좁은 계단이 이어져 있었다.

"저 안쪽에 있는 문은 지붕 밑으로 이어지는 것인가요?"

"분명 그럴 거야. 그리고 보니 선배는 두 방의 주위가 어떤 상태인지 최대한 조사해보라고 너한테 말했지?"

빅터의 시선을 받고 사라는 얌전히 고개를 끄덕였다.

"오빠도 아직 결론은 나오지 않은 듯하지만, 어딘가에 '유다의 창'이 있을지도 모른다고 했어요."

"유다의 창?"

"감옥 문 등에 있는 뚜껑 달린 작은 창문이라고 해요. 죄수 모르게 간수가 독방의 상황을 확인하기 위한."

"아아……. 응, 상상은 가."

빅터는 고개를 갸웃거렸다.

"즉, 래드퍼드가 죽은 밀실은 그 자신이 틀어박힌 게 아니라 오히려 죄수처럼 갇힌 결과라고 선배는 생각하는 건가?"

"오빠도 그렇게까지 확실히 말하지는 않았어요. 하지만 방 밖에서 실내로 영향을 줄 수 있는 창문 같은 것이 있다면 살인도 불가능하지 않을지도 모른다고 했지요."

"그렇구나. 아니……. 하지만 래드퍼드의 유체는 병사라고밖에 보이지 않는 상태였을 거니까……. 만약 그게 진짜라면 더 마술 같은데."

빅터는 한숨을 내쉬었다.

"영문을 모르겠어."

"저도 그래요."

두 사람은 곤란한 얼굴로 쓴웃음을 지었다.

"아무튼 우선 콜린스에게 이야기를 들어보자."

"네, 그래요."

빅터가 문을 두드리며 불렀다.

"콜린스 있어? 록허트야."

그러자 기다렸다는 듯이 안경을 쓴 청년이 방에서 뛰어나왔다.

"여! 잘 왔어, 록허트!"

밝은 밤색 머리를 산발한 청년은 빅터의 손을 잡고 붕붕 흔들었다.

몸집이 작은 데다 움직임이 가벼워서 어딘가 작은 동물 같은 인상을 주는 청년이었다.

"어라? 그 애는 네 동행이야?"

안경 안쪽의 밤색 눈동자가 동그래졌다.

사라는 놀라 자세를 바로 했다.

"아, 안녕하세요. 스탠포드라고 합니다."

"내 기숙학교 시절의 퍼그야. 연락도 없이 데려와서 미안하지만 이 친구라면 믿을 수 있으니 괜찮아."

바로 사라는 미리 준비해온 사정을 설명했다.

"래드퍼드 선배에게는 많이 신세를 져서 꼭 수수께끼를 해명하는 데 도움이 되고 싶어서요. 그래서 록허트 선배에게 동행을 부탁했습니다."

"그랬구나……. 응, 알았어. 그런 사정이라면 환영할게."

"감사합니다! 도움이 되도록 열심히 할게요."

사라가 진심으로 말하자 콜린스는 점점 더 눈을 크게 떴다.

"이것 참! 놀랐어, 록허트. 네 퍼그라고는 생각할 수 없을 만큼 예의 바르고 기품 있는 섬세한 애잖아."

"냅둬."

"이런 우량주를 어떻게 잡았지?"

"……제비로 우연히 퍼그에 뽑혔어."

"아하하하, 그러면 그렇지!"

유쾌한 듯이 빅터의 어깨를 툭 치는 콜린스.

"있잖아, 스탠포드 군. 너는 셜록 홈즈 사건담을 읽은 적 있어? 그 시리즈에 스탠포드라는 청년이 나오는데……."

"1편인 『주홍빛 연구』에서 홈즈와 왓슨이 만나는 계기를 만드는 인물이죠."

"오옷. 잘 알잖아! 너도 홈즈를 좋아해?"

"네. 지금까지 몇 번이나 읽었습니다."

"우와아, 감격이야! 설마 여기서 새로운 동지를 만나다니!"

콜린스는 감격해 사라의 손을 붙잡으려 했다.

그 팔을 바로 빅터가 뿌리쳤다.

"내 퍼그를 편하게 만지지 말아주겠어?"

콜린스는 눈을 깜빡였다. 어깨를 나란히 한 빅터와 사라에게 말없이 시선을 왕복했다.

"혹시 너희 그런 거야?"

"그런 거는 뭔데?"

"그러니까 퍼그 마스터와 퍼그 보이의…… 금단의…… 사랑?"

"아니야!"

"아니에요!"

당황한 두 사람은 함께 소리를 질렀다.

"그렇게 힘껏 부정하는 게 그야말로……."

"수상하지 않다니까!"

"수상하지 않아요!"

"알았어 알았어. 하지만 만약 그렇다 해도 나는 타인의 로맨스에는 관대한 성격이니까 안심해도 돼. 물론 서로 사랑하는 두 사람에게 쓸데없이 참견할 일도 없어. 내 연애 대상은 여성뿐이야."

"그러니까 나도 그렇다고."

빅터는 낮게 신음했다.

"요즘 이런 전개뿐이네……."

지독한 두통을 견디듯이 미간에 손끝을 눌렀다.

콜린스는 그런 빅터도 개의치 않았다.

"내 꿈은 말이지, 언젠가 나를 화려하게 앞지르는 팜므 파탈과 만나 '그 여성'이라고 부르는 거야. 아이린 애들러를 홈즈가 그렇게 불렀듯이 말이야!"

"너를 앞지르는 여성은 의외로 가까이 있는 게 아닐까?"

빅터가 가만히 사라에게 눈짓을 보냈다.

사라는 입가만으로 웃었다.

"뭐, 아무튼 들어와. 일부러 와준 보답으로 차와 크림 타르트라면 대접할게."

"크림 타르트라고?"

어째서 하필이면 래드퍼드의 이해할 수 없는 죽음에 관련되었을지도 모르는 과자인 것일까. 사라도 기묘하게 느끼다 이윽고 생각이 미쳤다.

"혹시 콜린스 씨는 래드퍼드 선배의 방에 있던 크림 타르트가 어느 가게에서 파는 것인지 조사해보신 건가요?"

"오, 스탠포드 군은 예리하네. 그 말대로야. 이 근처 가게를 몇 군데 돌아봤는데, 질문만 하고 아무것도 안 사는 건 좀 미안하잖아?"

"아아, 그런 거구나. 그래서 타르트의 출처는 확인했어?"

"그게 전혀 모르겠어. 빵집이나 카페 몇 군데에 진열되어 있던 건 모양부터 달랐거든. 그리고 노점에서 팔았을 가능성이 있지만, 베이커 가 부근에 크림 타르트를 파는 노점은 없는 모양이야. 파이나 머핀의 이름을 외치며 파는 장수는 있지만, 각자 구역이 있으니까……. 이런 정보는 베이커 가가 담당 구역인 경관이 가르쳐준 거니까 믿을 수 있어."

"하지만 너로서는 자신의 침실에 틀어박혀 있던 래드퍼드가 멀리까지 외출했다고도 생각할 수 없잖아?"

"응. 그게 사인이라고는 생각할 수 없지만 몸 상태가 나빴던 건 사실이니까."

"역시 방문객이 있었다고 생각하는 편이 나은가……."

"당일 베이커 가를 순회하던 순경은 특별히 수상한 통행인을 보지 못했다고 했어. 하지만 순경 한 명이 모든 통행인을 감시할 수 있을 리도 없으니."

"그렇겠지. 뭔가 꿍꿍이가 있는 사람이라면 순경의 시야에 들어가지 않도록 조심하는 것 정도는 했을 거야. 그리고 하숙집 현관에서 실내로 들어오면 누구의 눈에도 들지 않고 이 집까지 도착할 수 있는 건가."

"그래그래. 오전 중에는 집주인인 미세스 터너가 복도 청소를 할 때가 있지만, 그것과 마주치지 않으면 출입이 자유로운 거나 마찬가지야."

그렇다 해도 지금까지 도난 등의 소동이 일어난 적은 없는지, 자기 방을 늘 잠글지 말지는 하숙인에게 각자 맡기고 있다고 한다. 현관문만은 밤 8시 이후에는 잠그기로 정해져 있기 때문에 콜린스는 양쪽 열쇠를 가지고 다닌다고 한다.

"래드퍼드의 방에는 그 양쪽 열쇠가 있었다고 했지?"

"그것이야말로 래드퍼드의 죽음이 수수께끼가 된 원인이야. 이 방의 열쇠가 그의 침실에만 없었으면 누군가가 문을 잠그고 떠났다고 생각할 수도 있는데 말이야."

그리고 콜린스는 문과 바닥의 희미한 틈을 발끝으로 가리켰다.

"복도에서 열쇠를 돌려놓는 방법이라면 이 문과 바닥의 틈으로 밀어 넣는 방법이 있는데, 그의 침실에 떨어져 있던 열쇠가 여기에서 또 하나의 문을 통과하는 건 말도 안 되고."

그 설명에서 사라는 무언가가 걸렸다.

"열쇠는 바닥에 떨어져 있었다……는 건가요?"

"그래. 그의 발치 부근에."

래드퍼드가 앉아 있던 의자의 곁에는 사이드 테이블이 있었다고 한다. 무언가의 반동으로 그곳으로 떨어뜨렸다고도 생각할 수 있지만, 열쇠가 있는 곳이 문제가 된 것만큼은 왠지 모르게 마음에 걸렸다.

"아무래도 묘한 이야기네. 일단 방을 확인해도 될까?"

"물론이지."

콜린스를 따라서 사라 일행은 실내로 발을 들였다.

널찍한 거실의 모습에 사라는 순간 본래의 목적을 잊었다.

난로 곁에 마주 보고 있는 두 개의 팔걸이의자.

하얀 테이블보가 덮인 아담한 식탁.

헌책방에서 구했는지 온갖 장정의 책이 꽂혀 있는 책장.

그야말로 홈즈와 왓슨이 사는 하숙 생활 같은 풍경이었다.

"좀 어지럽혀지긴 했는데."

콜린스는 낮은 테이블에 펼쳐져 있던 신문을 황급히 접었다.

그러자 그가 래드퍼드에게 빌려줬다던 『네 사람의 서명』이 얼굴을 내밀었다.

사라는 깜짝 놀랐다. 그 트럼프 카드는 저 책에 끼워져 있었던 것이다.

"홈즈를 흉내 내 방을 어지럽히는 것만은 참아달라고 래드퍼드가 말했지만 이건 내 원래 버릇이야."

"래드퍼드는 정돈을 좋아하는 녀석이었으니까."

"응. 내가 벗은 옷을 정리해준 적도 있어. 지금 이 집은 너무 넓어서 왠지 진정이 안 돼."

입을 다문 콜린스는 슬픈 듯이 눈을 내리떴다. 그 얼굴만으로도 래드퍼드의 인격이 엿보였다. 분명 전도유망한 젊은이였을 것이다.

이윽고 침통한 공기를 흩어버리듯이 콜린스는 고개를 들었다.

"래드퍼드의 방은 이쪽이야."

정면의 난로 좌우에 문이 있고, 그 앞은 각각 같은 넓이의 침실로 꾸며져 있다고 한다.

콜린스는 왼쪽 문 쪽으로 발걸음을 옮겼다.

"그의 소지품을 몇 개 조사해봤지만 위치는 거의 달라지지 않았어."

그 방은 사라의 현재 침실과 그다지 다르지 않은 곳이었다.

창가의 침대. 글을 쓰는 책상. 책장. 옷장.

팔걸이의자 옆에는 둥근 사이드 테이블.

테이블 위에는 기름 램프와 물병과 유리컵. 그리고 방 열쇠.

깨끗한 것을 좋아했다는 래드퍼드답게 잘 정리된 방이었다. 하지만 어딘가 어수선한 인상도 받은 것은 방의 주인이 이미 고인이라는 것을 알고 있기 때문일까.

"래드퍼드의 발치에 떨어져 있던 건 저 물병이야?"

"맞아. 딱 이런 식이었어."

콜린스는 도자기 물병을 휙 들었다. 그리고 사이드 테이블과 의자 사이에 눕혔다. 의자에 앉은 사람이 팔걸이 밖으로 팔을 뻗으면 정확히 그 정도 위치가 될 듯했다.

"단순히 손이 미끄러져 떨어진 건가……."

"그건 모르지만 상당히 요란하게 물을 엎지른 건 분명해. 물병도 융단도 물에 젖고 안이 텅 비었으니까. 아마 거의 가득 찬 채로 엎은 게 아닐까."

이 물병에 가득 찬 물이라면 상당한 무게다. 사라라면 조심하기 위해서 양손으로 들 것이다.

그때 사라는 알아차렸다. 물병 중간에 희미한 균열이 나 있었다.

"저기⋯⋯. 그 금은 원래부터 있었던 건가요?"

"어? 아아, 진짜네! 으음⋯⋯ 확증은 없지만 아마 아니었을 거야. 혹시 이 테이블에서 떨어진 열쇠가 직격한 거 아닐까?"

빅터가 테이블의 열쇠를 손에 들어 바라보았다.

"그럴지도 몰라. 하지만 이렇게 가벼운 열쇠라면 상당히 강하게 부딪치지 않으면 금까지는 가지 않을 것 같은데⋯⋯."

방 열쇠는 사라의 새끼손가락 정도의 길이로, 장식 없는 간소한 것이었다. 앞이 뾰족한 것도 아니라서 힘껏 내던지지 않는 한 실용성을 중시한 물병에 흠집이 나게 할 수는 없을 것 같았다.

빅터는 그때 상황을 재현하듯이 의자 옆에 웅크렸다.

그리고 문득 융단의 한 점에 시선을 고정했다.

"이건 뭐지?"

융단에서 눈에 보이지 않을 정도로 미세한 무언가를 집어 들고 창문에서 들어오는 빛에 손가락을 댔다. 그의 손끝에는 노르스름한 가루 같은 것이 묻어 있었다.

"톱밥인가?"

"그런 것 같네요."

다시 주위로 눈을 돌려보니 의자 아래에 깔린 융단에는 같은 톱밥이 몇 개나 흩어져 있었다.

"콜린스. 이 융단은 래드퍼드가 죽었을 때 그대로야?"

"아니. 너무 젖어서 의사의 진단과 경찰의 간단한 사정 청취가 끝난 뒤에 아래층 부엌의 불 옆에서 말렸어."

"그럼 세탁은 하지 않은 거야?"

"응. 부엌에서 장작은 쓰지 않았고 바닥에 깔지도 않았으니까 거기서 톱밥이 묻었을 것 같지는 않은데."

그렇다면 유체가 발견되었을 때는 이미 이 상태였다는 뜻이다.

이 방에 발을 들였을 때 어디라 할 것 없이 어수선한 인상을 받은 것은 융단의 더러움 탓이었을지도 모른다. 그리고 팔걸이의자의 위치다. 원래는 창가에 있었다고 하는데 지금은 어중간한 위치에 와 있어서 왠지 안정감이 떨어지는 것이다.

"의자가 이 위치에 있는 데는 뭔가 이유가 있었나?"

사라의 중얼거림을 듣고 빅터가 고개를 돌렸다.

"래드퍼드를 죽인 범인이 있다면 의자를 여기로 움직일 필요가 있었다고 생각하는 거야?"

"……네. 하지만 그 상황이 전혀 상상이 안 가요."

"나도 그래. 어째서 열쇠가 이 방에 있는지만 알면 다른 의문까지 단숨에 풀릴 것 같은데."

빅터는 하나하나 확인하듯이 말했다.

"복도에 접한 문의 아래로 열쇠를 이 방으로 되돌려놨을 리는 없어. 창문에는 걸쇠가 걸려 있는 데다 난로까지 막혀 있었어. 사방에는 벽밖에 없어."

"그래도 열쇠는 방에 있었어요. 마치 어딘가에서 힘껏 던진 듯이. 마치 어딘가에서 보이지 않는 힘이 작용한 듯이⋯⋯."

"보이지 않는 힘이라⋯⋯. 마력처럼 보이지 않는 힘⋯⋯ 자력이라든가?"

그 순간 사라는 떠올랐다.

자력보다 더 가깝고 늘 느끼지만 보이지 않는 힘이 존재하지 않은가.

"중력이에요. 높은 곳에서 떨어뜨리면 설령 가벼운 것이라도 부딪쳤을 때의 위력은 늘어나요."

"그런가. 사방이 막혀 있다면 남은 것은——."

두 사람은 즉시 머리 위로 눈길을 돌렸다.

천장에 대어진 판자와 판자의 경계에 아주 희미하게 틈이 벌어진 부분이 있었다.

물병이 쓰러진 위치의 바로 위에 해당하는 듯했다.

"저 틈에서 열쇠를 떨어뜨린 건가."

융단에 흩어진 톱밥은 천장 위쪽의 누군가가 저 틈을 넓힐 때 떨어진 것이었을지도 모른다.

그래서 알프레드는 방의 주위를 조사해달라고 사라에게

부탁한 것이다. 어디까지 상황을 정확히 추리하고 있는지는 알 수 없지만, 이렇게 의외로 내막이 밝혀질 수도 있다는 것을 상정했으리라.

빅터가 날카롭게 콜린스를 돌아보았다.

"콜린스. 지금부터 지붕 밑을 조사해봐도 될까?"

"아⋯⋯. 아, 알았어. 이쪽이야!"

콜린스는 급 전개에 따라가는 데 벅찬 얼굴이었다.

그래도 쓸데없는 소리는 하지 않고 잽싼 걸음으로 두 사람을 계단 위로 안내했다.

"지붕 밑 방은 창고 대신 쓰고 있어. 터너 부인에게 부탁해 부서진 의자를 놓으러 간 적이 있는데, 문은 잠겨 있지 않았던 것 같으니까 누구라도 드나들 수 있을 거야. 그런 건 생각해본 적도 없었지만."

"그렇다면 그럴 마음만 먹으면 지붕 밑에서 묵을 수도 있을 것 같군."

"그럴지도 몰라. 침대는 없었지만 낡은 매트리스라면 있었고."

계단의 막다른 곳에 있는 문을 콜린스는 조심스레 열었다.

"──여기야. 먼지가 좀 많을 거야."

"응. 상관없어."

두 사람에 이어 사라도 문 안쪽으로 발을 들였다. 그 순간 어스레함이 뒤덮이기 시작해서 자신도 모르게 멈춰 섰다. 예상했던 것보다도 훨씬 어두운 공간이었다. 차츰 눈

에 익자 비스듬한 지붕이 그대로 낮은 천장 역할을 하고
있는 것을 알 수 있었다.

"이상하네. 전에 왔을 때는 더 밝았을 텐데."

"창의 커튼을 쳐서 그런 것 아닐까……. 범인인가."

빅터가 신중하게 발걸음을 옮겨 창의 두꺼운 커튼에 손
을 댔다.

하얀 여름 태양이 화살처럼 비쳐 들어와서 사라는 순간
적으로 눈을 가늘게 떴다.

"아래층 방보다 여기가 밝으면 판자의 틈으로 빛이 새어
들어가 래드퍼드가 알아차릴 위험이 있어. 범인에게는 좋
지 않은 상황이었을 거야."

지붕 밑에는 여러 가지 가구나 오래된 조명 기구, 둥글게
만 융단 등이 어수선하게 쌓여 있는 듯했다.

곧 빅터가 아까 본 틈을 발견했다. 옷이 더러워지는 것도
개의치 않고 바닥에 얼굴을 밀어붙이듯이 아래층을 들여
다보았다.

"역시 여기야. 바로 아래 그 팔걸이의자가 있어."

사라는 빅터의 옆으로 달려갔다.

"거기에서 열쇠를 떨어뜨리면 물병에 부딪칠 것 같나요?"

"응. 확실히 명중할지는 알 수 없지만 아마 정답일 거야."

"하지만…… 어째서 굳이 팔걸이의자를 이곳까지 이동시
켰을까요?"

열쇠를 떨어뜨려 밀실을 연출하기 위해 이 '유다의 창'은

필요했다.

하지만 범인이 어떻게 그를 죽였는지는 여전히 의문이었다.

설마 이 구멍에서 아래층을 향해 죽음의 화살을 발사하기라도 한 것일까.

두 사람의 뒤에서 콜린스가 불안한 듯이 중얼거렸다.

"그리고 보니 래드퍼드의 방은 왜 그렇게 어두웠던 거지? 그날 날씨는 흐렸으니 덧문까지 닫으면 거의 캄캄했을 거야."

"몰라. 하지만——."

빅터는 콜린스를 돌아보고 험상궂은 눈빛으로 말했다.

"이건 살인이야, 콜린스. 네가 의심했던 대로 래드퍼드는 살해당했어. 그렇지 않으면 굳이 이런 수고가 드는 잔꾀까지 부려가며 밀실을 만들려고 할 리가 없어.

빅터가 확실하게 단언하자 콜린스가 얼굴을 굳혔다.

"하지만, 하지만 어째서 그 래드퍼드가 그런 일을 당한 거지?"

"콜린스. 네게 이야기해야 할 게 있어. 확신을 가지기 전까지는 가만히 있었지만…… 래드퍼드는 살인 게임의 희생자가 되어 죽었을지도 몰라."

"살인…… 게임이라고?"

"어떤 소설에 그런 게임을 활동 목적으로 삼는 비밀 클럽이 등장한다고 이 애가 가르쳐줬어. 그 클럽에서는 트럼프를 제비로 삼아 '죽음을 주는 자'와 '죽음을 받는 자'를 정해 회원끼리 서로 죽이는 규칙이 있어."

"설마 그것을 흉내 낸 클럽이 현실에 존재한다는 거야? 이럴 수가……. 그런 건 도저히 못 믿겠어!"

안경을 고쳐 쓰려 하는 콜린스의 손가락이 조금씩 떨렸다.

"책에 끼워져 있던 트럼프 카드를 네가 래드퍼드가 남긴 메시지라고 받아들인 건 아마 정답일 거야. 입 밖에 내는 게 금지된 클럽의 증거를 그는 분명 어떻게든 남기려고 했어."

그때였다.

삐그덕 하고 바닥이 울리는 소리가 났다.

세 사람은 튕겨 오르듯이 입구를 돌아보았다.

그곳에는 사라가 모르는 청년이 있었다. 빅터와 콜린스와 비슷한 나이였다.

옷차림은 좋지만 아주 창백하고 겁에 질린 표정을 하고 있었다.

방금 나눈 불온한 대화를 들은 것일까.

한 호흡 늦게 콜린스가 반응했다.

"아……. 사이러스잖아!"

어깨의 힘을 빼고 청년을 사라 일행에게 소개했다.

"이 친구는 사이러스. 래드퍼드의 사촌이야. 그 왜, 래드퍼드와 같이 베이커 가를 돌아다니며 이 하숙집을 찾아준 사촌이 있다고 너한테도 얘기했잖아. 그게 이 친구야."

사라의 옆에 선 빅터가 그 순간 살며시 몸을 움직였다.

날카로운 시선으로 사이러스를 바라보면서 아무렇지 않게 몸의 방향을 바꾸었다.

사라의 모습을 사이러스의 시야에서 가리듯이.

"?"

사라의 가슴에 망설임과 불안이 치밀어 올랐다. 그리고 바로 깨달았다.

래드퍼드의 하숙집을 고르는 데 사이러스가 동행했다면 이 지붕 밑이 어떤 상태인지 알고 있어도 결코 이상하지 않다. 아니, 알고 있기 때문에 지금 그는 이곳으로 발걸음을 옮긴 것이다. 즉, 그것은——.

"사이러스. 이 둘은 래드퍼드의 친구야. 사실은 큰일이 나서 너에게도 사정을 전해야 한다고 생각하던 차였어. 네게는 아주 말하기 어려운 일이지만."

"어디 있어."

헛소리처럼 사이러스가 중얼거렸다.

"어?"

"그 트럼프 카드는 어디 있는지 가르쳐주지 않겠어?"

"아……. 아아. 지금 우리가 한 얘기를 들었어? 그 카드라면 책에 그대로 끼워뒀어. 내가 래드퍼드에게 빌려준——."

"가르쳐주지 마."

콜린스의 목소리를 막아선 것은 빅터였다.

"입 다물고 있어, 콜린스. 절대로 가르쳐주지 마."

"……어, 어째서?"

"이 남자는 카드를 처분할 생각이야. 그러기 위해서 찾아온 거지?"

빅터는 꿰뚫듯이 사이러스를 쏘아보았다.

사라는 깨달았다. 그 비밀 클럽에서 쓰인 트럼프가 특별히 만든 것이라면 그것이 그들이 저지른 범죄의 자명한 증거가 되는 경우 역시 있을지도 모른다.

사이러스는 볼에 금이 가는 듯한 웃음을 띠었다.

"무슨 소리를 하는지 모르겠네. 나는 그저 그 카드가 어떤 것인지 알고 싶을 뿐이야. 사촌의 죽음에 얽힌 중요한 단서일지도 모르니까 당연하잖아."

"네가 죽인 사촌의 죽음이지?"

"……듣기 거북하군. 대체 무슨 증거가 있어서 그런 바보 같은 결론에 이른 거지?"

"이 하숙집에 대해 너는 자세히 알 기회가 있었어. 방의 열쇠를 어떻게 취급하는지도, 사람의 출입에 대해서도, 래드퍼드의 침실 바로 위에 있는 이 지붕 밑에 대해서도."

"그런 정도의 정보라면 누구든지 얻을 수 있어. 애초에 그 녀석은 어떻게 죽은 거지? 방이 밀실이든 아니든 어떻게 봐도 병사잖아."

"그렇지. 아쉽지만 머리가 나쁜 나는 살인 방식까지는

알 수 없어. 하지만 방이 밀실처럼 보이게 꾸민 증거만은 얼마든지 있어. 그러니까 이 사건은 내가 경찰에 신고할 거야. 그 트럼프의 출처도 철저히 다시 조사하게 해야지."

일부러 도발하듯이 빅터는 단언했다.

오만하게 입가를 끌어올리고.

"이래 봬도 나는 작위를 가진 신분이야. 그러니까 쓸 수 있는 권력은 뭐든지 쓸 생각이야. 다른 누구도 아닌 래드퍼드를 위해서라면 조금 더러운 짓을 해도 상관없어. 이런 웃기지도 않은 놀이를 관리하고 있는 주모자는 반드시 처형대로 보내주지."

"그, 그만둬!"

사이러스가 비명 같은 소리를 질렀다.

"어째서지? 너도 그 비밀 클럽의 희생자 아닌가? 자극적인 담력 시험이나 뭔가를 할 생각으로 참가한 게임에서 벗어날 수 없게 돼서 어쩔 줄을 모르고 있잖아? 그러다가 사촌까지 죽이는 꼴이 됐고……."

"내가 아냐! 나는 아무것도 안 했어! 그 녀석을 죽인 건 내가——."

기계가 망가진 듯이 목소리가 뚝 끊겨졌다.

빅터가 낮게 중얼거렸다.

"……진실을 말했군."

사라는 참다못해 눈을 감았다.

정말로 현실에 이런 일이 일어나다니.

"즉 네가 그 말도 안 되는 놀이에 래드퍼드를 넘긴 건가."

그렇게 물은 빅터의 목소리는 확연히 침통하게 변해 있었다.

사이러스가 머리를 축 늘어뜨렸다.

"어쩔 수…… 없었어. 클럽을 탈퇴하고 싶으면 대신할 인간을 데려오라는 지시를 받고, 그래서……."

"그래서 너를 의심하는 것 따위는 생각조차 하지 않는 사촌을 속인 건가."

"설마 이런 일이 일어날 줄은 몰랐어! 회합에 데려간 그날 밤에 하필이면 그 녀석에게 '집행자' 카드가 뽑힐 줄은!"

"웃기지 마! 너는 자신의 목숨이 아까워서 그 녀석을 희생시켰을 뿐이잖아!"

그것은 깨지면 죽는 것이 확실한 얇은 얼음 위로 일부러 상대를 데려간 것이나 다름없었다.

그 선택과 명확한 살의에 차이는 얼마나 있을까.

"그 녀석에 멋대로 죽는 쪽을 선택한 거야. 얌전히 규칙에 따르면 죽지 않고 끝났을 텐데."

너무 어처구니가 없는 발언에 빅터가 할 말을 잃었다.

이윽고 그는 분노로 떨리는 목소리를 짜냈다.

"너——최악이구나."

"시끄러워! 됐으니까 빨리 카드가 있는 곳을 가르쳐줘!"

사이러스는 외치더니 빅터를 향해 양손을 내밀었다.

그 손에는 어느새 검게 빛나는 리볼버가 쥐어져 있었다.

사라는 숨을 삼켰다. 자신의 심장에 차가운 총구가 들이대진 것처럼 순식간에 온몸이 얼어붙었다. 사라에게만 들리는 목소리로 빅터가 속삭였다.

"움직이지 마. 가만히 있어, 사라."

"빨리 대답해. 대답하지 않으면 쏜다. 나는 진심이야!"

"진정해. 이건 네게도 좋은 기회야. 네가 그 손으로 살인죄를 저지른 게 아니잖아? 래드퍼드가 남긴 트럼프와 함께 그 클럽의 정보를 경찰에 넘기면 네가 무서워하는 무리 역시 일망타진할 수 있을 거야."

사이러스는 굳은 목소리를 냈다.

"그렇게 되는 것보다 내가 죽는 게 먼저야. 어차피 이 일이 표면화되면 내 인생은 끝이다. 사촌을 판 남자이니 누구도 안 믿어주겠지."

그렇게 내뱉고 리볼버를 고쳐 쥐었다.

"카드를 어느 책에 숨겼는지 대답해!"

방아쇠에 건 손끝에 힘이 실렸다.

사라는 반사적으로 몸을 움츠렸다.

도와줘. 도와줘. 오빠.

그를 죽게 하지 마.

부탁이야!

"──그 총을 버려주겠어?"

한바탕 부는 바람처럼 새로운 목소리가 사라의 의식에

날아들어 왔다.

사라가 기다리던 목소리. 하지만 지금은 들릴 리 없는 목소리였다.

"오, 빠……?"

고개를 들어 빅터의 어깨 너머로 사이러스 쪽으로 눈길을 주었다.

그러자 입구의 어둠에서 떠오르듯이 검은 프록코트를 걸친 알프레드가 사이러스의 관자놀이에 총을 겨누고 있었다.

예상외의 사태에 사이러스가 허둥댔다.

"누……누구냐?"

"이런. 몸을 돌리지 않는 편이 신상에 이로울 거야. 내 얼굴을 알면 너를 죽여야 하니까."

사이러스의 어깨가 움찔 경련했다.

알프레드는 자리에 어울리지 않을 만큼 온화한 모습으로 말을 꺼냈다.

"미안하지만 나는 귀찮은 일을 싫어해. 그러니까 이 사건으로 경찰과 얽힐 생각도 없고, 앞으로 네가 그 비밀 클럽과 어떻게 교분을 나누든 전혀 관여하지 않아. 네가 찾던 것은 이거지?"

알프레드는 천천히 한 장의 트럼프를 내밀었다.

바로 사이러스의 눈빛이 변했다.

"……그, 그래!"

사라는 확인할 수 없지만 아무래도 래드퍼드가 숨긴 클로버 에이스인 듯했다.

아마 아래층 방에 들어간 알프레드가 거실에 놓여 있던 『네 사람의 서명』에서 빼왔을 것이다.

알프레드는 그 카드를 사이러스의 주머니에 쏙 넣었다.

"이로써 유일한 단서는 네 것이야. 뒷일은 네 마음대로 하면 돼. 다만 만약 여기에 있는 사람의 입을 막기 위해 위해를 가하는 일이 생기면 그때는——."

사이러스의 귓가에 알프레드가 속삭였다.

"나는 망설임 없이 너를 죽일 거야."

"——큭!"

"이 세 사람에게 손 하나 까딱하면 네가 무엇보다 지키고 싶어 했던 네 목숨을 생각할 수 있는 가장 잔혹한 방법으로 내가 빼앗아주지. 경찰에 신고하는 번거로운 짓은 하지 않아. 나는 귀찮은 일을 싫어하니까."

창백한 사이러스에게서 알프레드는 몸을 떼었다. 그리고 명랑하게 말했다.

"자, 내 얘기는 이것뿐이야. 네 보고를 기다리는 사람에게 어떤 설명을 할지 잘 생각하고 나서 처신을 결정하라고."

알프레드는 넌지시 충고했다. 목숨이 아까우면 여기서 있었던 일은 없던 일로 치라고.

"……대체 너는 누구지?"

"가르쳐줄 의리가 있다고 생각하는 건가?"

"…………아니."

"그럼 안녕히 가시길."

알프레드가 몸을 물리자 사이러스는 비틀거리며 뒷걸음질 쳤다.

정체 모를 협박자에게서 눈을 돌린 채 후들거리는 다리를 계단에 올렸다.

그 등을 향해 문득 생각난 듯이 알프레드가 말을 던졌다.

그 순간 사이러스의 얼굴이 얼어붙더니 그는 도망치듯이 계단을 달려 내려갔다.

뒤엉킨 발소리가 차츰 멀어지고, 이윽고 현관문이 난폭하게 닫혔다.

그것을 듣자 알프레드는 몸을 이쪽으로 빙글 돌렸다.

그리고 곧장 사라에게 달려와 겉모습은 신경 쓰지 않고 끌어안았다.

"사라! 무사해서 다행이야! 다친 덴 없니?"

"응. 나는 아무렇지 않아, 오빠."

오빠와 동생의 화목한 대화에 빅터도 겨우 어깨의 힘을 뺀 듯했다.

"선배 덕분에 살았어요. 감사합니다. 하지만 어떻게 여기에 오셨나요?"

"실은 너희가 출발하고 나서 곧바로 래드퍼드의 살해 방법에 대해 생각이 미쳤어."

사라의 등에 팔을 두른 채 알프레드가 설명했다.

"게다가 네 얘기를 다시 검토하는 동안 아무래도 불길한 예감이 들기 시작해서 말이야. 콜린스 군이 집에 있는 오늘 오후를 노려 하숙집을 찾아올 인물이 있지 않을까 생각했어. 그래서 런던 행을 주저할 때가 아니라며 급히 달려온 거지. 위험한 순간이었어."

"멍청했어요. 설마 녀석이 총까지 들고 있을 줄은 생각 못 해서."

어리석음을 부끄러워하듯이 빅터가 고개를 숙였다.

"그걸 알았다면 그렇게 쫓는 짓은 하지 않았을 텐데요."

"응. 반성은 다음 기회에 하지. 일단 무사히 끝나서 다행이야."

하지만, 하고 사라는 알프레드를 바라보았다.

"그 카드는 소중한 증거품인데 건네줘도 될까?"

오빠의 판단을 불만스럽게 생각하는 것은 아니었지만, 사라는 앞으로의 일이 신경 쓰였다.

알프레드의 눈빛이 갑자기 엄격해졌다.

"아쉽지만 이 건에 이 이상 우리가 관여하는 건 위험해. 지금은 발을 빼야 해."

"상대가 너무 나빠서?"

"응. 하지만 언젠가 시기가 왔을 때는 아까 그가 도움이 되는 일도 있을 거야. 우리에게는 상대에게 정체를 드러내지 않았다는 강점이 있고, 그만한 협박을 간단히 잊어버릴 리는 없으니 말이야."

사라는 아주 살짝 고개를 갸웃거렸다.

"아까 오빠는 왠지 박력이 있어서 무서웠어."

"제가 봤을 때는 약간 즐거워 보였는데요."

"그렇지 않아. 악인을 연기하는 건 익숙하지 않아서 완전히 지쳤어."

"에이."

"에이."

두 사람이 함께 미묘한 반응을 보낸 때였다.

둥글게 선 세 사람 밖에서 조심스러운 목소리가 들렸다.

"저기……. 여보세요?"

세 사람은 동시에 정신을 차렸다. 콜린스의 존재를 완전히 망각하고 있었다.

"죄, 죄송해요, 콜린스 씨."

사라는 황급히 사과했지만 콜린스는 어째선지 사라를 물끄러미 응시했다.

"저기, 네 그 머리……. 그리고 아까 확실히 사라라고 불렸지?"

"아!"

사라는 바로 머리로 손을 댔지만 그곳에 있어야 할 모자는 없었다. 아까 오빠의 포옹을 받았을 때 머리에서 떨어진 모양이다.

"스탠포드 군은 여자였어?"

사라는 체념했다.

"……네. 속여서 죄송합니다. 빅터 님의 퍼그 보이로 동행하는 편이 신용을 얻을 수 있다고 생각해서……. 저기, 악의는 없었어요."

"내 아이린 애들러야."

"네?"

"너는──너야말로 나를 화려하게 앞질러준 팜므 파탈이야!"

"저, 저기, 콜린스 씨?"

콜린스는 눈동자를 반짝반짝 빛내며 키가 큰 남자들을 올려다보았다.

"이제부터는 그녀를 '그 여성'이라고 불러도 될까?"

빅터와 알프레드는 어이없어하며 입을 모았다.

"관둬."

"인정할 수 없어."

4

세 사람을 태운 사륜마차는 덜컹덜컹 에버빌로 향하고 있었다.

기차의 두 배 이상 시간이 걸리지만 이런 여행도 느긋해서 좋은 법이다.

콜린스의 '그 여성' 발언이 마음에 들지 않았는지 왠지 모르게 기분이 좋아 보이지 않았던 오빠와 빅터의 표정도 런던의 시가지를 빠져나갈 무렵에는 풀려 있었다.

"그런데 선배——."

나란히 달리던 기차의 굉음이 멀어지자 빅터가 말을 꺼냈다.

"래드퍼드의 밀실 수수께끼는 풀었는데요, 지붕 밑에서 열쇠를 떨어뜨린 그 방문자는 결국 어떻게 그를 죽인 건가요?"

"아아, 그 얘기를 아직 안 했구나. 래드퍼드를 죽인 흉기는 말이지, 눈에 보이지 않는 힘이었어."

"눈에 보이지 않는…… 힘?"

빅터와 사라는 시선을 교환했다. 그 힘에 대해서는 아까도 생각한 차였다.

"오빠. 그건 중력이나 자력 같은 거야?"

"아니. 그 이상으로 단순한 거야. 특별한 지식이 없어도 쓸 수 있는 거지."

알프레드는 은은하게 미소를 지어 보이더니 갑자기 표정을 굳혔다.

"유체에 두드러지는 흔적을 남기지 않고 인간을 죽음에 이르게 하는 방법이 있는지 과학 잡지를 닥치는 대로 읽다 나는 어떤 기사를 발견했어. 『사이언티픽 아메리칸』이라는 미국 잡지야. 그것은 범죄자를 피험자로 한 인체 실험 기사였어."

범죄자의 인체 실험.

사라의 머릿속에 오빠가 가르쳐준 '유다의 창'의 기억이
되살아났다.

"그건 이런 실험이었어. 어느 침대에 피험자를 눕히고
천천히 말해. 그 침대는 지금까지 콜레라 환자가 쓰던 것
이라고. 그러면 피험자에게는 마치 콜레라에 걸린 듯한 모
든 증상이 나타난다고 해."

사라는 눈을 크게 떴다.

"그 침대, 혹시 사실은——."

"응. 완전히 청결한 것이었어. 그럼에도 불구하고 피험
자는 자신이 콜레라에 걸렸다고 생각하는 것만으로 자연
히 그런 상태에 빠지는 거야."

빅터도 멍하니 물었다.

"단순한 확신에 건강한 몸이 조종당했다는 건가요?"

"그런 모양이야. 콜레라는 강한 감염성이 있는 질병이
야. 콜레라에 걸리면 분명 이렇게 된다는 인식이 같은 증
상을 출현시킨 거겠지."

콜레라의 증상은 이르면 몇 시간 만에 나타난다고 한다.

설사와 구토가 이어지고, 체온이 내려가며, 탈수 상태에
이르면 기능 부전으로 사망한다.

1884년에 콜레라균이 발견되었지만 지금도 특효약은 없
어서 걸리면 죽음의 위험이 있다는 사실도 변하지 않았다.

"콜레라의 직접적인 사인은 탈수 증상이야. 그래서 피험
자의 오해를 풀지 않으면 그대로 탈수로 사망했을 가능성

도 있어."

"그러고 보니 콜레라 환자는 지독한 탈수 탓에 피부에 주름이 생겨서 노인 같은 얼굴이 된다고 하더라고요."

만약 그 피험자의 탈수가 멈추지 않고 죽음에 이른다면 정말로 콜레라에 감염된 것과 같은 죽음 형태가 된다. 그럼에도 불구하고 콜레라균은 검출되지 않으니까 오히려 오싹할 만큼 기분 나쁜 죽음이다.

그야말로 마술로 죽은 것처럼.

"콜레라는 강한 감염성이 있는 병이고 치사율도 높아서 위험하다는 피험자 자신의 인식 자체가 그를 죽음에 가깝게 하는 효과가 됐다고 할 수 있어. 가령 콜레라가 어떤 병인지 모르면 병자가 잤던 침대라고 가르쳐줘도 조금 불안해지거나 싫은 기분은 들겠지만 기껏해야 그 정도에 그치지 않았을까. 적어도 현실의 콜레라와 똑같은 상태가 되지 않았을 거라고 생각해."

"콜레라를 모르면 콜레라가 될 방법이 없는 거네요……. 그건 그렇고 의식이 그렇게 몸에 영향을 미치는 경우가 있다니 정말 놀랍네."

"그 기사에서는 비슷한 사례에 대해서도 가볍게 다뤘어. 내가 주목한 건 실은 그쪽이야."

"어떤 사례였나요?"

"자신이 실혈사(失血死) 하고 있다고 믿은 자에게 실혈에 의한 쇠약 같은 증상이 나타났다는 보고였어."

그때 사라의 눈앞에 한 광경이 떠올랐다.

래드퍼드가 죽어 있던 팔걸이의자.

그 옆을 흠뻑 적셨던 물.

그것은 마치 그의 팔에서 흘러내린 피웅덩이 같지 않을까?

"오빠. 설마 래드퍼드 씨는 치사량의 피를 잃었다고 믿은 거야? 그런 탓에 죽게 된 거야?"

빅터도 안색을 바꾸었다.

"그렇다면 래드퍼드를 죽인 '눈에 보이지 않는 흉기'라는 건——."

"말이야. 그리고 래드퍼드 자신의 상상력이지."

사라는 할 말을 잃었다.

말. 그리고 상상력.

그것은 사라에게 가장 가까운 힘이다.

사라의 작은 세계를 풍부하게 넓히고 선명하게 채색해주는 둘도 없이 소중한 힘이다.

"래드퍼드는 탐정 소설을 오랫동안 좋아하지 않았어."

숨 막히는 침묵을 깬 것은 알프레드의 나직한 목소리였다.

"이유는 사람이 죽기 때문이라고 해. 그런 그가 원한이 있지도 않는 사람을 죽일 수 있을 리가 없어. 그렇지 않으면 자신이 죽게 된다 해도. 물론 그렇기 때문에 자신의 운명에 공포를 느끼지 않았을 리도 없어. 래드퍼드가 하숙집에 틀어박혀 있던 것은 모든 것은 악몽이라며 현실에서 눈을 돌리고 싶었기 때문일지도 몰라. 하지만 바람도 덧없이 죽음의 사자는 찾아왔어."

"하지만 그러면 어째서 래드퍼드 씨는 상대를 방에 들인 거야?"

"방기한 의무에 대해 이야기를 나누자——고 교섭의 여지가 있는 뜻을 암시하면 문을 열지 않고는 못 배길 테고, 혹은 가족이 보낸 사자를 가장했을 가능성도 있지 않을까."

어느 쪽이든 방문자를 맞이했을 때 운명은 결정된 것이다.

"래드퍼드에게 살인의 의무를 완수할 의지가 있는지 없는지, 아마 사자는 최후의 확인을 하러 왔을 거야. 그때 물병의 물을 컵에 따라 마시게 했어. 남몰래 아편 팅키를 넣은 물을 말이야."

빅터가 괴로운 목소리로 중얼거렸다.

"상대가 들고 온 거라면 몰라도 처음부터 자신의 방에 있던 물이라서 의심 없이 마신 건가."

"그 시점에서 살인 계획은 거의 성공한 것과 마찬가지였을 거야. 범인은 창문을 닫고 몽롱해진 래드퍼드에게 분명 이런 말을 했을 거야. 지금 네가 마신 물에는 독이 섞여 있었다. 네 몸은 점점 무거워져서 움직일 수 없게 된다——는 말을."

"최면술처럼 말인가요?"

"그래. 강한 암시를 걸듯이 말한 거야. 아마도…… 즐기면서."

사라는 견딜 수 없어져서 고개를 숙였다.

래드퍼드는 아무런 죄도 없는데 인체 실험의 재료가 되었다.

그는 그야말로 유다의 창이 있는 독방에 갇힌 죄수였던 것이다.

"래드퍼드는 아편에 의해서 초래된 작용을 상대가 푼 독의 영향이라고 확신했을 거야. 그렇기 때문에 들을 리가 없는 독 때문에 몸을 움직일 수 없게 되었어. 거기다 범인은 래드퍼드의 손목에 나이프를 그었어. 물론 칼등 쪽을 강하게 눌러서."

"죽음에 이를 정도로 깊은 상처를 입었다고 생각하게 만들기 위해서인가요?"

"더 그럴듯하게 느끼게 만들기 위해서 소매 주변을 물로 적셨을지도 몰라. 하지만 그것만으로는 부족해. 최후의──그리고 최대 장치로 피가 떨어지는 소리를 들려준 거야."

사라는 깜짝 놀랐다.

"그러기 위해서 물을 이용한 거야?"

"그 말대로야. 하지만 팔걸이에서 늘어진 팔 아래에는 융단이 있어서 피가 떨어지는 소리가 날 일은 없어. 그래서 범인은 거기에 물병을 일부러 놓은 거야. 이 물병이 가득 찰 무렵에는 졸리는 듯한 죽음이 찾아온다고 설명하고 말이지. 그리고 실제로는 바닥에 쓰러뜨린 상태로 방치했어."

"어째서 일부러 그런 짓을?"

"그의 유체가 발견됐을 때 가장자리에서 물이 넘친 물병이 바닥에 놓여 있으면 부자연스러우니까. 하지만 쓰러진 물병의 주위가 물에 젖어 있으면 단순히 떨어뜨렸을 뿐이라고 생각하는 게 보통이잖아?"

실제로 사라와 빅터도 계속 그렇게 생각했다.

"물방울 소리라면 도자기의 몸통 부분에 떨어져도 들리니까 문제없었고?"

"응. 하지만 그것이야말로 내가 처음에 의문을 느낀 점이기도 했어. 콜린스 군의 증언으로는 쓰러져 있던 물병은 전체가 물에 젖어 있었다고 했는데, 잘 생각해보면 그건 이상한 얘기야. 대체 어떻게 넘어지면 그렇게 요란하게 젖을 수 있을까. 그렇게 생각 안 해?"

확실히 사이드 테이블 정도의 높이에서 융단으로 물병을 떨어뜨려도 분명 한쪽 방향으로 쓰러지기만 할 것이다.

하지만, 하고 사라는 가장 큰 의문을 꺼냈다.

"그 물병은 대체 어떻게 물방울이 떨어지게 한 거야?"

알프레드는 세운 검지를 천천히 천장으로 향했다.

"유다의 창에서야."

"아……."

생각해보면 자명한 것이었다. 그야말로 그 틈의 바로 밑에 물병이 쓰러져 있었기 때문에.

팔걸이의자가 평소와 다른 장소에 있었던 것은 물방울이 정확히 물병에 떨어지도록 조정한 결과였던 것이다.

"그날 오후, 남몰래 플랫에 숨어든 범인은 우선 지붕 밑으로 향해 그 구멍을 막는 커다란 얼음 덩어리를 놓았어. 구멍의 준비는 그날보다 전에 몰래 마쳤을 거야."

"얼음 덩어리?"

알프레드가 고개를 끄덕였다.

"예를 들어 모자 상자 같은 큰 상자에 톱밥을 채우고 그곳에 얼음을 넣으면 녹는 시각을 늦출 수 있어. 범인은 분명 그런 식으로 얼음을 플랫에 들여왔을 거야."

만약 신사 차림을 한 인물이 커다란 모자 상자를 팔에 안고 있었다면 누구나 내용물은 실크해트라고 생각해 수상하게 여기지 않았으리라.

"그러고 나서 그는 아래층의 래드퍼드를 방문해 방금 말한 과정을 처리했어. 그동안 얼음은 녹기 시작해 천장에서 물방울이 떨어졌지. 이미 방이 어두우면 래드퍼드가 눈치챌 일은 없어. 소리도 융단이 대부분 흡수해줘. 반대로 높은 위치에서 도기에 떨어지는 물방울 한 방울 한 방울은 목숨이 흘러가는 무시무시한 소리가 되어 더 효과적으로 래드퍼드의 귀에 울렸을 거야."

빅터가 몸을 굽혔다. 그는 쥐어짜는 목소리로 물었다.

"그 모습을 범인은 계속 관찰하고 있었다는 건가요?"

"오히려 그것이야말로 목적이었다고 말할 수 있을지도 몰라."

"무슨 짓을……."

자신의 상상력에 사로잡힌 인간이 자신을 스스로 죽여 간다.

그 모습을 범인은 어떤 얼굴로 바라보고 있었을까…….

알프레드가 감정을 배제한 말투로 설명했다.

"직성이 풀릴 때까지 실험의 경과를 지켜본 후 범인은 방문을 잠그고 지붕 밑으로 돌아와 얼음을 녹여 열쇠를 떨어뜨렸어. 남은 건 얼음을 고쳐놓고 남의 눈에 보이지 않도록 하숙집을 떠나는 거겠지. 얼음이 녹으면 흔적은 아무것도 남지 않아."

"하지만 이 계획을 실행하려면 상당한 사전 조사가 필요해. 어지간히 자세히 하숙집에 대해 파악하지 않으면……."

마지막 저항을 하는 듯하던 빅터의 호소는 그 스스로가 직접 무너뜨렸다.

"그 녀석……. 가르쳐주면 래드퍼드가 어떤 일을 당할지 알고 있으면서 뭐든지 자백한 건가!"

"죽고 싶지 않았을 뿐——분명 그랬겠지. 래드퍼드가 남작가의 외아들이라면 작위를 노린 계획 살인일 가능성도 의심했겠지만."

하지만, 하고 알프레드는 중얼거렸다.

"어떤 이유가 있든 그가 래드퍼드의 신뢰를 배신한 것은 변하지 않아."

사라는 생각했다. 마지막 순간이 다가온 래드퍼드의 몽롱한 눈동자에 비친 것은 대체 어떤 경치였을까.

그 경치는──이 세상은 깊은 어둠으로 가득 차 있지 않았을까.

"그래서 나는 그때…… 떠나가는 그에게 바로 말하지 않고는 못 배긴 거야. 안심해도 좋다, 래드퍼드를 죽인 건 너다──라고."

알프레드는 창밖으로 눈빛을 던졌다.

그리고 독백처럼 속삭였다.

"평생 잊지 않으면 좋겠어."

누구도 아무 말을 하지 않았다.

그것이 알프레드 나름대로 보내는 작별인사라는 것을 사라도 알고 있었다.

오빠에게 그만한 말을 하게 하는 사람이다. 아까운 사람을 잃었다고 생각했다.

탐정 소설을 잘 읽지 못했던 그가 『네 사람의 서명』을 어떻게 읽었는지 알고 싶었다.

사라는 조용히 눈을 감았다.

래드퍼드 씨.

콜린스 씨에게 빌린 『네 사람의 서명』은 어떠셨나요.

마지막까지 즐기면서 읽으셨나요.

왓슨 선생과 모스턴 양이 맺어졌을 때 기쁘셨나요.

어느 날 자신도 그런 멋진 여성과 만났으면 좋겠다고 생각하셨나요.

저는——저는 제 미래는 전혀 알지 못해요.

하지만 만나서 다행이라고 생각하는 사람이라면 있어요.

아까 그는 저를 지켜주려고 했어요.

그에게 제가 소중한 사람의 동생이기 때문이에요.

하지만 그러니 나중에 제대로 감사 인사를 해야겠다고 생각해요.

마음을 담아서. 감사의 마음을 전하기 위해서.

말은 이럴 때야말로 사용해야 하는 거겠죠.

그렇겠죠, 래드퍼드 씨.

세 사람을 내려준 마차가 경쾌하게 가도를 멀어져갔다.

그것을 지켜보면서 빅터와 알프레드는 가게 뒤편에 서 있었다.

사라는 모두가 마실 차 준비를 하기 위해서 지금 막 문 안쪽으로 사라져가는 차였다.

빅터는 오도카니 중얼거렸다.

"역시 제비꽃 색이네.

"무슨 소리지?"

"그녀의 눈동자 말이에요."

계속 기분 탓이라고 생각했지만, 밝은 햇빛에 비친 그녀의 눈동자는 역시 보랏빛을 띠고 있는 듯했다.

쉽게 짓밟히는 덧없는 제비꽃 같은 색채가 눈 안쪽에 흔들거리며 눈빛에 신비한 음영을 주고 있었다. 감정의 움직임과 함께 눈동자의 색이 변화하는 것일지도 모른다.

잠시 후 알프레드가 평탄한 목소리로 대답했다.

"알아차리지 못하는 줄 알았어."

"알아차렸어요. 훨씬 전에."

"훨씬 전? 너는 사라와 알게 된 뒤 바로 무례하게 그런 지근거리에서 그 애의 눈동자를 들여다봤다는 건가?"

"어……. 아니, 결코 그런 건…….."

허둥대는 빅터를 알프레드가 이상하다는 듯이 흘겨보았다.

이런 면이 얄팍한 거야, 라고 생각하기라도 하는 듯한 얼굴이었다.

"빅터."

"지금 이야기는 잊어주세요."

"그게 아냐. 너한테만 말해두고 싶은 게 있어."

"네?"

어느새 알프레드의 옆얼굴이 진지하게 변해 있었다.

빅터는 마른침을 꿀꺽 삼켰다.

"……그 자살 클럽 말인가요?"

알프레드는 고개를 끄덕이고 발치의 그림자로 눈길을 떨어뜨렸다.

"베이커 가의 하숙에서 너는 그 트럼프를 확인했나?"

"아니요. 그보다 먼저 지붕 밑을 조사하러 향해서요."

"그러면 사라도 보지 못한 거겠군?"

"그럴 거예요."

사라와 계속 같이 행동했기 때문에 그녀가 거실에 있었던『네 사람의 서명』을 손에 들 기회는 없었을 터다.

애초에 래드퍼드의 사촌이 그 방에 찾아온 것은 트럼프 카드를 회수하기 위해서였다. 빅터 일행과 마주쳤다면 유품의 정리를 가장해 카드를 찾을 생각이었으리라. 총을 가지고 있었으니까 만약 콜린스가 사건의 장치를 눈치챈다면 자살로 위장해 죽이라고 지시를 받았을지도 모른다. 생각해보면 처음부터 그는 아주 몰린 모습이었다.

"일부러 회수하지 않으면 안 되는 이상한 무늬였나요?"

"상당히 특징적인 디자인이었어. 중앙의 마크를 날개를 펼친 그리폰이 둘러싸고 있었지."

빅터는 생각에 잠겼다.

"확실히 특이하네요……. 역시 특별 제작한 물건일까요?"

"나는 한 번 같은 의장(擬裝)의 트럼프를 본 적이 있어."

빅터는 놀랐다.

"정말인가요? 대체 어디서요?"

"우리 저택의 유희실이야. 3년 전 그 사건이 일어나기 전날 일이었지."

놀라서 빅터는 눈을 크게 떴다. 보이지 않는 손에 목을

졸린 듯이 갑자기 숨이 막혔다.

"그럴 수가……. 그러면 선배의 부모님은……."

"알 수 없어."

알프레드는 말했다.

"아직 아무것도 알 수 없어."

이를 악물 듯이 반복하고 빅터를 돌아보았다.

"그러니까 이 일은 사라에게 말하지 말아주겠어?"

"하지만——."

"설명이 필요한가?"

짧게 물었다.

빅터는 눈을 내리떴다.

"……아니요."

알프레드는 확인되지도 않고, 지금 당장 움직임을 취할 수도 없는 사실을 밝혀서 동생을 괴롭히고 싶지 않으리라. 만약 빅터 자신도 같은 입장에 처한다면 동생들에게 그러리라 생각하는 것과 마찬가지로.

알프레드는 지키고 싶은 것이다. 동생의 평온을, 동생이 웃는 얼굴을.

그것은 빅터도 마찬가지였다.

알프레드가 말했다.

"그 애는 내 전부야."

"——네. 알고 있어요."

즉시 대답하자 알프레드는 쓴웃음을 지었다.

"강아지의 예리한 후각으로 감쪽같이 냄새를 맡은 건가."

"그러니까 그건 하지 마시라니까요."

후후, 하고 알프레드는 웃음을 흘렸다.

"자, 남자끼리 나누는 얘기는 이쯤 해두지. 사라를 기다리게 하면 안 되니까."

갑자기 분위기를 바꿔 명랑하게 말하고 뒷문에 손을 댔다.

그리고 문득 어깨 너머로 빅터에게 물었다.

"그러고 보니 우리 집에서 빌린 『신 아라비아 야화』는 다읽었나?"

"아──네. 하룻밤 만에 다 읽었어요."

"어땠지?"

"글쎄요……."

빅터는 뒷말을 끌며 대답했다.

"소설로서는 아주 재미있는 전개라 어느새 시간을 잊고 빠졌어요. 무대는 런던이 중심이라 아는 장소가 나올 때마다 유쾌했고, 그 '자살 클럽'의 장면도 상상 이상의 현장감이 느껴져서요. 나눠진 트럼프 카드를 순서대로 넘기는 장면에서는 마치 참가자의 공포가 전염되는 것 같아서 숨을 멈췄을 정도예요."

하지만, 하고 빅터는 고개를 숙였다.

"현실 세계의 런던에서, 게다가 저와 그렇게 경우도 다르지 않은 자들 사이에서 정말 그런 놀이가 유행하고 있다면……."

"있다면."

"세상도 참 말세다──라고 느끼지 않은 것도 아니에요."

알프레드는 천천히 고개를 끄덕였다.

"나도 그렇게 생각해. 스티븐슨도 그것을 알고 그 이야기를 짓지 않았을까. 실은 이 작품이 잡지에 연재될 때는 다른 제목이 쓰였어. 알고 있나?"

"아니요. 어떤 제목이었나요?"

흥미에 끌려 고개를 든 순간 곧장 시선이 마주쳤다.

알프레드의 푸른 눈이 여름날의 햇빛을 반사했다.

두 사람의 발치에 진한 그림자가 드리워져 있었다.

"『말세의 아라비아 야화』야."

5

"이로써 끝."

실의 끝을 가위로 자르고 사라는 싱긋 미소 지었다.

사라의 손가에 늘어서 있는 것은 완전히 똑같은 장식의 노트 두 권이었다.

책의 장정으로 사용한 재료가 남았다는 알프레드의 이야기를 듣고 흰 종이를 꿰매 노트로 만들기로 한 것이다. 가죽을 다루지 않는 이런 단순한 제작 작업이라면 사라도 오빠에게 배워서 얼마쯤은 할 수 있다.

꽃 덤불을 날아다니는 작은 새들의 패턴이 너무나도 귀

여워 사라는 손바닥에 올라갈 만한 것을 두 개 만들면 좋겠다는 생각이 문득 떠올랐다. 록허트 백작가의 작은 신사들에게 선물하면 기뻐해줄지도 모른다.

한가할 때 작업을 진행한 지 이틀. 겨우 완성한 책자를 자그마한 달성감에 젖어 바라보고 있는데 딸랑 하고 도어벨이 울렸다.

사라는 황급히 카운터에 어질러진 도구를 정리했다.

이윽고 책꽂이 저편에서 걸어온 것은 그야말로 기다리던 상대였다.

한 손을 들고 빅터는 부끄러운 듯이 사라에게 웃어 보였다.

"여, 오랜만이야."

"아……. 빅터 님!"

저번 런던 사건으로부터 정확히 일주일이 지났다.

그동안 빅터는 콜린스의 하숙집에 머무르고 있을 터였다.

가능성은 낮지만 만약 래드퍼드의 사촌이 그날 일어난 일을 누설하면 콜린스는 입을 막기 위해 바로 죽임을 당해도 이상하지 않았다. 그래서 만약을 위한 호위역으로 총을 찬 빅터가 곁에 있어주기로 한 것이다.

이상이 없다는 전보는 매일 받았지만, 빅터의 모습이 눈에 비친 순간 사라는 어둑한 가게가 어렴풋이 밝아진 것처럼 느꼈다.

카운터 너머로 두 사람은 마주했다.

"잘 지내는 것 같네."

"빅터 님도 별일 없으신 것 같아서 다행이에요."

정중한 대화를 나누고 빅터는 부끄러운 듯이 볼을 긁적였다.

"고작 일주일 동안 얼굴을 보지 않은 것치고는 너무 거창한가."

확실히 그럴지도 모른다며 사라도 거기에 이끌려 쓴웃음을 지었다.

"콜린스 씨의 상태는 어떠신가요?"

"아아. 그 녀석도 상당히 진정돼서 런던 생활은 오늘 아침부로 일단락 지었어. 지키는 상대가 저래선 어지간히 의욕이 안 나서 지루하고, 너에 대해서만 시시콜콜 캐묻는 것도 곤란하고⋯⋯. 아, 물론 정체에 대해서는 잘 얼버무려뒀으니 걱정하지 마."

"배려해주셔서 감사합니다."

사라는 미소 지었다. 빅터는 진저리가 난 얼굴이지만, 분명 마음을 다해 콜린스의 불안을 위로해줬으리라. 그런 빅터이기 때문에 콜린스도 이번 사건을 그에게만 의논한 것이다.

"오늘은 그 보고를 하러 오신 건가요? 그렇다면 지금 오빠를 불러──."

"아냐. 그것도 있지만 사실은 너를 만나고 싶어 하는 상대를 데리고 왔어."

"저를요?"

"응. 저택에 돌아가자마자 꼬맹이들도 신신당부했거든. 그녀가 꼭 너와 이야기를 나누고 싶어 한다고 했다고…… 아아, 왔다 왔어."

입구를 돌아보는 빅터의 시선을 쫓자 도어벨이 힘차게 흔들렸다.

깡충깡충 뛰어오르는 듯이 기분 좋은 발걸음의 라울과 엘리엇. 그 둘에게 양손을 잡혀 곤란한 듯이 웃고 있는 고령의 여성. 비단실 같은 백발에 회색 보닛을 쓴 노부인을 소년들은 부리나케 사라의 정면으로 떠밀었다.

"마지가 사라랑 얘기하고 싶대!"

"얘기하고 싶대!"

그런 거야, 하고 빅터는 다시 그녀를 사라에게 소개했다.

"그녀가 마지. 이제 와서 새삼스럽지만 우리 유모야. 마지, 이쪽이 사라."

마지는 통통한 얼굴을 사라에게 향했다.

옅은 하늘색의 눈동자가 따뜻한 빛을 내고 있었다.

"어머나. 정말 아주 아름다운 아가씨네요. 빅터 도련님이 가르쳐주신 대로예요."

"……객관적인 사실이니까. 됐으니 자, 날 붙잡아."

빅터는 서둘러 몸집 작은 마지를 부축해 스툴에 앉혔다.

"갑자기 들이닥쳐서 미안하지만 어울려줄 수 있을까."

"아……. 네. 물론 기꺼이요."

"고마워. 그러면 우리는 잠시 저쪽 책장에 있을게."

"저기, 괜찮으시다면 이것을 받아주세요."

떠나려 하는 세 사람을 사라는 급히 불러 세웠다. 그리고 방금 완성한 노트를 내밀었다.

"남은 재료로 만든 것이지만…… 일기든 그림이든 두 분 마음대로 쓰시면 좋겠다고 생각해서요."

와아, 하고 소년들은 자신 앞으로 손을 뻗었다.

빅터도 흥미롭게 동생의 손가를 들여다보았다.

"네가 만든 거야? 대단하네. 마치 파는 것 같잖아."

"가지런히 자른 종이를 실로 묶었을 뿐이라 그렇게 어려운 작업은 아니에요."

"그렇다 해도 실력이 상당히 좋지 않으면 이렇게는 못 해. 역시 선배의 동생이네."

순수한 칭찬의 말에 사라는 희미하게 미소 지었다.

그러자 라울이 빅터를 올려다보았다.

"형. 나 마지가 가르쳐준 그 이야기를 적기로 했어. 여자아이와 하얀 개가 모험하는 이야기. 그러면 만약 잊어버려도 괜찮으니까. 그렇지?"

"그래, 그거 좋은 생각이야."

"나도! 나도 쓸래!"

바로 엘리엇이 따라하자 라울은 그럴싸하게 지적했다.

"엘리엇은 무리야. 아직 읽고 쓰지 못하잖아."

"조금은 읽을 수 있어. 엘리엇이라고 쓸 수도 있고."

"이름만 써서는 안 돼."

"치."

빅터가 웃으면서 동생들의 머리를 쓱쓱 헝클어뜨렸다.

"그러면 라울이 문장의 철자법을 가르쳐주면 되겠네. 마침 좋은 목표가 생겨서 잘 됐다, 엘리엇. 사라, 알파벳의 기초를 익힐 수 있는 어린이용 책은 없어?"

"아, 네. 그거라면 저쪽의, 그림책 책장 바로 옆에 몇 종류가……."

"나도 알아. 이쪽이야!"

"기다려!"

휙 달려 나간 라울을 엘리엇이 뒤따랐다.

"그러니까 뛰지 말라니까!"

빅터가 황급히 동생들을 따라갔다.

그 등을 함께 바라보고 사라와 마지는 흐뭇한 미소를 교환했다. 삼형제에게 이야기를 들은 탓인지 오늘이 처음 만나는 것 같지 않았다. 얼굴은 다르지만 사라의 유모와 어딘가 분위기가 비슷했기 때문일지도 모른다.

"수제 노트라니 멋진 선물이네요."

"기뻐해주셔서 다행이에요."

"기쁜 건 내 쪽이랍니다."

왁자지껄 시끌벅적한 삼형제의 목소리에 마지는 자못 사랑스러운 듯이 귀를 기울였다.

"내 동생을 위한 이야기를 적어 남겨주려 한다니. 내가 그 이야기를 한 탓에 상당히 불안하게 만들었을 텐데…….

정말 착한 아이들이에요."

그만 시선을 내리뜨고 마지는 털어놓았다.

"나도 말이죠, 확실히 알고 있었어요. 때때로 머리가 혼란스러워서……. 내가 어디 있고, 무엇을 하고 있는지 알 수 없어지는 경우가 있고, 점점 내가 내가 아닌 것 같은 기분이 들어서 무서워 견딜 수 없었어요."

"마지 씨——."

"하지만 그건 마음이 과거의 어딘가로 여행을 떠나 있을 뿐이라고 도련님들이 가르쳐줘서 왠지 마음이 편해졌어요. 저기, 뭐라는 이름이었더라. 시간을 자유롭게 여행할 수 있는 꿈같은 기계……."

"타임머신 말인가요?"

"그래요! 그 이야기를 도련님에게 한 것이 당신이라는 이야기를 듣고 꼭 만나보고 싶었어요. 최근에는 그 『켈트 요정 이야기』로 그리운 이야기를 접한 덕분인지 전보다 왠지 머리가 말끔해진 듯해서 빅터 도련님께 폐를 무릅쓰고 데려다 달라고 했어요."

"빅터 님은 폐라고 생각하지 않으실 거예요."

어릴 때부터 친숙한 이야기는 계속 잊지 않는다고 한다. 일부러 그런 과거의 기억을 상기시킨 것이 현재의 마지에게 좋은 변화를 이끌어냈을지도 모른다.

부풀어가는 기대에 사라의 목소리 톤이 올라갔다.

"그 두 선집에 수록된 이야기는 저도 좋아하는 것뿐이에

요. 『검은 말』도 물론 그렇고, 그야말로 켈트 이야기 같은
『콘라와 요정 소녀』나 『릴의 어린이들 이야기』도."

마지는 바로 입가를 누그러뜨렸다.

"나도 아주 좋아해요. 『그리슈』도 『바다의 소녀』도, 그리
고 『녹스메니의 전설』도 말이에요. 내가 기억하는 이야기
와 완전히 똑같지는 않지만, 어느새 그렇게 훌륭한 책이
되어서 정말 놀랐어요."

"돌보신 아이들에게 그런 이야기를 들려주신 적은 없으
신가요?"

"……네, 거의요. 아이들의 성장을 위해 고쳐 쓰인 게 아
니어서 굳이 가르치지는 않았어요. 결말에서 악인을 간단
히 죽인다거나, 너무 슬픈 이야기도 많아서 부모님께 질책
을 받을지도 몰랐고요."

켈트 기원의 민화에는 요정들의 장난에 당하거나 반대로
지혜 겨루기로 빠져나오는 우스운 이야기도 있지만, 아주
어둡거나 왠지 모르게 서글픈 신화풍 이야기도 많이 존재
한다.

예를 들어 『릴의 어린이들 이야기』에서는 릴 왕의 아이
들은 질투 많은 계모의 계략으로 인해 백조의 모습으로 변
하고 만다.

그리고 긴 시간이 지난 후 저주는 풀렸지만 그 순간 남매
는 눈 깜짝할 사이에 늙어 죽고 마는 것이다.

"그 『델드레 이야기』 역시 특히 록허트가의 도련님들에

게 들려드리는 것은 주저가 돼서 말이에요. 당신도 알다시피 그것은 한 아름다운 소녀를 위해 용사 삼형제가 목숨을 잃는 이야기잖아요?"

델드레는 '언젠가 그녀 때문에 아일랜드에 전례 없는 피가 흐르게 된다'고 예언을 받은 아가씨였다.

마을에서 떨어진 산골짜기에서 혼자 자란 그녀는 이윽고 알스터 왕에게 구혼을 받지만 삼형제 중 장남과 사랑에 빠진다. 왕에게 쫓긴 삼형제는 목숨을 잃고 델드레 역시 슬픔 때문에 죽는다.

그러고 보니, 하고 사라는 떠올렸다.

델드레가 사랑한 용사의 눈은 푸른색이었다.

델드레의 인상 깊은 마지막 탄식을 사라는 머릿속으로 반복했다.

다정한 사람. 사랑하는 사람이여. 꽃처럼 아름답고 솔직하고 씩씩하며 고귀하고 검소한 가장 사랑하는 용사여. 푸른 눈을 가진 둘도 없는 당신에게 나는 빠져버렸네——.

"하지만…… 그런 아름답고 슬픈 이야기 쪽이 신기하게도 마음에 강하게 남아 있는 것 같아요."

"……그러네요."

마지는 조용히 동의했다.

"그런 이야기도 분명 필요한 거겠죠. 이 현실에는 좋게 끝나는 일만 있는 것이 아니니까요."

이 세상에는 분명 괴로운 일이 잔뜩 있다.

그렇기 때문에 주인공이 숙연하게 운명에 몸을 바치는 이야기에 사람은 마음이 편안해지는 경우도 있는 것이리라. 그리고 너무나도 슬픈 나머지 주인공이 죽는 이야기도 역시 아름다운 꿈이 되는 것이리라. 사람은 때때로 슬퍼서 죽을 만큼 약하지 않으나 살아 있는 한 괴로움은 계속되기 때문이다.

　사라는 문득 생각했다. 래드퍼드의 사촌 역시 자신이 저지른 죄에 계속 괴로워할까. 그가 그 살인 유희에만 관련되지 않았더라면 더럽고 추한 자신의 본성과 직면하지 않았을지도 모르는데.

　그도 분명 자신에게 배신당한 것이다. 막다른 골목에 몰린 그 자신이 그의 배신자가 되었다.

　군중을 향해 죄인인 예수 그리스도를 모른다고 반복해 외친 사도 베드로처럼.

　"당신에게 하나 부탁하고 싶은 게 있어요."

　마지가 속삭이는 목소리에 사라는 정신을 차렸다.

　"네. 어떤 건가요?"

　"내 딸을 기억해주지 않겠어요?"

　마지의 의도를 파악할 수 없어서 사라는 어리둥절해했다.

　빅터에 의하면 확실히 그녀는 젊을 때 남편을 잃었다고 했지만 아이가 있다고는 듣지 못했다. 혹시 빅터도 모르는 것일까.

　"따님이 있으셨나요."

"네, 하나요. 태어나서 1년도 되지 않아 죽었지만."

"아……."

사라는 숨을 멈추었다.

몸을 살짝 내밀고 마지가 호소했다.

"그 아이를 잊고 싶지 않아요. 하지만 조만간 잊어버릴지도 몰라요. 내가 잊으면 그 아이가 이 세상에 태어난 것을 아는 사람은 한 명도 없게 돼요. 그러니까 당신이 기억해줬으면 좋겠어요. 그저 가슴속에 간직하고 있기만 해도 되니까."

마지는 촉촉한 눈으로 사라를 응시했다.

간신히 사라는 물었다.

"……록허트가 분들께 알릴 마음은 없으신가요?"

마지는 조용히, 하지만 단호하게 고개를 가로저었다.

"모르는 편이 좋은 일이에요. 유모에게 자신이 돌보는 아이는 누구나 마찬가지로 소중한 자식이어야 해요. 그렇게 믿을 수 없어지면 아이들은 망설임 없이 유모에게 어리광을 부릴 수 없게 되잖아요?"

유모가 자신의 피가 이어진 아이에게 집착하고 있으면 보살핌을 받는 아이들이 소외감을 느낄지도 모른다. 그렇게 되면 유모는 아이들의 마음속 지주가 될 수 없다.

어린아이에게 누구와 비교해 자신이 소중한 존재가 아니라고 느끼게 만드는 것만큼 괴로운 일은 없으니까.

"그러니까 되도록 말하지 않고 싶어요. 만약…… 내 기억이 혼란스러워져 도련님들에게 상처 주는 일이 생긴다면 그때는 당신이 빅터 도련님에게 사정을 말해주지 않겠어요?"

마지의 부탁이 즉흥적인 것이나 변덕이 아니라는 것은 사라도 잘 알 수 있었다.

마지의 부탁에는 유모로서의 긍지가 담겨 있었다.

"정말 저로 괜찮으시겠어요?"

마지가 미소 지었다.

"당신이니까 부탁하는 거예요. 당신이라면 분명 알아줄 거라고 생각했어요. 당신이라면 타인의 기억도 소홀히 하지 않을 거라고."

포근한 봄날의 양지 같은 미소였다.

수많은 아이들의 인생의 버팀목이 되었을 그 미소를 보고 사라는 갑자기 울고 싶어지는 기분이 들었다.

사라는 결심했다. 이 노파가 한 말을 잊지 말자.

계속해서, 목숨이 붙어 있는 한 기억하자.

한 번 심호흡 하고 사라는 물었다.

"——따님의 이름을 가르쳐주시겠어요?"

세헤라자드의 자손은 하늘색 눈동자에 애달픈 빛을 잠시 띠었다.

그리고 봉인했던 자기 자신의 이야기를 천천히 꺼내기 시작했다.

런던 천야일야 이야기

당신의 한 권을 빌려드립니다

2020년 5월 29일 1판 1쇄 발행
2020년 6월 29일 1판 2쇄 발행

저   자 | 쿠가 리세
옮 긴 이 | 신동민
발 행 인 | 유재옥
본 부 장 | 조병권
담당편집 | 김다솜
편집 1팀 | 정영길 김민지 조찬희
편집 2팀 | 김다솜 이븐느
편집 3팀 | 오준영 김혜주 곽혜민
디자인 | 김보라 서정원
표지디자인 | 권오범
라 이 츠 | 김슬비 한주원
디 지 털 | 박상섭 이성호
발 행 처 | ㈜소미미디어
등   록 | 제2015-000008호
주   소 | 서울시 마포구 토정로 222번지, 403호(신수동, 한국출판콘텐츠센터)
판   매 | ㈜소미미디어
제 작 처 | 코리아피앤피
마 케 팅 | 한민지
물   류 | 허석용
경영 지원 | 우희선
전   화 | 편집부 (070)4164-3962, 3963 기획실 (02)567-3388
          판매 및 마케팅 (070)4165-6888, Fax (02)322-7665
ISBN 979-11-6507-724-2 (04830)
       979-11-6507-723-5 (세트)